下半城

曾宪国 著

重庆出版集团 重庆出版社

图书在版编目（CIP）数据

下半城 / 曾宪国著. -- 重庆：重庆出版社，2025.
1. -- ISBN 978-7-229-19043-9

Ⅰ. I247.5

中国国家版本馆CIP数据核字第20247N8K60号

下半城
XIA BAN CHENG
曾宪国 著

责任编辑：袁 宁
责任校对：刘 艳
装帧设计：冰糖珠子

重庆出版集团 出版
重庆出版社

重庆市南岸区南滨路162号1幢 邮政编码：400061 http://www.cqph.com
重庆出版社艺术设计有限公司制版
重庆市国丰印务有限责任公司印刷
重庆出版集团图书发行有限公司发行
全国新华书店经销

开本：880mm×1230mm 1/32 印张：9.25 字数：260千
2025年1月第1版 2025年1月第1次印刷
ISBN 978-7-229-19043-9
定价：55.00元

如有印装质量问题，请向本集团图书发行有限公司调换：023-61520678

版权所有　侵权必究

目 录　Contents

阵痛 / 1

大哥 / 75

秋芬当妈 / 163

还债 / 215

阵痛

一

江城日报社办公楼，只有四层，在主城区，属低矮楼群。由于它出自苏联真理报社的模子，意义，就不一般了。看它敦实、庄重的样子，还会使人想到岿然不动、稳如泰山这类词。

前些年，编辑部、行政、广告、管理部门合在一起，也不挤。若谁，在大楼里吼一嗓子，嗡嗡声会绕梁半日。后来，有了晚报、晨报，又收了几家都市报，日报社变成集团，楼却变小了，再也没有了嗡嗡声。

集团在郊区搞到一块地，经过两年建设，一座四十层的报业大厦，立在空地上，给那片荒野，带去一点人味道。"江城日报报业集团"几个大字，灯饰闪亮，给那片荒野，又生出一点现代气息。

搬迁后，辛芷每次下班回家，路过原编辑部大楼，大楼像有磁力，将她吸住，站一片刻。站那里，也就看看，并无大念头。今天站那里，却对以往回味起来。见大楼窗户，犹如一双双眼睛……她惊异，一年多，也路过，也看过，不像今天，站在敦实、庄重的大楼前，心中竟有了伤感。

这时，有人招呼她："辛主任，下班了？"

是小金，正提一小桶水，擦洗江城日报报业集团的金色大字。

辛芷点头，说："又抹招牌呀？"

小金一边抹，一边咧嘴笑，算作回答。他一口白牙齿，在金字前，特别耀眼。

小金是农村来的临时工，做编辑部的清洁。编辑部迁走后，他被家属区物业公司收编，专管老同志活动室，清洁几台麻将机的麻将牌，定时开关活动室。除此以外的清洁，不属于他，也没谁要他做，他每天仍提水擦洗这金字招牌。报社在这里聚集的气场，一下子消散了，一切显得死气沉沉的，唯独金字招牌，依然金光闪闪。

家属大院在大楼后面，人员上下班，交通车接送。若错过时间，有车开车，无车赶地铁。无论开车还是赶地铁，仅单面，就要花两个小时。因此每天上下班，人们经过大楼，都不住怀念，在这儿上班真好。

辛芷不会开车。报社搬迁前，家人议过她学车的事。

老公老高说："学会了，再买一台，不去受交通车的约束。"

颈子上挂着蓝牙耳机、抱着吉他的儿子丁丁说："再买一台？你割妈身上的肉哟。"

老高说："多话。那次你妈坐脱交通车，叫你送一趟，你赖在床上死活不起来。"

丁丁咕哝说："那鬼地方太远了，送一趟要半天。"

辛芷打圆场："学不学是我，你俩干着急干啥子？"

养一台车，花钱心痛，主要辛芷有恐速症，尤其坐前排，见迎面奔来的车，闭起眼睛不敢看，怕得要死。从此，家人再没提过她去学车。

辛芷今天在办公室耽误了，错过交通车，只好坐地铁。地铁要转一趟车，由于心事太重，又坐过站，等她回到大院，天已黑尽。

15幢楼的电梯间，堆满了家具。又是哪家卖了房，搬来新住户。这幢楼，248户，就两部电梯，只要一部被占，另一部，上下都挤得满满当当的。她本来就烦，等电梯更烦，想去小区走走，错过高峰。

这时，老高来电话，催她快点回家，说："烧了红烧肉，蘑菇炖鸡，已叫了你爸妈过来一起吃，就等你素菜下锅。"

她只好又等下去。等的人，在家具堆中站着，出来的人，像穿障碍，上下都拥挤混乱。在她印象中，挤电梯，还是新楼各户装修时。即使如此，大家都是同事，互相谦让，聊几句，上下的工夫，不觉得久。现在，外来户多了，互不认识，恨不得把别人挤后面去。

这一两年，不少住户卖了房，搬到郊区去了。其说法，郊区环境好，空气好。依辛芷看来，城乡的房价差，住同等面积，可多出一笔钱，这才是关键。于是进城的农民工，菜市场剖黄鳝的，江边开火锅馆的，当力夫的"棒棒"，他们相中报社大院的环境，买房，住了进来。

想到这些，也是辛芷站在大楼前心酸的原因。

这一趟，辛芷终于挤了上去。电梯门一关，与陌生人挤在电梯里，脸对脸，她感到别扭，这感受，今天特别强烈。她面对一个矮胖人宽厚的背，目光恰好落在他的圆头上，头上花白的短发，往下是后颈堆起的肉棱子。他身上，散出一股强烈的火锅味。平时,她闻见火锅的麻辣牛油味,挺香,喉咙都伸出手来。但此时的火锅味,是在那人衣服的每根纤维、肌肤的每个毛孔沤久了,长时间发酵的味道。她一阵恶心,使劲屏住呼吸。好在那人住17楼,比辛芷低,要不,她真要憋不住呕吐。

辛芷住的是父亲的房子。父亲辛克理是报社老编辑,分房时,以主任编辑的积分,分得28楼5号140平方米三室一厅。辛芷那时是编辑,分到16幢23楼3号100平方米两室一厅。两楼相邻,一碗汤的距离。老两口为了女儿,故意说房子大,做清洁麻烦,主动调换了。多年来,已成习惯,哪家做了好吃的,总不忘打个电话,愿吃就来,不愿回拒一声。丁丁更随便,如果没他爱吃的,饭桌都懒得上,抬脚就跑外婆家去。

开门的是父亲辛克理,只说声回来了,又坐回餐桌前捧起茶杯。辛芷换鞋进屋,见妈妈坐在沙发上看电视,叫了一声妈。杨淑秀扭头看女儿,也说声回来了,眼睛又放回荧屏上。丁丁的房门紧闭,里面传出吉他声,是他自创的曲子《孤独的男孩》。一听这旋律,辛芷气往下掉,人像被抽空,蔫兮兮的。她曾对丁丁说:"唱哪样的不好,非得唱孤独?"丁丁说:"你不懂,现在时兴。"现在她心情本来就不好,这曲子更叫她不舒服,又不好制止。老高听见门铃响,就下厨炒菜去了。他掐得很准,算好辛芷洗手,换好衣服,在客厅兼饭厅里稍事休息后,炒菜上桌。

可是这天,辛芷感到气氛不对,换好衣服,在客厅转了一圈,见没谁跟她说话,就到厨房,想找老公出气。

"你去劝一下,"见她进来,炒菜的老高先说,"两个老人一进屋,就在赌气。"

自己的气还没出。她问:"为啥子,你没劝一下?"

"都不晓得他俩为啥子,怎么去劝?再说,我一天忙得很,哪有时间过问。"他一边说,一边将炝炒菠菜装进盘子。

辛芷听出他的牢骚,不便再说,接过盘子端走。

老高是市重点江州中学的历史老师,原是高三毕业班班主任,每届学生有大半考上大学,清华、北大,每年没挂过白牌。辛芷从副主任提主任那年,又是丁丁高考的关键时刻,于是谁为家庭作牺牲,提上议事日程。经过三个晚上的商讨,还发生过争吵,结果是老高妥协。他以身体多病为由,向校领导提出,不再当班主任。校领导打死不松口,但让步:不带班,课要教。最后是通过日报主编但曦晨,找了当教委主任的同学,事情才解决。现在,家里家外,都是老高一手操持。

辛芷把炝炒菠菜放餐桌上,顺势坐父亲身边,要拿过杯子去续水,父亲握紧没松手。

"爸,"她小声说,"跟妈又哪点不顺心?"

辛克理犟起颈子,不愿回答。

"都这把年纪了,还有哪样过不去的?"她劝道。

他还是不理睬。

老高把菜摆上桌。"喊丁丁,吃饭了。"老高说,"辛芷,把那瓶五粮液拿出来。"

杨淑秀去到丁丁房门前,轻轻地敲门,隔着门喊:"幺儿,吃饭了。"

丁丁是她一手带大的,喊了二十几年幺儿,至今难改口。她敲了几下门,又喊,站在门外,像下级恭候领导。

"妈,再吃饭他都不长了,莫惯侍。"辛芷说。

这话杨淑秀当没听见,仍然站在门前。又过了一阵,丁丁颈子上挂着耳机,才开门出来,见到外婆,就喊了一声:"外婆。"

"外婆来了好一阵了,就听你在弹啊弹的,也不嫌累。"她心痛地说。

"一天就是吃吃吃,今晚要合乐,我还没熟。"丁丁不耐烦地说。

"幺儿,莫说傻话,"杨淑秀说,"人是铁饭是钢,人不吃饭……"她忘了下句,嘴里便一阵咕哝。

"死得硬邦邦。"丁丁补充道。

引来大家一阵大笑,轻松了气氛。

杨淑秀说:"就是这话,硬邦邦。"拉起丁丁来到餐桌,挨她坐下。

"外公,"丁丁拿起筷子就说,"听说下午麻将房打架了,你这个主任没当好哟。"

杨淑秀碰丁丁,想制止,已来不及了。辛克理端起的酒杯又放下,一双眼睛狠狠地盯着老伴,腮帮子鼓一鼓的。

他说的麻将房,是老同志活动中心。活动中心属报社退休办管理，退休办不好办的事，就由业主委员会出面。辛克理热心公益事业，退休后被推选为主任。

"怎么回事？"辛芷望着父亲问道。

"还不是你妈给我找的祸事。"辛克理一口闷酒灌下肚，一副无奈的样子说，"唉，也怪我，不该松口，让那个火锅老板进了麻将房。"

辛芷的眼前又出现了圆头和肉棱子，鼻腔又冒出发酵的火锅味。"是不是住17楼的？"她眉头皱了皱说。

"就是，"辛克理说，"去年他买了房，搬进来，曾找过我，要进活动中心打麻将，我没同意。"

"外公，不就打个麻将。"丁丁接过嘴。

"打麻将也要看人，"辛克理说，"毕竟是老同志活动中心，是报社给离退休同志的福利待遇，不是物业的资产。他算啥，一个开火锅馆的，以为买房住进来，就有了资格。我不能开这个口子，像他这样的外来户，还有好多家，眼睛都盯到的。"

"你这是排挤外来户的思想，要不得，不公平。"丁丁说。

"丁丁。"辛芷喝住他。

辛芷知道父亲的为人，他不是有意要清高，看不起外来户，实则是对这些年重商轻文现象的反感。老人算是江城日报第一代报人，那个年代，新闻工作者受人敬重，头上有耀眼光环，这些都刻印在他心上。他也对事业忠诚、执着，向来维护着这份荣耀。报社大院的家属区，被他看成媒体神圣的象征，容不得外来户破坏。尽管她对老人这种做法，不太赞同,但她理解一个老报人的自尊,特别这老人又是父亲。

"你又为啥同意?"她问道。

"上个月,你妈中学同学会,去火锅馆吃了一顿,那老板给她打了折,吃人嘴软,带他来找我。"

"我带他来,你当时没有同意的嘛,"老伴打断他的话,"最后同意的是你,账怎么算我头上?"

"你不带他来,就没后续的事。"辛克理说,"中心的机麻有七台,先后坏了三台。打麻将的人多,每天争麻将桌,犹如打仗,没争上的气愤,说报纸不景气,麻将机也跟着不景气。我跟退休办说过多次,退休办也没法,向社里反映,社里说现在这么困难,哪有钱买麻将机?还说,换成别的娱乐不就行了,何必非打麻将?那老板打听到这消息,来找我,他赞助七台新麻将机,条件是同意他打麻将。这样一来,你说,我能不同意吗?"

"你们听听,还说我,吃人嘴软。我看你,拿人手短。"杨淑秀说。

"换麻将机那天,老板很得意,跟打麻将的人说,打好打好,每桌发两百块钱,给大家当见面礼。有的老同志不仅收了他的赏钱,还感激得跟他握手,当面夸他麻将机比以前的洋气。那天我在场,要不是见大家已经坐在了麻将机前,硬是要叫他把麻将机给我抬走。"

"外公,人家有钱,给大家发红包,哪点不好?你不甘心,你发呀!自己拿不起,心里又不平衡。"丁丁嚼着红烧肉,嘲笑道。一屋人,只有他敢跟老人叫板。

辛芷瞪他一眼。老高闷头吃饭，耳朵却没有空。他从不掺和辛家人的争执。

"打架又是怎么回事？"辛芷有了兴趣。

"老同志都是打一块两块，一场下来，输赢也就二三十块，纯粹娱乐。"辛克理说，"那老板说太小了，打起不过瘾，约了别的外来户来打，打一百，有时打得更大。这样一来，显得我们老同志像叫花子。今天下午，他们打得更大，有个人输了，说另一个人作假，互相争吵起来，几句话不对，就打架，把活动中心当成了战场。对他们这些人，有老同志本身有意见，就报了警。结果警察把他们都带到派出所去了，同时批评我们，老同志活动中心，怎么让社会上的人参与进来聚赌。这事反映给了报社领导，领导要我们业主委员会好好检讨。"

丁丁兴奋起来，说："那是一场喜剧，暴发户把战场摆在了老同志活动中心，大打出手的是有钱人，一旁观战的是文化人，这实际上是金钱跟精神的抗衡。"又说，"遗憾的是，我没在场，我要在，一定用吉他给他们伴奏。"他边说，边比画弹吉他的动作。

二

辛芷一激动或生气就打嗝，止也止不住，搞得胃难受不说，脸还一扯一扯的，十分难看。她厌烦打嗝，一打起来，就想骂人，用男人的脏话，骂个天翻地覆。但是，想骂又骂不痛快，话还没出口，又被嗝断了，弄得她丑上加丑。

现在她就这样，边嗝边想骂人，窝一肚子怨怒之气，像子弹，在枪管里旋得发烫，就是射不出去。因为这次，临到头来，还不晓得该骂谁。

这是她从办公室退出来，就开始了的。本来她可以躲在里面，等嗝平息再出来，可是她顾不得了，管他一张脸抽得像什么，管他大办公室里是否有人，冲出来，一边打着嗝，一边在孟文的办公桌旁转悠，目光四处逡巡，好像在搜寻藏有的秘密。

两个年轻记者，在电脑上敲稿子，听见响彻办公室的打嗝声，也不敢正眼看她，即使偷眼，碰上她痛苦而冷硬的脸，也会撞得七零八碎。两人的敲击动作，不自觉小了，渐渐弱下去，后来溜出了办公室。

辛芷早憋不住了，脚步声还未消失，就对着孟文办公桌撕心裂肺地大吼了一声。窗户射进来的阳光，在吼声里抖了抖，墙上挂的那些锦旗直晃。她感到一股气流，软绵绵弹在脸上，不由得打个激灵。她明白过来，被骂者是虚无的，自己却是实在的。

阳光洒在孟文的辞职信上。那张报社的蓝色稿笺纸，此刻变成金红，在办公桌上腾起一团火焰。她一把抓过那团火焰，捏在手里一阵搓揉。她突然又停住，将辞职信放回桌上，慢慢抚平。

孟文大学毕业那年，应聘来专刊部，至今八年了。刚来时，拿重庆话说，一个青勾子娃儿，衣扣总像找错了门，整天傻乎乎地望着人笑。来了一个多月，还不知如何采访，一篇简讯，理不出个主题。前主任但曦晨也说得出口，当面讥讽他："还本科生，是不是招考找了枪手？"他却一老一实地说："我没找枪手，是自己考的。"气得但曦晨摔门，说："哪有这号傻子。"向人事部门反映，要辞退他。副主任辛芷发现，孟文木讷的外表下，具有机敏、善于思考、抠细节的能力。她向但主任说："再观察一段时间，我来带他。"但曦晨犹豫一阵，还是同意了，说："但愿你是伯乐。"她敲打他，手把手教他，几年下来，这块璞玉终于成器，成为报社的首席记者。他擅长大通讯，文字机智，充满哲理，巧用细节，看似乏味的题材，在他笔下，能挖出故事来。

昨晚快十二点了，辛芷洗漱完，给脸抹润肤水，微信的鸭叫响起。她以前不觉得叫声很响，也难听。在床上看电视等她的老高，盯她一眼，关了电视，缩进被窝。

是孟文发来的：姐，放你办公桌上一件东西。

孟文一直叫她姐，她很受用。前年，她力荐孟文担任了主任助理，成为她的助手。他很卖力，其中《大山深处的呼喊——妈妈，你在哪里》获去年全国新闻作品通讯类一等奖，是报社全国奖"零"的突破。她欣慰自己的眼光，庆幸后继有人。

孟文发来不明不白的话，她想打过去询问，又觉得没必要，怕被误解成她看重那东西。再有老高的那一盯，即使要问，也让她念头顿消。她人上了床，脑子却不安分了，老是想桌上放的是什么。她乱猜了一气，吃的用的，包括购物卡……这时，老高的手从她颈窝下穿过来，岔开了她的猜想。

昨天下午，开部务会，孟文也在。会后，在办公室，两人又议了几个策划。他功课做得深，谈得很细，制定时间表，落实到人头。直到两人离开办公室，别的事，他只字未提。她回想，处于人生重要关口，他居然泰然自若。这么大的事，捂得竟这么紧，半点风声也没透露，可见他定力多好。老但说的青勾子娃儿，已今非昔比啊……

此刻，辛芷想做其他事来分心，但办不到，那辞职信嵌进了她脑壳，抠也抠不出来。用面子话说，她待他不薄，有恩于他，她不图回报，只希望他为部里多出力。私心话，就是做出成绩，给她长脸。其实，她长了脸，他也出人头地。他获得社里、市里的新闻先进，哪次不是她力推的？

前一两个月，有风声吹进她耳中，本市一家民营企业以优厚的年薪向他招手；还有一民营大学新闻学院副院长的宝座，正等他的屁股去坐。对这些消息，她一律视为道听途说，连当面问他的念头也提不起。因为她相信，大报才是他这角色的舞台，他的价值，只有在大报得到体现，除此以外，他将什么也不是。这道理，无须她讲，他是明白人。

辞职信，可能是她离开办公室后放的。她气愤，不原谅孟文这阴悄悄的手法，这无异于背叛。她给他发去"为什么！为什么！为什么！"如果他理由充分，向她解释，求她放一马，那么她的怒气可能会消一大半，甚至原谅他。可是直到下班，鸭叫声也没响起，她想象的宽恕，却无处释放。就这样，她气上加气。

于是，她拨他手机，拨号时，她手指颤抖。她想，接通后他第一句话，大概充满愧疚，对她说，姐，对不起。当然，她肯定会用沉默去责骂他。尽管拨号时间短暂，其间依然蕴含她丰富的心思。她甚至相信，肯定会是这样的。可是，传来的却是，你好，你拨打的电话已关机。她把手机往桌上一丢，心里骂了一句，忘恩负义的家伙。看来，他翅膀长硬了，要另择高枝，展开的双翅是不会收回了。想起以前，他听说听教，现在看穿，原来是为了这一天。一种受欺骗的疼痛，从她心底深处漫起来，迅速传遍全身。她摇了摇头，知道这疼痛，一时半会儿难以消散。于是，为自己的善良感到委屈，难过得泪水在眼眶里打转。

孟文关手机，是辞职信放辛芷办公桌上之后。他必须关，这时外界的任何一点干扰，都会将他的决心瞬间击碎。

回家的路上，车堵，半天不动，说出了车祸。他想给汪小梅说一声，又怕开机后，别的电话碰巧打进来。他宽慰自己，堵车的烦躁，终归是要结束的，这条道上堵车，从今以后，将不再与自己相关。他在心里，得意地咒骂了一句，去你的这条路，再见！尽管这样，丝毫未减轻心中烦躁。他把音响开得很大，电影《海上钢琴师》的蓝调钢琴声，几乎要撑爆车厢。因堵车，烦躁中又有一丝忧虑，仿佛前面某个地方，有个什么事，在等着他。

车子驶进小区，天已黑尽，因无固定车位，只得停路边。车子沿道转了一圈，没觅到容他塞进去的空隙。转第二圈，见垃圾箱旁有了空位，可能这里脏臭，别的车不愿停，也可能停的刚开走。他赶紧倒车进去。后视镜看不太真切，右后轮翼子板撞上垃圾箱。那一声"砰"，惊得他心子滴血。他将车开出来，顾不上熄火，下车查看。垃圾箱是砖砌的，翼子板刚好撞到砖柱棱角上，凹了拇指大一个坑，还掉了漆。这辆丰田卡罗拉是去年贷款买的，像他命一样。第一次上路，与别的车发生擦剐，右前保险杠侧留下一丁点儿划痕，像剜了他身上一块肉似的痛，晚上汪小梅要他，都打不起精神。这次比那次严重多了。他蹲在车旁，痛苦地号叫了一声，各种失悔念头，纷至沓来。世上的事，总是被因果牵连着，路上时的忧虑，原来是这祸事，还不知辞职，将会引出什么后果来？

他抽完一支烟，又上车，怀着惴惴不安的心情，把车倒进了空位。

家门才打开一条缝，两个小宝宝的哭声，一个比一个嘹亮，扑进他耳朵，冲击他的心。特别是女儿小双，嘹亮中还显示出霸道，仿佛在制止哥哥大双，你快停止，哭叫是我的权利。孟文进屋，见汪小梅抱着小双在一颠一颠地哄，婴儿床上的大双，手脚在空中挥动，抗议似的哭得死去活来。孟文奔去抱起大双，呵呵地摇晃。

"何阿姨呢？"他问道。

汪小梅放下小双，一屁股坐在床边，眼泪就流下来。"为啥关手机？"她问道。

孟文一怔，没得到回答，却被反问，而且还有眼泪威逼。

他就怕她的眼泪，有时他再有理，也会被她的眼泪冲得稀里哗啦，到头来还得赔罪认输。

"何阿姨呢？"他又追问。

"为啥关手机？"汪小梅眼泪流得更凶了，不依不饶。

感到她火气更大，孟文就打起退堂鼓。可是，为啥关手机，不是一句话能说清的，就咕哝说："没电了。"

"这个屋，像是我一个人的，就该受罪。"她抹了一把眼泪，幽怨地说道。

"何阿姨呢？"这次他问得很小心，也温和多了。

"下午就走了。"抹去的泪水又涌出来，她说起这，又哭出了声。

她的哭声，仿佛吓到了大小双，两个宝宝一下子收住哭，睁大稚嫩的眼睛，探视着还不理解的世界。小双把手指含在嘴里，咯咯笑。

"孩子都不管，她到哪儿去了？"他气恨恨地说。

"回家去了，两个小孩她带不下来。"她哭着说，"要每个月加一千块，她留了手机号，说同意就去电话。"

"活抢人，不折不扣的现代土匪。"他骂道。

"说这些，有屁用！"她说，"等你商量，又关机。"

原来她是为这事流泪。"好啦，不要急，明天我去一趟劳务市场，"他把孩子放下，在屋里转着圈子说，"想当保姆的，多的是，我肯信缺了红萝卜不成席。"

"一般带小孩都是给的那点钱，我们是一对双。"她说，"何阿姨还是老实人，莫说里里外外忙，就是晚上起几道夜，也够辛苦的。人家帮了我们两个多月没说一句，我觉得加一点钱是应该的。"

"你说得轻巧，加一点钱，千大千块。"

"我跟她说看，少加点。"她停住，想了想，"加五百，七百是底线。"

"房子和车子，每个月还贷五千多，养车两千，我现在一个月找的还不够支付这些。"他懊恼地说。

"保姆每月的五千，必须放一边，雷打不动。双，一个月的开销，不能少于三千。"说到此，她又流泪了，"宝宝最可怜，该他们用钱的时候，又……"

"干脆把车卖了，省一笔开支。"他说。

"贷款没还完，怎么卖？"

"新来的小李，说要买车，叫他接过去。"

"我们这车，人家愿意接？"

"有啥不愿意的，去年买的，又爱惜，"说到这里，他想到被撞的翼子板，语气软下来，"他跟我关系不错，这点忙，他会帮的。"

"没车，你上班怎么办？"

他犹豫一下，终归没说出已交辞职信的事，尽管跟她商量过，觉得还是不忙说。为什么，他也说不大清。

"坐交通车，或者挤地铁，对身体有好处。"他苦笑着说。

"呃，也苦了你，"她说，"堂堂大报首席记者，也有落难的时候哟。"

孟文五年前与汪小梅认识，一年后结的婚。那时，他已崭露头角，见报稿子多，加之报社广告效益好，每月到手的很可观，比一般记者高出一半多。汪小梅在银行工作，收益很稳定，跟孟文拿的也差不多。那时，存钱对他俩来说太遥远，认为每月收支平衡，才是会过日子。于是两人视钱为纸，用起来洒脱，平时朋友聚会，多半掏包的是他俩。小两口在朋友中身价很高，号称"先富的人"。朋友中还流传蛇大窟窿大的说法，说要用得多，才能找得多。小两口结婚后，贷款在龙湖小区买了八十多平方米的房子，一百三十多万，首付五十万是孟文父亲支援的。父亲是一家机器厂的工程师，十年前，厂子破产，一次性拿了十万元补偿金。以后跟私营老板打工，一月有好几千元。母亲去世得早，父亲没有再娶，父子俩感情甚笃。有时孟文要钱急用，手头又紧，父亲都慷慨解囊，对儿子说："要钱就说，这个家都是你的。"父亲去世，资助断了，这个家真落到了他身上。

小两口结婚后，想趁年轻，多享几年悠闲，一直不要小孩。以前小两口回家看望老人，老人言语中，流露出抱孙子的热望，言语过后，一双老眼还浸出浑浊泪光。如果汪小梅这时看孟文，孟文头调向一边，却说别的。晚上睡在床上，汪小梅蜷缩在孟文的怀里，说起此事，又想到老人，心里生出几分可怜。她附他耳边说，是不是该要一个了。孟文沉吟半天，搂紧她一下，淡淡地说，不要管他，轻松过日子，娃儿过两年再说。前年年底，老人为老板赶一批订单，吃住在厂里，连加了三天班。第四天，吃早饭时，老人突然停下筷子，对旁边人说，脑壳痛，话音完，就昏倒过去。还未送到医院，老人呼吸脉搏已全无。

父亲辛苦一辈子，好不容易把儿子盘大，读了大学，成为报社名记者，儿子结了婚，却自私，图日子轻松，让老人没闻到孙子气味，带着大遗憾，离开了人世。一想到这些，孟文内疚得很，多次在父亲遗像前痛哭流涕，揪头发，捶打胸膛，悔恨得要命。他发誓，要实现父亲的愿望，慰藉老人在天之灵。他把这想法告诉汪小梅，她眼里闪着泪光，沉稳地点了头。那天晚上，他俩做得很认真、很庄重，一种志在必得的心情。完事后，两人长久相拥，像完成使命一样，舒口长气。为保险起见，连着三个晚上，照做不误。随后，心安理得，静候佳音。汪小梅的月事，向来准得像钟点，还没到前的一两天，孟文就急不可耐，一天几个电话询问，没来吧？那一天，孟文在采访，还没来得及去电话，她电话却打进来，就三个字：它来了。说完，哭了起来。

他俩仔细回忆，是某个细处没做到家？于是重振旗鼓，以更加认真、更加庄重的心态，完成使命。汪小梅每月几乎按时来电话，依然是第一次那三个字。半年过去了，每到这月的那一两天，孟文最怕的是小梅电话。结果，先失去信心的是孟文，一上床，见汪小梅的身子贴过来，就先怯战，什么感觉都没有，那东西像鸟儿飞走了，即使完事，也是敷衍。但父亲的遗愿，千斤重担一样压在两人身上。特别是汪小梅，不堪重负，多次哭诉："为什么我是女人？"最后，两人明白过来，不是某个细处没做到家，是他俩中某个人出了毛病。

猜疑，在互相间发生，但又不说，只怨恨对方。晚上睡一床，少了言语，做那事，失去意义。互相厌烦，甚至冷背相对而眠。一天，都有了找医生判决的想法，各自去做了检查。报告出来，原来两人的管子，都有堵塞。真是大哥莫说二哥，双方扯平。拿着报告单，相视苦笑，内心的暗战从此结束，重归于好。为完成老人遗愿，便做试管婴儿。大半年过去，一试成功，在天的爷爷好福气，不仅抱了孙子，而且抱的是龙凤胎。

人生，就这么吊诡，福不双降，祸不单行。龙凤胎诞生，报社同事前来祝贺。好听的话还在耳边回响，满屋的喜庆气氛还没消散，脚跟脚来的，是报社广告清淡。清淡得如同白水，有时接连几天，报上广告挂白牌。广告一差，经济效益像坐滑梯，直接迅速坠落。为降成本，报纸时不时减版，孟文写的文章，特别是大块通讯，被压下来，一压再压，等有版面时，写的事情，已水过三秋，见报已无意义，写了也白写。以前，孟文靠此拿高分，现在大降，每月到手，只有以前一半。家又添丁，两张小嘴，花的比大人还多。钱，以前是纸，如今是锁命的铁链。

三

"辞职"两个字，蹦进孟文的脑子，是在为一对双筹办满月酒的时候。

双的生日，3月28日，具体时间，下午4点30分，小双要小5分钟。一对双,睁眼看世界才半个月,当妈的汪小梅,就想到办满月酒了。她把这事一说,孟文立马答应,说:"为什么不!要办得体体面面,上档次。"

为这事,两人各怀心思。

汪小梅婚后,久未怀上,难听话自然传入耳中,说她是不会生蛋的母鸡。此话恶毒,挖苦人到极致,相当于把人一脚踩进烂泥坑里。办满月酒,汪小梅要用铁的事实,向世人昭示,她肚皮是能怀娃儿的。

孟文想的是,办满月酒,以告慰父亲在天之灵。

当然,两人也有共同的想法,到那天,一人抱个宝宝,客人羡慕的目光,像聚光灯一样打在他俩身上,那种光彩,肯定会记一辈子。今后等双长大,向他俩讲起,多叫人自豪。

满月酒,定在迎龙大酒店办,这是市里刚开张的五星级酒店。两家亲人,各自的朋友,掐到掐地请,至少都三十桌。孟文去迎龙问了,有两种规格,一般大厅,每桌起价两千;豪华宴会厅,每桌起价三千。

回到家,孟文把规格一报,汪小梅就说:"还消说,肯定订豪华宴会厅哟。"

孟文也这样打算,双一辈子,就这一次满月,办满月酒,一辈子也就这一次,难道还犹豫吗?

晚上躺床上,孟文闭眼好久,却始终滑不进梦乡。钱,像暴雨天的闪电,一会儿隔一会儿地闪现,弄得他苦不堪言。

做满月酒要九万,预交两万。他清楚,来吃满月酒的,不会空着手来,收回的肯定比付出的多,但这是未知数。这十大万，他还是有的，但一次性拿出，卡上似乎就空了，想到今后的岁月，心里一阵焦急。双的诞生，一家人生活成本和生活质量，像坐跷跷板，跷上去的，却是生活成本。

回想，当医生告诉他们试管成功时，小两口紧握的手，颤抖起来，两人久久对视，没有言语。汪小梅流下了眼泪，孟文不顾医生和别的患者，红着眼圈，紧紧拥抱她。再过了些时日，得知是双胞胎，在B超室，小两口当着医生的面，互相拥抱，高兴得尖叫。

宝宝顺利诞生，手头的钱如水一样，哗哗往外流。平时大手大脚，没有积蓄，现在感到了日子的沉重。父亲死后，孟文将父亲的房子卖了四十多万，东花西用等到要用钱时，已所剩无几。如今报社经济效益下滑厉害，每个月拿的，比汪小梅还少。她玩笑说，你吃软饭吧。

他起床，来到婴儿床前，看双熟睡的酣态，心里就一阵悔恨，以前操大方，爱面子，现在养双，力不从心，感到对不起双。就在这时，辞职两个字，突然蹦进他脑子。经济困难，仅是引起辞职的导火线，当然还有一些他说不出口的原因，而那些原因，大概才是让他辞职的关键。至于辞职后去哪里，哪里能给他优厚待遇，这些都来不及想，好像只要辞职，一切都会好转。

从那以后，孟文动用所有关系，打探能接纳他的单位。吹进辛芷耳中的风声，确是如实。孟文权衡后，选择了渝富汽车厂，这是一家民企，老板让他去办厂刊，年薪五十万。即使这样，退职的事，捂在心里又大半月。他第一次跟汪小梅说起，汪小梅愣了半天，没回过神来，先是不同意，后来在经济重压下，同意了。接着又是他自己有了犹豫。

孟文喜欢用长款式钱夹，这证那卡撑得钱夹胀鼓鼓的，插在屁股包里，露出半截，无论是坐下，或者拉屎，取出来放一边，那感觉特别洒脱。曾被小偷偷过一次，掉过一次，他还是不愿改。

这天，孟文在编辑部忙，要从钱夹里取东西，却发现钱夹不在了，怎么也找不到，又想不起放哪儿了。钱夹里有身份证、驾照、行车证，还有两张银行卡和三千多元现金。钱，不心痛，那些证件挂失和补办，他想起就头大。正着急，临时工小金把钱夹送来了。原来，他上厕所，把钱夹放抽水马桶盖上忘记拿走。他很感谢小金，拿出五百元酬谢，小金死活不收，说："抬头不见低头见的，怎么好要你这钱。"孟文不出点血，心里过意不去，非要请小金吃火锅，小金同意了。

在吃火锅时，小金一句话，让孟文对他刮目相看。

小金说："孟老师，上个月5号，你发在第二版的通讯，写进城农民工的两难，回家难和立脚难，看得很深，写得也透，我看了很有同感。"他吃口菜，喝了口啤酒又说，"不过，你只是把难事，摆在了人们面前，没指出出路，该怎么办，那才是我们进城的农民最最关心的，你没说，因此这篇文章的分数，该打折扣。"

文章见报后，被报社质量考核办评为当天通讯类一等好稿。但曦晨在采编会上作了表扬。农民工的出处，在哪儿？

他怎么知道？如果他知道，都成政策制定人了。但是他没想到，一个做清洁、收废报纸的进城农民，对本市一家大报的首席记者说三道四，指出不足。更叫他震惊的是，现在谁还看报纸？网络，成了人们的首选。如果不是为统计工分，见报的文章，连他自己也不看。小金居然还记着这篇文章，哪一天都清楚。真是高手在民间啊。

孟文问他："你爱看报？"

小金说："不是我爱看，是混时间，尤其在晚上，老婆娃儿又不在身边，只好用它来当伴。"

孟文想到了捷克作家赫拉巴尔笔下的废纸回收站的打包工，小金也差不多是这样的打包工。孟文对他敬佩的同时，一阵悲凉从心而生，传统媒体遭遇如弃妇的境地，一个报人还有啥颜面立世？孟文说："亏得有你这样的忠实读者和收报纸的人，否则报社早关门了。"

小金笑了说："不要多心，我没得一丁点儿糟蹋你们的意思，报人在我心目中，一直有着崇高地位。"

孟文双手端起酒杯，高举在眼前说："萍水相逢遇知音，真是相见恨晚。小金，咱们认个朋友，干一杯。"

小金也双手举杯说："好，干一杯。"酒杯叮当一响，两人一仰脖子干了。

小金抹去嘴角的白沫说："每过一周，我收一次编辑部各部门的废报。那些哪是废报嘛，一叠一叠的，翻都没翻过，油墨味还没消失，我就打包送去了收购站。我是从编辑们手里收来的，王老头都还怀疑是我从编辑部偷来的。还有一些报纸,是直接从印刷厂成捆成捆拉来的,这叫王老头更搞不懂了。他问过我,我说我也不清楚。"

对这小金的问题,孟文不知怎么回答,只有用苦笑掩盖难堪。

小金见孟文伤感,就说:"孟老师也不必忧愁,这是时代进步带来的阵痛,可能三十年河东,三十年河西,谁又说得清。"

就是这一顿火锅,让孟文铁了辞职的心。

从此,两人成了朋友,隔段时间,便茶酒一回,互通心曲。

四

老高从班主任的岗位上退下来,跟她有协定,每个周末,他放假,家务她做。他可以外出会友,或者在家啥事不做,享清福。这天,老高跟中学同学约好,去老城墙茶馆聚会。他一走,家里半月一次的清洁,就不能指望他了。记者发来两篇稿子,要她审定,晚上夜编部门,等着排版。下午两点,阳光地带乐队在人气咖啡馆举行首场演出,丁丁是乐队首席吉他手,这场演出的重要性是不言而喻的。

这个周末,辛芷从没有过的心烦意乱,仿佛有做不完的事在等她。

吃过早饭,老高前脚一走,辛芷就耐不住了,果决放下其他事,用小半天的时间去见孟文。不见他面,挎包里的辞职信异常沉重。在她慌忙收拾后出门时,丁丁起床碰见。"妈,"他气恼地说,"昨晚不是说好,你今天不出门吗?"

"临时有点事,去去就回,我和你爸一定提前到那里。"辛芷说。

"本来就没指望你们来,"他一脸冷淡地说,"其实不来正好,我只给外婆他们留了两个座位。"他的目光也不在妈妈身上停留,转身进了卫生间。

这让辛芷犯了迟疑,她感受到了儿子从内心喷出的怒火,但她前脚已跨出了房门,想收回来,又觉得有些吃力。"放心,下午的事,是我和你爸的首要大事。"说着,后脚跨了出去。她反手把门轻轻关上,暗锁碰响的声音,在她听来很大。

儿子一路走过来,没少烦她。高考他选专业,非要读邮电,成绩下来刚上线,但进那学校很悬,好不容易找关系进去了,毕业后又是一番动作,进了电信部门。电信是个肥得流油的单位,辛芷去采访过,头头与她又熟,儿子在这里只要不出格,今后前景,肯定光明。儿子去电信上班,她忧心终得消散。哪知舒心日子还没过上半年,儿子竟背着父母辞了职,伙同大学同学,组建了阳光地带乐队。还给她带回家一个姑娘,叫妞妞,说是乐队的主唱。妞妞,人长得好看,嘴巴又甜,她和老高嘴上不说,心里却喜欢。妞妞进门第一天就没走,从此三天两头往丁丁屋钻,像进自己家一样方便。背后,辛芷跟丁丁打招呼,生活上不能这样随便,儿子听都不听。辛芷又找老高出气,老高却无事人一般,还说一辈不管二辈事,时代不同了。儿子是家里的太阳,一家温暖,全靠他。今天是他们乐队首场演出，那姑娘还要演唱《孤独的男孩》，这能不重要吗？

辛芷的确不想失去孟文，他是红萝卜，离他不成席，部里的衰荣仿佛系在他身上。但他的辞职信，放拎包里，让她摸着烫手。她一定要跟他面对面谈一次，不能不明不白让他在眼前消失。

孟文当主任助理这些年来，为工作上的事、人际问题，他没少被她凶。无论对他多厉害，他除了红起脸咕哝几句，该他做的事，还是不折不扣地完成。但她总是关护他，把他当自己弟弟对待。在他没结婚的那几年，她家餐桌上时常有他的碗筷。现在他要辞职，要从她身边飞走，她感情上的确不能接受。

一对宝宝生下来后，辛芷去看过。今天，去孟文家，她先进超市买了两袋尿不湿和两听雀巢奶粉。一进孟文的家，像进了上演童声二重唱的剧场。汪小梅红起一双泡子眼，脸上的泪痕未干，在兑奶粉，一只脚摇晃着床，两个小宝宝哭得令人揪心。辛芷赶快放下手里的东西，去到床边。"呵，我们的宝宝饿了，"她一边哐着一边问，"孟文呢？"

汪小梅眼睛水没包住，一下又滚了下来，干脆放下手里的奶瓶，一屁股坐在凳子上，呜呜咽咽哭起来。大人和婴儿的哭声把一个屋子装得满满的，几乎容不下人在里面。辛芷接着兑奶粉，用脚摇摇床。

她喝道："小梅，当着宝宝面哭，真丢妈妈的脸。"又问，"孟文呢？"

"跟我吵了几句,赌气走了。"汪小梅一边抹泪一边说。

"这个孟文……"辛芷埋怨一句。抱起大双放进汪小梅怀里,将一只奶瓶递给汪小梅,自己抱起小双,将奶嘴喂进小嘴。两个小宝宝的哭声止住了,汪小梅还在抽泣。

"小两口的,日子才过几天,就开始赌气了?"辛芷说着,嘟起嘴又逗吃得手舞足蹈的小双,"我们小宝宝都不同意,是不是?"

"他居然怪我,生了一对双。"汪小梅气愤地说。

"是不是宝宝惹他烦了?"辛芷颠了颠怀里的小双说,"哦,我们的小宝宝多乖,才不烦人呢。小梅,不要跟他一般见识,姐帮你出气。"

"都没想到,一怀上,竟是一对双。"汪小梅说。

"一龙一凤,好多人求都求不来,多令人羡慕的事,还有啥可埋怨的?"辛芷有些不解。

"累呀,"汪小梅拖声拖气地说,"辛姐,你看这个屋嘛,比狗窝还不如。"

"请的保姆呢,怎么没见?"

"走了,走了两天了。"

"为啥子?"

"嫌工资低了,要加钱才回来。"

"现在的保姆,哪里还讲点职业道德,只讲钱。"

"其实,我们请的何阿姨还是蛮好的,"汪小梅说,"的确是我们给她少了,人家带一个宝宝也是这价钱。"

"如果是这样,加钱就是了。"

"要这么撇脱，她就不会走了。"汪小梅说，"辛姐，不怕你见笑，这点钱，我们想加也加不起。"

"怎么会到这地步，怎么会呢？"辛芷喃喃地说。

"辛姐，你怕不晓得，"汪小梅说，"孟文拿回来的钱，比以前少了一半，添了一对双，还不仅是两张嘴，再加上保姆的开销，一个月都不晓得是怎么扯过来的。也怪我们结婚前，没得个节省，现在显穷相了。"

辛芷沉默了，似乎知道了孟文辞职的原因，心里一阵隐痛：一个报社稳不住一个记者，一个记者养不活两个宝宝，这是怎么回事呢？曾几何时，仿佛才一觉醒来，就今不如昔了。她有些埋怨自己，这个中心主任没有当好，有负手下的每个人。但是，眼前又一片茫然，看不见对岸，真不知该如何办。

"是报社钱少了，他才辞职的吧？"辛芷问出她最不愿意问的。她但愿，孟文是为了抱负，更好体现人生的价值。

"是的。"汪小梅用肯定的语气，毫不犹豫地打碎了辛芷的愿想，"一家私企要他去，给他五十万的年薪。离开一家大报，投身民营企业家的怀抱，这有些堕落，他不情愿，我先也不同意，但不走这条路，又有啥子办法。辛姐，你要理解他。"

"我理解，我理解。"辛芷又说，"小梅，你要晓得，孟文是我们报纸的首席记者啊。"

喂完奶的汪小梅，把大双放肩上拍了拍，大双打了个响亮的嗝，又放下来给大双换尿不湿。"报社现在那副惨样子，他这个首席还值几个钱?"她不屑地说,"几包尿不湿都换不来。"

"小梅,你开的价,太小气了,几包尿不湿?"辛芷说,"那私企不是跟他开年薪吗?他要不是我们的首席记者,会有这待遇吗?"

汪小梅没有吭声,觉得自己话说得太过了,伤了一家报纸。"辛姐,"汪小梅说,"现在有了一对双,我们真的拖不起。我晓得孟文能有今天,跟你的帮助分不开,你也器重他,要不是有了这对宝宝,他也不会走这条路,即使他要,我打死也不同意。在一家大报里工作,有名气,不是迫不得已,哪个会去当私人老板的丘二。辛姐,像他这样的人,世上多的是,你就支持他,放他走吧。"

"我就不相信,他是真愿离开报社。"辛芷说,"他手机一直关起,怕人动摇他。我要当面跟他谈谈,不然我不甘心。"

吃饱的两个宝宝,又安安静静睡了。放下孩子,汪小梅要起身去做饭:"辛姐,我去做饭,中午就在这里吃。"

辛芷想答应,又可以等孟文,但想到丁丁的演出,心里又一阵焦急,就推了。她跟汪小梅说:"叫孟文这几天不用去报社,就在家里帮忙。"

辛芷把带去的东西交给汪小梅,又掏出两千元放桌上,说:"这钱先用着,孟文把我当姐,宝宝满月,我这个当娘娘的忙,没去祝贺,今天补起。明天,我再送一万块钱过来,算借给孟文,哪时有了哪时还。"又说,"既然那保姆好,就请回来,这不是一两天的事,否则宝宝没带好,大人身体也拖垮了。目前报社经济效益差,我想这是暂时的,再说,孟文遇到困难,还有我们这些同事,大家帮他想办法渡过难关。不是有句话,车到山前必有路,哪有跨不过去的门槛?"说着说着,她又坐回凳子上,仿佛屋里有什么把她牵扯住了。等她该走了,大双醒了,拉了屎,哭闹起来,把小双也闹醒,两个宝宝又开始了二重唱。辛芷要走也不好走,又参加到带宝宝的行列中。

辛芷离开时已是下午四点钟,孟文仍没回来。走在街上,开始飘起细雨,一丝一丝缠绕在脸上,麻酥酥的。她突然感到,心里有块塌陷在扩大,仿佛吸纳了她整个人掉进去,脚步轻飘飘失重。一想到什么事都没有办成,儿子的演出,孟文的辞职,它们原封不动还摆在那里,她就有种想哭的冲动。要是这些事,都像蒙在东西上的灰,能用抹帕抹掉,多好。然而,遗憾它们不是灰,是系在心里打得很紧的结。

五

小金说的废品收购站,孟文一直想去见识。那里,向他散发出一种气味,引诱他去品出味道。他曾跟小金约过,不是小金忙,就是他又抽不出时间,阴差阳错,总不能成行。今天跟汪小梅争了几句,心头堵得慌,怕事变深沉,为了避让,干脆逃出了门。

他跟小金打手机,问:"有没有空?"

小金回答:"正想下河洗煤炭。"

"怎么，去河边洗煤炭？"孟文没转过弯。

小金说："还名记，不晓得煤炭能洗白。"说完一阵干笑，孟文才反应过来。小金正无聊到极点。

孟文说："那，我想跟你一起去洗煤炭。"

于是两人在笑声中约好，上午十点半，老城墙，露天茶园。

孟文到了，小金还没到。小金带他来喝过茶，五元一碗的盖碗绿茶，当时来去匆匆，现在趁空，沿老城墙走一趟。原来，这是一段明代老城墙，百十来米长，一二十米宽，一面临大街，车水马龙；另面临背街，绿树掩映，幽静闲适。一闹一静，把个几百年的老城墙，夹峙中间，像一道分水岭，分割了世间阴阳。据说城墙原是泥土堆筑，到了清代，在泥土基础上砌起条石，拱起高大的城门洞。几百年风风雨雨，把条石侵蚀得坑坑洼洼，像老人深深浅浅的皱纹。由于尾部与一条小街相连，居民住房建在上面，这段老城墙才得以保存下来。老城墙的中部，修建起一幢仿古城楼，拓宽城墙，辟为老城墙遗址公园，露天茶园便设在这里。城墙被高楼相拥，闹市区，能有这一小块透出历史味的静地，实属难得。孟文想，小金真会找地方。

两人见面，孟文提出要去废品收购站看看。小金说："那好，离这儿不远，这茶馆，就是我送废报纸时发现的。"

孟文说："难怪，你把两者连起来了。"

时间进入初夏，还不到最热，天阴沉，有些闷。先前在城墙上，凉风吹来，不觉得，一走下城墙，孟文便感到燥热，他拉开外衣拉链,用衣衫当扇子扇。他跟着小金穿过背街,走进一条小巷,看见设在仿古的牌坊下的废品收购站,牌坊上写着三圣宫。孟文问:"小金,何曰三圣宫?"

"你是名记,还来问我?"小金一句讥讽后,说起这里原来有座庙宇,供的三圣母,庙宇不知在何年被拆毁,就留下了三圣宫这个地名。小金说:"其实,我也不晓得,是听收购站的王老头说的。"

孟文说:"看不出,你具有记者潜质。"又问,"你是什么文化程度?"

小金说:"高考落榜生,命不好啊。"

孟文笑了。

废品收购站有十多平方米,堆满成捆的包装箱纸板和废报纸。孟文走拢,见有不少成捆的当天报纸还堆在外面,将三四米宽的街面几乎轧断。一位老人用水管向包装箱纸板浇水,水管一偏,又淋向成捆的报纸。

"王老头,"小金大声喝道,"光天化日之下,又在干不法勾当。"

王老头掉头看是小金,呵呵笑起来。"是你嗦,"他说,"大哥莫说二哥,你的那些报纸,又从哪儿来的?"

"你个老不死的东西,今天我把活媒子请来了,看你还有啥子话?"小金把孟文往前一推,又对孟文说,"他给废纸灌水,像肉贩给肉灌水一样,增加重量,等纸厂的人来收购。"

"造纸厂的人为啥子这样傻?"孟文问道。

"才不傻呢,勾起的。"小金说。

"王老头,"小金说,"这是报社的大记者孟文先生,今天专门请来,采访你这老滑头的经营之道。"

王老头一听,赶忙关了水管,从屋里的纸堆里拖出一张条凳,用手掌一抹,请孟文坐。"记者先生,莫听这条狗乱叫。"王老头说,"收购、运输,都有自然折损,就当我先让它落了一场雨而已。"

"王老头,不要心虚嘛。"小金给王老头递去一支烟,自己也衔一支,互相点燃说,"孟记者不会过问你这些,是来看你收报纸的情况。"

"以为一支烟,你就能把老子的嘴封住?"王老头狠吸一口,满嘴冒烟对孟文说,"我这收购站收的报纸,只要是日报,不管是新是旧,全是小金这个龟儿子送来的。成捆成捆的,看都没看过,我不晓得他是从哪里弄来的,你可以当面采访嘛。"

"哈哈,没想到你这老得往地下缩的人,报复心还重呢,可惜了老子一支烟。"小金说。

王老头把烟从嘴里扒出来。"呸呸呸,"他往地上吐着口水说,"你是想毒害我,让老子又少活一支烟。"

"把烟还给我。"小金要去夺烟。

王老头躲闪,把烟又衔进嘴,狠抽两口。"莫忙,"他说,"等会儿,把烟屁股还你。"

两人有一句无一句说笑着,一旁的孟文看得起劲。觉得他们的日子,并不比自己苦闷,就生出一些羡慕。

这时走来个老妇人,提着一些废纸板和塑料瓶来卖。王老头给废纸板称过重量,又开始数塑料瓶:"妹子,好久都没见你拿废报纸来卖了,要不要我上门去收?"王老头问。

"以前屋头有好几种报纸,老头子订的早报,幺儿的足球报,儿媳妇的新女性,读幼儿园的孙娃子订了动漫报,现在全部都没订了,哪还有废报纸卖。"老妇人说。

"难怪,以前我这个点,一天少说要收几百斤,现在来卖的废报纸少得可怜。"王老头说。

"现在哪个还看报纸嘛。老头子一起床,就守着电脑,天下发生的事,比报纸来得快得多。"老妇人一边从王老头手里接钱一边说,"我那孙娃子都晓得小手儿在手机上面戳,看他爸爸给他下的啥子动画片。"

"看来,跟着报社饿饭的时候,到了。"王老头说。

"老东西,"小金拍一下王老头肩头,"报社记者在哟,不准乱说。"

"哦,我乱说,"王老头对孟文一笑,"对不起,对不起。"

"以前卖旧报的钱,够我打小麻将,现在少了这笔收入,我还亏了呢。"老妇人却不管,自顾自地说,又苦笑两声,离开了。

收购站里,堆起的废报纸,都是一捆一捆的,散发出油墨的气息,仿佛是从印刷机上直接传输到的这里。这里成了名副其实的纸媒博览会,全市所有公开发行的报纸,都在这里汇齐。孟文注意到,还有今天的报纸,一看就是从印刷厂拉来的。"这是怎么回事,"他指着那几捆报纸问,"当天的,都能见到?"

"那又有啥子奇怪？这还不是一些报社玩的手段。"王老头说，"给企业做广告，承诺印多少份，又发行不出去，只能这样。"

本来感到燥热的孟文，一股寒气突然从心底生出，微汗变得冰凉起来。这小小废品收购站，仿佛成了传统纸媒的停尸房。他想到，还为它坚守，陪葬的只能是自己。

他的处女作，一篇二百来字的简讯，得知第二天见报，他激动得一夜睡不着。一大早，他去了编辑部，等报送来的时候，趴在办公桌睡过去。报纸从印刷厂送到编辑部，小金再按规定分发到每人桌上，这时一般是早上六点。自送报以来，小金还没见过办公室这么早有人，先吓一跳，以为是小偷进了屋，原来是新来的记者。小金问他来得早，孟文不好意思，假说有个采访，要早走。他的文章被挤在二版右下角，但在他眼里，其他文章模糊了，他那块豆腐干在无限放大，占据了整个版面。报纸在他手里簌簌响。他曾把报纸寄给父母，母亲拿去串门，恭维话收了几大箩筐，又在电话里倒给他听。

前年春节回老家，他已是日报首席记者，中小学的老师来看他，都以他为豪。更让他没想到的是，大年初一一早，县委宣传部部长带着县委书记上门拜年，书记当他面对宣传部部长说，将他列入县里百年名人册，要他用生花之笔，宣传家乡，县上的奖励条例，向他倾斜。那一天，县委书记在他家吃了午饭，两人同坐一根板凳，先是喊孟记者，后是叫孟兄，跟他互加微信。离别时，书记抚着他肩头，说："孟兄，今后家里有啥事，只管微信吩咐，你家的事，就是我家的事。"

去年，父亲重病住院，回去照顾，因事与医院发生不愉快，他用微信向书记求救。半天不见回复。结果是宣传部部长打来电话，说书记正在接待电视台和几个网络平台的老总，分不出身，叫他去找某院长。虽说事情得到解决，可在他心中留下的阴影却无法消散。

曾几何时，落毛的凤凰不如鸡。难道正如小金劝他说的那样吗，这是时代进步带来的阵痛，可三十年河东，三十年河西，谁又说得清？

离开王老头的收购站，孟文一路无言地跟随小金，走在前头的小金，背着双手也不吭声。两人各怀心事，又上老城墙，在露天茶园要了茶，坐下。

天色灰暗，哭兮兮的，不是喝茶天，稀稀疏疏只有几个茶客。公园里也没有什么游人，大街上传来嚣声，更显得这里异常清静。通向小街石梯旁的一棵黄葛树，正逢换叶，落叶飘零簌簌声，清晰可闻。在这沉寂中，过了好一阵，孟文说了辞职的事。说罢，揭开茶盖闷头喝茶。小金不接嘴，慢慢摸出烟，衔在嘴上，又掏出打火机，也不打燃点上，而是在手里转着把玩。

"小金，"孟文反倒急了，"你怎么不开腔哟。"

"我呀，开枪（腔）要打死人。"小金点上烟，一口烟子吐出来，在两人的上方，歪歪扭扭飘摇。

"就是要等你开，"孟文扇开面前的烟子说，"不开，我还不自在。"他清楚，今天跟汪小梅闹，都是辞职引起的。出来找小金，是想在他这里松下沉重的包袱。

"那我就开了，"小金说，"打死莫怪我。"

"不会不会。"孟文不歇地说。

"我只先问你，"小金一双被烟熏得眯起的眼睛还是定定地盯着孟文，"你是矮子过河——安（淹）了心的？"

孟文躲闪了一下，点了头。

"这么多年修来的道行，一下就废了，真舍得？"小金又问。

孟文又躲闪了一下，没点头："所以来找你，想听听你的意见。"他的声音，像被人锁住喉咙发出的。

小金当着孟文嘴一撇。"要我说，"他停了一下，然后指着孟文的脑门，"是你脑壳在发热。"

"怎么是脑壳发热？"孟文痛苦得叫唤起来，"这是现实所迫。"随后，他摆起了纸媒的无奈、报社的艰难，以及他的一对双。

"照你的说法，我这样的人，早该不活了？"小金打断孟文，"你是记者，还是首席记者，莫说社会地位，就是收入跟我们比，也是天上地下。"见孟文哑口了，又说，"天底下，穷，不是某人的专利。"

"我就不明白，"孟文说，"你为啥子不愿我辞职？"

"你不懂了呀？"小金夸张地凑近孟文的耳朵，细声说，"皮之不存，毛将焉附？"说完嘿嘿笑起来。

六

辛芷还是去了人气咖啡馆。一路上，心神不宁，脚步像踩在棉花上，有些不稳当。两个辛芷在脑壳里扯皮，一个不让去，说收场了，去也白去；一个偏要叫去，说当妈的，感情哪儿去了！最终是要去的打了胜仗，顺着这心思再走，辛芷就觉得安稳多了。

人气咖啡馆霓虹灯在闪烁，远远地向她打招呼。附近店铺的灯饰都没开，唯独它亮起。一看表，四点半，演唱会早结束了，有必要再进去吗？这时，五个熟悉的身影从里面出来，一把黑伞下是老高和他岳父，一把红伞下是丁丁和他外婆，像一红一黑的两朵花，飘移在晶亮的雨丝中。背着吉他的丁丁挽着外婆边走边说，显得很兴奋，说明演出非常成功。辛芷为他们高兴的同时，又感到冰凉，好像他们发出一种排斥力，将她挡在远处，双脚也迈不开步来。她想喊，又怕自己的迟到破坏他们的好心境，想喊的勇气瞬间消失，等她再想喊时，又过了时机。看着他们远去的背影，辛芷心里一酸，站在细雨中，泪水模糊了视线。

他们走远了，她进了咖啡馆。没看到演出，体验一下气氛，感情上，做点弥补也好。她找到临窗的空桌坐下，点了杯拿铁。从玻璃窗望去，雨下大了，天色暗下来，路面的积水向低处流去，在下水道口掀起一个一个的旋涡。一些没打伞的人在跑，有的用挎包挡在头上，疾步走过。咖啡上桌，香气弥漫四周，辛芷内心却不平静。她望向舞台，舞台现在失去了追光照射，深埋在幽暗中。店堂里，背景音乐像细雨，轻柔地从四周飘洒下来。是妞妞在演唱《孤独的男孩》。以前丁丁弹奏，辛芷没好好听过，现在品来，觉得妞妞哭泣似的歌喉，把男孩无望的心境，唱得叫人满怀怜悯。妞妞唱的就是丁丁吗？此刻听来，觉得是唱给自己的。就像雨，是给每个人自己下的。辛芷不敢细想，也不敢再向舞台看，仿佛还在那里的丁丁向她投来埋怨的目光。泪又悄悄蓄满了辛芷的双眼，她抽出桌上的纸巾，一点一点把它浸干。

离晚饭还有一阵，中午只吃了汪小梅煮的一小碗面条，可能是刚才动情，又喝了咖啡，心里有点慌。她有低血糖，一遇压力就犯，首先袭来的是一阵冷汗。她知道，紧跟其后的是浑身乏力发软，到那时，双眼发黑……她赶快要了一份点心，顾不得服务员还没放下，像饿痨鬼一样，抓起往嘴里塞。服务员惊异地打量着她。

她使劲地咽了下去，抱歉地说："对不起，我低血糖犯了。"

过了十分钟，心慌的感觉消失了。她拿起手机，写了几个字，发出去：有空吗，我在人气咖啡馆。不一会儿，鸭叫声响起：还有四十五分钟。看着这回复，辛芷嘴角牵起一丝微笑，这个但曦晨呀，什么事到了他那里都变得一是一、二是二，绝不扩大半分。

二十分钟后，但曦晨一边用手帕擦脸上的雨水，一边探头探脑走进来。辛芷举手向他招摇。但曦晨坐下就埋怨："鬼天气，说下就下。怎么选这地方？"

辛芷说："给你点了拿铁，请你喝的。这地方还不好吗？"

但曦晨说："要不是驾驶员小张，我哪晓得啥子人气！"

辛芷说："我是来这里看丁丁他们乐队首演。效果怎样，好吧？来晚了，只有绕梁的余音，你听嘛。"

但曦晨听到妞妞唱的最后一句：我希望你的拥抱，我渴望你的爱。啊，妈妈，你在哪里……

但曦晨皱了一下眉头，心想，唱的是什么哟？是丁丁的《孤独的男孩》？他摇了摇头。

"你说是小张送你来的？"辛芷说，"胆子真大，敢用公车。"

"不要冤枉人，"但曦晨说，"我是在上班，算搭回家的顺风车。"

"怎么今天还去了报社？"

"渝新网要跟我们联合打造一个新闻平台，跟他们莫总商定方案。"

"小小网站，也能劳你大驾？"

"这不是小事哟，可能这个联合，能走出一条新路。"但曦晨略一停顿，又说，"莫总也指名点姓只跟我对话，否则免谈。"

"有这样的事？"

"启动资金五百万，他出，他的网络平台，用我的人力资源，新闻平台打造出来，利益均分。"但曦晨苦笑一下说，"人家撒了窝子，这个钩，我得咬呀。编辑部可能要打散重组。"

"值得大动干戈?"

"有啥法？现在是广开门路，我是见钱眼开哟。"

"堂堂大报的老总，也堕落到如此地步。"辛芷为他感叹起来。

服务员端来咖啡。

"现在传统纸媒的局面，要我形容就是，凄风苦雨，一点不为过。"但曦晨说着将身子往沙发里一缩，想靠得舒服一些，"你住在报社大院，天天不是没长眼，那幢被本市报界称为文物的编辑部大楼，竟要出租给人家开酒店了。你知道人家怎么说，舆论宣传吃喝玩乐同居一室。这不是堕落算啥子？哪一天，说不定我这总编将出任吃喝玩乐的董事长。"

辛芷被他说笑了。他俩共事二十多年，最早他是部门副主任，她是记者，他升主任，她提副主任，后来他当总编，她是主任。她喜欢他说话随意，有点吊儿郎当的意味，做事洒脱，不拖泥带水。更叫她敬佩的是他少贪心，个人利益看得淡。用她的话说，他表面是个痞子，内心是个文人。叫她难忘的是，有一年，他俩去外地参加一个全国新闻行业会议，会议期间，她患急性阑尾炎入院手术，通知她家人已来不及，但曦晨包揽了一切，手术后，又是他在病床前陪伴。在那几天几夜里，她感到自己跟他结下了生死之交。尤其当她知道他妻子的事情后，更是对他敬佩有加。但曦晨下乡当知青的第二年，调去村小学当老师，学校就他和另一个教算术的女老师两人，女老师是当地人，给他生活上不少帮助。两人朝夕相处，产生爱情，结婚后，两人感情甚笃，有了一个女儿。恢复高考，妻子支持他参加高考，他进校后，妻子在家务农和操持家务，省吃俭用供他完成学业。他毕业分来报社，直干到总编，妻子仍在农村，但他对妻子不弃不离，感情依旧。这些都是她跟但曦晨同事后，才知道的。她曾多次想过，如果她手术后，为报答他的照顾，向他表示异性的爱，他会如何对她。当然这是她的想法，也仅是想想，而且在她病床前，他自然坦荡的言谈举止，完全不可能让她做出那种表示。她记得，还躺在病床上时，她望着他真诚而略带狡黠的双眼，内心就说，这是一位像大哥一样值得信赖的人。

但曦晨拿起勺子慢慢搅着咖啡，喝了一口，觉得不过瘾，摸出烟。

辛芷说："这里不准抽烟，克制一点。"

但曦晨说："我就烦这种地方，还把自己装扮得挺文明的样子。"

辛芷说："媒体的老总，注意导向。"

"好好好，我牢记吸烟有害健康。"但曦晨将烟放回去就问，"你不会纯粹请我喝咖啡吧，是不是有事？"

辛芷从挎包取出孟文的辞职信，放在但曦晨面前。他望了一眼她，打开，一目十行地看过，然后放回原处。

"有句俗话，"他缓慢地说，"铁打的营盘，流水的兵，我正想裁减冗员。"

"他不是一般的兵。"辛芷一嘴接过来。

"那他更应该懂得，同甘共苦。"但曦晨有些不悦，"连这点都不具备，留有何用？可惜了你的器重。"

"我了解他，"辛芷说，"他不是见异思迁、忘恩负义那种人。"于是她讲起了他的一对双，目前的处境，最后还说："当然，可能不仅是经济上的，是不是有更深的原因，我还不很清楚。"

但曦晨把咖啡杯推开，又摸出烟，看了一眼辛芷，还是掏出一支，不点燃，放在鼻尖下闻。"据说孟姓人，都是孟老夫子的后人。他们老祖宗说过一句话，富贵不能淫，贫贱不能移，威武不能屈，此之谓大丈夫。这说的，就是一种坚守，做人的德行，莫非他忘了他老祖宗的古训？"

"这样对他，是不是苛刻了点？"辛芷说，"每个人都有自己的软肋。"

"怎么办，你有法子留他？"但曦晨说完把烟插回烟盒，又蜷缩回沙发，闭了会儿眼睛，睁开后就不言不语了。

"所以才求你，老总。"

"这种事都来问我，你太看重我这当老总的了。"

"我是真舍不得放他走呀，"辛芷说，"现在更是稳定人心的时候。"

"不过这话，倒有点意思，讲到同舟共济了。"但曦晨说，并点了点头。他脸上露出一种安抚的表情，好像为先前的话表示歉意。"好了，不谈他了，你会处理的。"但曦晨用手指敲了敲桌子，停顿了一会儿又说，"跟莫总已经商定了，他们出资还出办公室。我在想，是不是从你那里抽一个人去坐镇。"

"那好,"辛芷兴奋地叫道,"就叫孟文去,让他去当那个鸡脑壳。"

"他不是要辞职吗?"

"批的大权,在你手中。"辛芷说,"我找他谈谈。"

七

孟文又不能不开手机,许多事需要它完成。在第三天,他忍不住,开了。

第一个打进来的是周成。"我的大记者,"他叫道,"找你两天了,一直关机,你在搞啥子名堂?"

"呵,是周总,"孟文需要的,就是这个电话。他说谎道,"在赶一篇大稿子,上面催得很紧,怕人打扰。"

"弄完了?"周成问。

"两天一夜还不完,那不是要人命?"孟文说,"传给当班老总了,行不行,还得报宣传部审。"孟文又夸大了,为自己增添筹码。

"当然,首席记者嘛。"周成奉承一句,"老板要我跟你再谈一次,他交代了一些事,要你必须清楚,如果大家没有歧义,咱们马上把合同签了,明天就可以过来拿年薪了。"说完,他一阵哈哈大笑。那笑声叫孟文听来有些怪,感到里面有种味道,是什么,一时又说不太明白。

前年,渝富汽车厂搞建厂三十周年大庆,要报社报道,孟文去采访,写了一篇题为《改革春风下的生命——渝富汽车厂三十年回眸》的通讯，刊登在第二版头条。当时接待孟文的是周成，是厂里的副总。采访由他一路陪同，晚上还陪去夜总会唱歌。几天下来，孟文跟他成为朋友。后来，孟文又被请去为厂里写过两篇小稿子，关系更亲近了。

"我去你办公室吗？"孟文问。

"我们两个啥关系？没必要那么正经，轻松些，去蜂窝吧，"周成说，"半小时后，叫车子去你们小区南门。"

辛芷送来的钱，解了燃眉之急。孟文知道，欠辛芷许多，还是没敢跟辛芷见面，他怕一见面，辞职的决心被动摇。何阿姨被请回来了。家，恢复了以往的秩序，紧张气氛仿佛被一阵风，吹得无影无踪。这一阵，孟文没去报社，一边在家当带宝宝的帮手，或者跑跑腿买东西，一边等渝富汽车厂的消息。

他跟周成通完话，激动地跟汪小梅说："周总找我了，要我去一下，如果没有歧义，合同今天签。"

汪小梅说："歧义？会有啥子歧义？不会顺着人家的话说？在人家面前，你不再是首席，是员工，这点你要时刻记住。你一定要清醒，五十万，瞎子也会睁眼。"

孟文不爱听这些，拴着鞋带说："哪来的废话哟？"

蜂窝是渝富三产的夜总会，只要孟文给渝富写了文章，或者周成找他办了事，都要被带来这里唱歌、喝啤酒，当然陪唱陪喝有女郎，有时候喝高了，少不了互相勾肩搭背、搂搂抱抱。开始，孟文见女子靠过来，还有些躲闪。

周成拥着他的肩，在他耳旁细声地说："放心，这些都是厂里的员工，个挑个选出来的，老板跟她们有过交代，对客人要放得开,你想怎么样就怎么样,不要拘泥。"

孟文不太适应,也不知道那些女子是不是厂里员工,但他很难拒绝这里一流的音响和那些漂亮的女子。

周成先到,把后来的孟文带进了一间小包房,里面不像唱歌时那样昏暗,明亮的灯光下,茶几上摆着啤酒和卤鸭脚板、卤牛肉、花生米。一进包房,周成关了房门说,今天就我兄弟俩谈正事,完事后再疯。

周成斟酒。"本来,老板先说要来看你,被市里一位领导叫去了。我们要上个项目,多亏那位领导帮忙,批文终于拿到了。老板说,本来这事目前保密的,尤其是领导的支持这点,但可以跟你透露。老板又说,要让你知道,我们企业不是纯粹的民营,我们是有政府支持的。"他举起杯子,对孟文说,"好,现在为我们即将的合作,先干一杯。"

孟文端起酒杯,碰杯,然后用纸巾揩着嘴边的白沫说:"周总,真是把我当自己人了。"

"那还消说,你我是两兄弟。"他又倒酒,"来来来,先喝三杯。"

一杯接一杯,三杯下肚,菜也没吃,放下杯子,周成拿过身边的皮包打开,取出了一份文件。孟文一瞟,是他待签的合同,想到要签合同了,心里顿时发热。周成没有把合同拿给孟文,却放在皮包上。他欠了欠身子,然后清了清嗓子说:"孟文,咱们是兄弟,就不扯把子了,言归正传。"

"好,我听你说。"

周成眯起眼望孟文,眼珠一动不动,好像要把孟文浓缩一遍，再从中找出精髓。他似乎又像话到嘴边有了顾忌，犯了踌躇。

"周总，有啥话就直说。"

周成用手一扫，好像要把疑虑从眼前扫去。"好，兄弟也是直爽人，那就听我说。"他说，"我们是民营企业，说穿了，是家族企业，一厂之长，就是家长，我们叫老板，你们叫领导，也有的叫老板，但此老板和彼老板，却有着本质的不同。你们的老板，上面还有老板，所以不是真正的老板，我们的老板，才是真正的老板，他说了算，他是天。当然，我刚才也说了，我们不是纯粹的民营，可以这样说吧，我们跟政府是有着某种关系的。本来，没有老板的允许，这些我是不该说的。不晓得，我这样说的意思，兄弟你能否理解？"

孟文对他这番话，的确还有些难以理解，但想到小梅要他顺着对方话说，就说："理解，我当然理解。"

"好，理解就好。"周成像完成了一件大事，一脸的凝重也散去，他举起酒杯向孟文做出碰杯的动作，未等孟文端杯，自己一口就干了，问道，"兄弟，你知道我们老板看上你哪点？"

孟文愣了，陷入沉思中，半天才嘿嘿一笑："大概觉得……我还能写点东西。"

"此言差矣，你跟国内的大作家比，例如……"周成犹豫了，改口说，"算了，不提名字，伤人。他曾到厂里来过，我们老板招待了他，他主动提出要帮老板写部长篇报告文学，五十万字，他开了个价，最后老板没有同意。"

"为什么，要价高了？"孟文问。

"那点钱，再高十倍，对我们老板来说都是区区小数。"

"那是为啥子？"

"在老板眼里，小说家会编，写出的东西是假的。他需要的是人们一眼就相信那是真东西。"

"周总这话，我有些不懂了。"孟文说。

"这还不懂？"周成又举起酒杯，等孟文碰，"你们报纸登的东西，人们相信是真的。为什么，因为报纸是党办的，党不准记者说假话、写假文章。这就叫人与人不同，花有几样红。哈哈哈。"

周成一个"我们老板"接一个"我们老板"，说得孟文沉默了，也听出了话外之音。他知道，事情不是这么简单，其中的隐情，他不得而知，周成没说，他不便问，也没必要去弄清。

"你过来后，不用去编厂刊，杀鸡焉用牛刀，那有人编。你只管坐下来，安安心心给我们老板，当然那时候，也是你的老板了，树碑立传，写一部他的成长史。"孟文自顾发愣，周成见状，又一仰脖子自己干了。

"我的文笔差，恐怕难以完成。"孟文从沉思中清醒过来，见周成干了，赶忙端起酒杯，送到口边又停下，酒杯映出的灯光，在脸上晃，晃得他眼睛珠子，发出一片朦胧的光。

"我们老板，当然明白哟，你能赶过那位大作家？"周成给自己斟满酒，跟孟文举起的酒杯碰了一下，"我们老板不需要文笔，需要的是人看了相信，这是写的真人真事。"

"我真没写过这种大稿子，心里没把握。"孟文说。

"其实，你写的东西，我都看过，要我说，文采并不比那大作家差，可能在对人物的采访方面比他还强，因为这是你的本行。"周成靠近来，拥着孟文的肩摇了两摇，"胆子放大些，裤子垮下些，顾虑啥子？你年薪拿起，又不要求你时间，慢慢写，这部作品肯定成功。"

"如果老板放心，我可以试一试。"

"不是试，是铁下心。"周成说，"我把老板的材料给你，你看看，有些搞不懂的地方，问我。"

"好吧，我熟悉材料，再采访老板。"孟文说。

"兄弟，"周成的手放在孟文肩上，然后拍了拍说，"有些事，你要醒豁，老板发家创业是一把好手，文化不行，没读啥子书，采访可能说不出个啥子。以前接受媒体采访，都是媒体先提出问题，我给老板拟好回答，他照本宣科，加上红包打点，每次都圆满完成。你以前来采访过，应该知道一二，现在是一家人了，就没必要说假话。采访这个环节，我看免了，一是靠材料，二是遇到问题问我。怎样？"

"这不是一篇人物特写或通讯，是几十万字的大作品哟。"孟文有些为难了。

周成拍了一下孟文，手缩回来在太阳穴边画圈。"未必你还没得经验？想象呀。"他说，"主要还有件事，老板有段历史，在作品中，要回避。"

老板这段不光彩的历史，在社会上是公开的秘密，但具体过程怎样，孟文不太清楚，不过他因刑事犯罪，坐牢十年，却有耳闻。孟文想，漫长的十年，是一个人生命中迈不过去的坎。这不是生场小病、路上摔个跟斗，怎么回避？除去这段历史，还有完整的人生吗？没有这段历史，人们还相信其他内容吗？这段历史，如果写进作品，老板他愿意吗？答案是肯定不愿意。如果不写，纸上全是光鲜文字，知道内情的，会怎样看待作者？

周成碰了一下孟文，把孟文从沉思中拉回来。"还想哪样？"他说，"为了老板，为了这个厂，为了年薪，干吧。只要你写得令他满意，除年薪外，再按现规定稿费的两倍奖励你。据我了解，老板还有打算，准备再出点血，拿去评那个……什么……几个一工程奖。只要你把老板对社会的大贡献写出来，不说什么奖的可以去拿，老板说，要找国内顶级导演拍电影。他对那个什么昆的演员很感兴趣，说他年轻时像他一样英俊，出大价钱，选他出演年轻时的老板。"

"我用笔名。"孟文最后说。

"我的兄弟，你在开玩笑，"周成说，"孟兄弟，孟大记者，老板请你是出了大价钱的哟。要的就是你首席记者的大名。好啦，合同在这里，你现在签可以，拿回家签，明天交来也可以。"

轻飘飘的一纸合同递过来，到孟文手里，变得异常沉重。

八

吃早饭的时候，辛芷听见了丁丁房门响动，见他疲疲沓沓进了卫生间。辛芷抬眼见老高正望她，望得眼珠移动，向卫生间滑去，似乎还想说什么，话却和着嘴里的饭，吞了下去，于是两人心照不宣，埋头吃饭。

辛芷昨天回家，未见到丁丁，他赶夜场去了，便把孟文和他家里的事讲给老高听，还把在门口见到他们，以及遗憾造成的苦闷，和盘倾诉出来。老高一声不吭，听完，冷冷地说："你倒完了，也不见得轻松，得去给他讲。你晓得昨天的演出对他多重要？一家人，只缺你。他演出时，一双眼睛，直往进门处看，就盼你走进来，直到演出完，你没来。有些话，他过后也没对我们说，那种失望的心情，可想而知。"

吃完饭，还不见丁丁出来，辛芷去敲卫生间，站在门外等了好一阵才开。丁丁嘴里插着牙刷，满嘴白泡沫，无所谓地望母亲一眼，又转身刷牙。

"丁丁，"辛芷对着镜子里的他说，"妈妈今天要去赶个会，不能等你吃饭。昨天有事耽误了，没有看你演出，妈妈给你说声对不起。"

丁丁的动作顿了一下，又接着刷牙。

辛芷跟镜子里的那双眼睛对上了，那双眼睛要躲闪。她不能让它溜掉，就直勾勾拉住，要把此时的感情，硬生生地灌进去。眼神短暂的交流，仿佛经过了百年，她看见了那双明亮的眸子，终于抖动了一下，垂下了。

"我去了那地方，听了播放你的《孤独的男孩》。"她说，"妈妈想告诉你，这曲子写得很好，妞妞也唱得好，叫人很感动。妈妈很喜欢。"

丁丁眼睛仍然低垂着，脸上的线条却柔和起来，母亲在说的时候，他抬眼在镜子里看了看。辛芷明白，话，已经浸进了儿子心间，儿子谅解了她，让她释然。要不是儿子大了，她真想上去，亲他一下。

辛芷刚到渝新网大门前，但曦晨的车也拢了，跟他一同下车的还有集团办公室主任，另一个分管网络的副总裁。

但曦晨下车，对辛芷说："该来接你的。"

"敢劳你大驾？"

"废话，是劳车驾。"

两人说笑着，一行人进了大门。在大门处，一个保安，正正经经给客人立正敬礼。但曦晨嘴一撇，悄悄对她说："小小一个网站，还弄个人来敬礼。"

辛芷说："单位小，礼数大嘛。"

到了会议室，莫总带着一班人，早候在门前。一个女子跨前一步，打开门，站在门前请客人先进。会议室不大，装修很好，大吊灯配着射灯，室内如同室外一样光亮。一张宽大的椭圆深咖啡色会议桌，被一圈黑色真皮转椅围绕。正面墙上，挂着市里和全国的一些奖状。但曦晨有意地环视一周，对莫总说："我真想跟你换会议室啊。"

莫总一笑，说："莫说会议室，连屁股下的板凳，一起换都可以。"

"哦，我那张破凳子，莫总只要不嫌弃，不用你换，我拱手相送。"

莫总说:"莫说大话,怕你舍不得哟。"

但曦晨说:"我有啥舍不得,就怕你不要啊。"

坐在桌前的辛芷,一边品着顶级永川秀芽的新香,一边看着两位老总,听他们谈话。她想,今天他俩唱主角,其他人跑龙套。又想,两人这种插科打诨,难道就能消解谈判的激烈?

果然不出辛芷所料,三个议题中,看似最难的问题——钱,居然没什么争论,按两人先议定的方案解决了,渝新网出资五百万,划入日报集团账上,为启动资金,由现集团负责网络的副总裁一支笔管理。第二项,也没大的分歧,很快议定。这项的重点,是现渝新网总裁莫华同志进入集团领导班子,任集团副总裁,排名现网络副总裁之后,分管重新网。当完成这项议题时,辛芷不由得望向但曦晨,他也望向她,两人会心一笑。

但曦晨对莫总说:"到时,大家来朝贺,莫总该出血。"

莫总说:"那好,羊子坝的鳝鱼火锅,我包它……"

"你少耍滑头,"但曦晨打断他,"想用一锅海椒水打发我们?地点,我们定。"

莫总说:"好好好,你们定,就是天上的星星,你们要油炸,我都搭梯子给你们摘下来。哈哈哈……"

辛芷不适应这种气氛,借上洗手间,出了会议室。从洗手间出来,她没回会议室,而是顺着过道走上阳台。这里是长江、嘉陵江汇合处,新建的商务区。站在阳台望去,对面南山在一片楼宇后波浪似的起伏。一个念头突然在脑子里闪现，干脆来重新网上班？自己不再受上班路途之累，这想法，肯定但曦晨十二万分赞成，这个网站他将掌控在手里。她望着向下游流去的长江和嘉陵江，竟为这念头一阵欣喜。这几天，长江上游大雨，水位上涨，江水浑浊。嘉陵江却流速缓慢，江水澄清。看着一浑一清的江水在朝天门汇合，像一对恋人向下游奔去，不知它们要到什么时候才能融为一色，就有些为它们着想。

返回会议室，两边为账号的设置、办公地点争得有点激烈。辛芷见这情况，感到这才是议题的实质。重新网不是法人，肯定不能有账号，是挂集团，还是挂渝新网，这关系到今后的钱财进出的控制。还有办公地点设在哪边，这也关系到对人员的掌控。以前听但曦晨说，渝新网不仅全额出资，还提供办公场地，为什么现在又争论起来？辛芷见但曦晨对这事丝毫不退让，就知道他审时度势后，又改变了初心。

账号问题，最后是莫总让了步，他大概知道，争也没有用。办公地点设在渝新网站，他一直咬着不松口。他有些不爽起来："我的但老总，我出人、出钱，账号挂集团，我毫无意见。今后这摊子事，都摊我头上，就不能让我工作起来方便一点吗？"

辛芷想，这就是问题的实质，不能让你太方便了，那不成为你的囊中物了？

但曦晨说："老莫，说真的，对你这无私精神，我一向点赞，之前我也是这意向。你自己可以做证。可是集团不是我做主，上面还有老大和老二，他们不同意，说既然端了集团这个碗，还要在外开伙，叫人怎么看我们？不说我们欺生吗？老莫，你问江总，看我是不是说的真话？"他指着旁边那副总裁说。

江总赶快不住地点头，说："是千真万确的，莫总，就不必再争了，这是给我们老大的面子。我看，还是为今后工作着想吧。"

一下子沉静下来，都眼睁睁看着莫总端起茶杯，缓慢地送到嘴边，他又吹了吹，才浅浅地抿了一口，然后又稳重地放下杯子，掏出折得四四方方的手帕，打开擦嘴。他在很用心地将手帕折好的时候，不紧不慢地说："好吧，我好事做到底，送佛送到西。但我有个要求，这边，我不能放手不管，为重新网的事，不能天天两头跑，有事才过去。"

"这是肯定的。"但曦晨想，你想天天过来，我们还不愿呢。他说，"老大给我发了话，叫把集团办公楼腾出一间，装修好，虚位以待，还说，到时他以个人的名义，请集团一班人聚聚，欢迎莫华同志到任。"

莫总抬手看看手表，问身边一位年轻人："隔壁饭庄，订好了吗？"又说，"违规的事，我是不会干的，我私人出资请大家，请大家放心吃喝。"

辛芷坐但曦晨的车一同回日报编辑部。一上车，但曦晨打盹，辛芷看手机微信。她昨天给孟文发的微信，叫他来编辑部一谈，至今没得回复。想到那一对双的哭闹，汪小梅的一副可怜相，如果孟文坚持辞职，她决定放他了。但孟文这种办事态度，又叫她生气。气，尽管气，听了汪小梅说起他的犹豫，更觉得有必要跟他当面谈一次。

但曦晨被手机短信弄醒。他取出手机一看，骂了一声，讨厌。又准备继续打盹。辛芷早想说话，就问："谁惹你讨厌了？"

但曦晨说："烂广告。"

辛芷说："人家也是为找饭吃，宽容些。"

"辛主任慈悲。"他说，"不过，你说得倒是。由此，想到我们报纸，无节制的广告，读者也会讨厌。其实，这该大哥莫说二哥啊。"

坐在副驾驶位的他，转过头又说："哦，我决定，叫你去重新网挂帅。我们不能事事由他，否则我们今后被动。"

在玩手机的时刻，辛芷已经想好，就说："我对网络是大外行，哪有年轻人玩得转？我还是向集团领导郑重推荐孟文去挂帅。"

"你跟他谈过了？"但曦晨问，"不辞职了？"

"还没见面，"她说，"但我会说服他。"

"你哟，真拿你没办法……"他说，声音小下去，好像又闭眼打盹，或者不愿对这事再说下去。

车到车库，停好下车，两人下车乘电梯，到各自楼层，一路都无话可说。辛芷在26楼，但曦晨在顶楼集团领导层。临到辛芷下电梯时，但曦晨说："给你三天时间，谁去重新网，给我一个准。"

辛芷转身还想说话，电梯一下关上，留在她眼里的是但曦晨一张铁青的脸。

九

终于,孟文手机开机了,辛芷打进去的第一句话:"你哟,以为你一辈子不开机了?"

孟文说:"我是怕你,辛姐。"

辛芷语气有些重:"这么大的事,背着我干了,还好意思叫我姐?"

"你永远是我姐,"孟文有些动情地说,"正因为……我不敢给你说,也不好意思说。姐,我对不起你……"

辛芷听出他的哽咽声,相信他说的全是实话。想到他家乱成一团糟,生活上遇到这么多困难,我这姐关心了吗?自己家的那么一点难处,就怨这怨那。应该说,他遇到的比我大得多,却没在我面前透露半句,还完成我布置的工作。想到这些,辛芷有些难过起来,对着手机说:"我关心不够,有责任。姐对不起你。"

手机里出现了片刻的沉寂。过后,辛芷说:"孟文。"

"嗯,姐,我在。"

"我们姐弟俩,好好谈一次,好吗?"

"嗯。"

"我想尽快。"

"后天行吗?"

"明天不行?"

"明天说好去渝富,我得去一次。"

"孟文,"辛芷说,"姐不想你走……"

"我晓得,"孟文停了一会儿,说,"我也不愿离开……"

"姐等你这句话……等了好几天……"辛芷也感到了有液体倒流进喉咙,还是将话说完,"姐信你哟。"

"嗯。"

电话,孟文是在家里接的,汪小梅竖起一双耳朵,守在旁边。从他单方的话中,她基本复原了跟辛芷的整场对话。当孟文最后那个"嗯"出口,她悬起的心,终于落到了实处。在孟文辞职这事上,她完全倒向辛芷一边。孟文在将辞职打算告诉她以后,她就找系统内的朋友,打听渝富公司经营情况。朋友问,打听它干什么?她不好明说,说了些不得要领的话来敷衍。可能朋友也有顾虑,具体情况没说,只三个字:不理想。又觉得意思未到,补充了一句,反正不是像媒体宣传的那样。汪小梅出于银行工作人员的敏感,就竭力阻止孟文辞职去那里工作。那次,他俩争吵起来,他说她头发长见识短。她不服气,坚持说,这次,她头发长,见识也长。虽然她没有劝阻成功,但起码为他的草率敲响过警钟。

周总给的合同,他没签。昨天回到家,他把自己锁在书房里,合同放在面前,认真地研读每个字。合同很简单,就是这么回事,字面下也没隐藏陷阱。他只要拿起笔,签上孟文这两个字,五十万元年薪,就将成为事实,眼下的艰难、困窘,统统作为一次人生经历翻过,以前怎么过日子,又可以怎么过。

这时，听见有轻微的脚步声，在房门前停下。他知道是小梅。她的态度是一清二楚的，说辞职没啥意见，去渝富不赞成。当然她有道理，一个企业，经营上有问题，那它的生命力，可想而知。但他觉得，这是妇人之见。任何企业，哪有一帆风顺、没有困难？何况渝富是本市民营汽车业老大，还有什么令人不相信的？但是，现在这个家，有了一对宝贝，家庭重担压她肩上，她成了名正言顺的家庭主妇，她的观点，便具有了不可同日而语的分量。

他想开门让她进来，又清楚，只要她一进这道门，渝富那道门，就会骤然关上。坐在平时舒适的皮转椅上，此刻如坐针毡。他想到，世上许多事，成败都在妇人。关键是这事对错难料，是不是该要她拿主意，却叫他犯愁。

小双尖细、嘹亮的哭声响起来。这是个信号，哥哥的暴哭便会紧随其后。到时，两个小家伙的合唱，声振屋瓦。

辛芷送的两听雀巢奶粉，昨天喝完了，进口奶粉，这两天超市缺货，明天才能到。小双是个人精，刁嘴，国内的不吃，奶嘴一进嘴，就吐出来，用哭声向大人抗议。哥哥是个跟屁虫，听妹妹不满声一响，尽管吃得好好的，也会跟着凑热闹，好似非得这样，才配当哥哥。每每这时，孟文想，爹妈今后有好受的。

孟文在家待不住了，将未签字的合同，收进挎包，打开门，吓得门前的小梅跳到一边，说："吓死我了。要去哪儿？"

他说："去渝富。"

她望着他嗫嚅道:"你……"

后面的话,汪小梅还未想好,孟文已到房门前,当她想好时,他已开门离去。

刚到渝富公司大门,周总已等在门岗前,他抬起手腕看了时间,上前搂住孟文的肩头,拍了两下说:"很好,老板就喜欢守时的人。"又问,"合同签了吗?"

孟文没作声。周总马上将手放下来,停下来,像盯陌生人似的看孟文:"怎么,还有顾虑?"

随后,周总带着孟文进了办公楼也没开腔。

进了周总的办公室,他让孟文坐一旁的双人沙发,问:"茶,还是咖啡?"

"咖啡。"

周总叫了一声,随即一位年轻漂亮的女秘书从旁门进来:"给孟记者一杯咖啡,冲老板送的牙买加蓝山。"

女秘书向孟文甜甜一笑,又进了旁门。不一会儿,女秘书用托盘端来咖啡。咖啡器具很精美,整套法国货。咖啡香在室内漫延。

"不是谁都能喝上蓝山的,你该看出我们的诚意了吧?"周总说,"五十万,是个值得拿命来拼的数字。"

孟文好像完全在品尝咖啡,没心思回应。

周总说:"好,我不强迫你,个人拿主意,希望你的合同,能尽快到我手上。"

室内的气氛似乎有了松动,孟文这才打开感觉,认真地品尝起咖啡。心里说,真香,比平常喝的星巴克强多了。

周总问:"味道怎样?真资格的蓝山。"他望着孟文一笑,又说,"老板原来喜欢普洱,去年带着我们去了一趟法国,回来后,就改喝咖啡了。哈哈哈……"

说起吃喝,孟文也有了发言权。他说:"我不喜欢普洱,一股霉味道。好多人,居然还说,要的就是那味道。"

周总说:"看来,孟老弟喜欢咖啡?"

"经常赶稿子,要靠它来提精神。"

"那就好,"周总说,"老板特喜欢有人陪他喝咖啡,只要你投奔他麾下,今后有你的蓝山喝,哈哈哈……"

女秘书出现时,咖啡正好喝完。她含笑从孟文手里接过空杯,又含笑着款款离去。

周总从他宽大的办公桌后拿着一些资料出来,一屁股坐在孟文旁。资料放在双膝上,手在上面不停地抚摸。"咱们谈正事。"他说,"这也是老板的意思,叫你写篇文章,还指名要在贵报上发。哈哈,党报嘛,有分量啊。"

孟文看着他膝上的资料想,人还未过来,就布置工作了。周总似看出孟文心思,用一只手拍了一下孟文膝头,说:"我的孟大记者,这不是给你的任务。两千元一篇,通讯按两千元一千字算,如上头版头条,就特事特办。怎样?"接着把资料放在孟文手里。

"哎,周总,"孟文不明就里,把资料放回周总手里,说,"我还不清楚,到底是怎么回事呢?"

周总说:"我们自主研发的适应本市地域特征的一款轿

车,即将面市。老板想用你的笔先造势宣传一下。有党报的支持,银行还不跟进?哈哈哈……对你这大报首席记者来说,这是小菜一碟。"

孟文早就知道这款所谓自主研发的轿车,实际是某国轿车的山寨版,而且某一两处关键部件是直接拆装,将原厂名铲掉,打上"渝富"二字。这样的造势宣传,就是一些小报记者也不敢接手,都明白,开价越高,风险越大。孟文不好当面将这事说穿,就以轻松的口吻说:"你们老板开出的价码,太诱人了。"

周总说:"其实,还是按老规矩办的,只不过老板这次把价码提高了而已。他亲自对我说,记者为我们公司的发展,有汗马功劳,特别像孟文这样的记者,提高报酬是应该的。"

孟文说:"老板这样看得起我,我很荣幸。不过……"

周总又搂了孟文的肩,说:"新闻界,只有你,才进入了老板的视线。我想,如果你这次叫老板满意的话,今后好处是大大的有。"他将"大大"这两个字,用夸张语气,如电影中日本人那样说出。然后是一串响亮的"哈哈"来结束。

"周总,你听我说完,"孟文早想好了对策,"现在对这类报道有新规定,是宣传部指示,一般企业有关新产品研发成功的报道,必须经单位主要负责人签字,凡重点企业有关新产品研发成功的报道,除单位主要负责人签字外,还需要上报宣传部。"

"真是这样?"周总一双眼珠子,滴溜溜在孟文脸上转。

"我会在周总面前说假话?"孟文说。

周总信了。似乎老板的交代，他没完成，其后的谈话，便没有心思有一句无一句地打发时间。

孟文觉得没必要再待下去了，就起身告辞。

对孟文的离去，周总在沙发里也没动身，只微微点点头。临到孟文到门边，他说："我等你的合同哟。"

十

孟文说去编辑部，辛芷在电话里说，今天她不去编辑部，约他去咖啡馆。她是不想谈话太正经，他有压力。她认为，在宽松环境中得到的，才是牢靠的。

她约他，去人气咖啡馆。

辛芷到咖啡馆，孟文已点了抹茶拿铁，一边喝一边看手机。辛芷落座，说："真羡慕你们有车一族。我到这里，还得转一趟车。"

孟文收了手机："姐节约噻，宁受公交车之苦，也不享打的的舒服。"

"你呀，跟我家人一个腔调。"她又问，"你怎么知道这咖啡馆的？"

"一直听说，丁丁他们阳光地带在咖啡馆里演出，我跑了几家咖啡馆，都没打听到。有个周末，我打电话给他，说我和小梅想看他们演出，他告诉我是这里。"

"来看了？"

"当晚我就和小梅来看了。"

"怎么样?"辛芷很想听。

"演出效果很好。"孟文说,"当时,我很激动,下来对丁丁说,给他们写篇文章。"

"你真要是写了,他们肯定高兴得要死。"

"哪知后来我的事情一多,就顾不上采访他们了。时间一久,那点激情也消失了。"孟文说,"不过,他们请我看了,我也激动过,这笔文债,是要还他们的。姐,你喝啥?"

"你喝啥,我就喝啥。"她说。

"好,我已经给你点了抹茶拿铁。"说罢,他向一旁的服务员做了个手势。

孟文来的时候,他点咖啡后,问服务员:"你们能不能播放阳光地带录制的音乐?"

服务员说:"你知道这乐队?"

孟文说:"当然知道,这乐队长期在你们这里演唱,他们的吉他手丁丁、主唱妞妞都是我朋友。"

服务员说:"既然这样,我马上就给你播放。"

孟文说:"不慌,等一会儿,等一个女同志来了后,你再放,好吗?"

"这很重要?"

"当然,那是丁丁的妈妈。"

"那,太好了,我这就去给经理说,丁丁妈妈要来。你们今天的咖啡,店里招待。"

那服务员一直关注着这桌,见辛芷进店落座后,马上上了咖啡。不一会儿,店内音箱响了。当第一声幽怨的吉他颤音在空中响起时,辛芷像触电似的一惊。那是她听过无数遍的音符。她望孟文,见他脸上神秘的笑意,顿时明白了,说:"谢谢你的好意。"

"有了宝宝后,一直抽不出时间,真想再来看一场演出。"孟文说。

"忙过再说吧,到时,我来安排。"她接着问,"昨天去了渝富?"

"去了。"

"你打算……"辛芷望着他,说起了半截话。

"我……"孟文埋头说,"想……收回辞职申请。"

"真的?"

"真的。"他说,本想将了解到的渝富的情况讲给她听,又觉得没必要,"那里的工作,不适合我,记者才是我的归宿。"

"太好了,太好了……"大概她想连说三遍,结果被打嗝打断了。她端起杯子喝了一口咖啡,紧紧地憋住气。她知道,只要这毛病一开始,就半天不得消停。

孟文也晓得,赶快起身去吧台,要了一杯温开水。

"姐,喝温开水,别喝咖啡,"他将开水杯递到她手上,"我知道,这次惹你生气了。"

"我不是生气,是高兴。"她说,"这毛病,要叫我过一辈子平凡日子。"

孟文笑道:"姐是个有个性的人。"

辛芷的嗝,好在没继续下去。她说:"激动也得分高兴和生气,看来,高兴不喜欢我这毛病。"

妞妞幽怨的歌声在室内徘徊：夜色将我笼罩，寒冷向我袭来。啊，妈妈，你在哪里，我希望你的拥抱，我渴望你的爱。啊，妈妈，你在哪里……

辛芷听得流出了眼泪。从丁丁构思创作这首歌开始，她就多次听他唱过，没有一次感动过她，有时还厌烦。她曾对老高说过，明明妈妈在眼前，故意看不见，就像那首喊姐姐的歌，我要回家，我困了……都是少年不知愁滋味的号叫。这次，听妞妞那略带狂放的嗓音一唱，就想到丁丁忧郁的眼睛，那目光，真好像在寻找妈妈一样。莫非我这当妈妈的，就真离他很远吗？难道，这就是他们一味强调的两代人的距离？

孟文从歌声里听出双的哭叫，想到自己的岁月蹉跎，心中也一阵伤感。

"喂，好啦，"辛芷擦干眼泪，拍了一下孟文的手背，将他从沉思中唤醒过来，"给你谈件高兴事。"

孟文嗯了一声，回过神来，见辛芷换了个人似的。

"听好，保你高兴得不得了。"她说，"集团跟渝新网，准备组建重新新闻网站。"

孟文眼睛都瞪大了，连说："太好了，集团早该这样了。"

辛芷说："注意，要打嗝了哟。"

两人哈哈大笑起来。

"姐，你有啥打算？"

"我会有啥？"她说，"正想问你呢！"

"我？"他说，"姐指哪儿，我去哪儿。"

"姐哪儿也不去,坚守本职岗位。"

孟文有些失望,说:"我也哪儿也不去。"

"孟文,"她说,"真听姐的?"

"当然,唯姐马首是瞻。"

"让你去重新新闻网站?"

"不……"他迟疑地说,"姐不去,我也不去。"

"你必须去,"她说,"是姐要你去。"

"姐……"

"姐有这想法,还得集团领导决定。"她说,"网络方面姐是外行,那里正是你施展拳脚的地方。"

"姐……离开你,我怕没把握。"

"相信姐,姐的眼光没错。"

记者迎来第二十个自己的节日,在报业大厦大会堂举行的庆祝活动中,有一项重要议程:重新新闻网站授牌、挂牌。

昨天,孟文去了顶层集团领导小会议室,一班领导跟他谈话。陪同的辛芷,一直在他耳边念叨,领导说什么,要认真听,如领导问什么,回答的语气要诚恳,切忌还未上任,就表现出畏难情绪。她生怕他冒失,将差事失掉。其实,这是辛芷多虑。这场谈话,只不过是任命中的例行公事而已。去前孟文想好的一番言辞,根本没时间表达,十分钟不到,就结束了。随后,但曦晨将孟文和辛芷叫去了他办公室。在那里,孟文才明白,这才是真正意义上的上任前的领导谈话。

孟文诚惶诚恐地跟在辛芷后面。但曦晨一进办公室,不看谁,自顾自地说道:"把门关上。"

辛芷转身示意孟文,孟文返身,轻轻将门关上。但曦晨一坐在桌后的转椅里,就迫不及待地摸出烟,衔一支在嘴上,将烟往桌前一丢,边打燃打火机埋头点烟,边说:"我这里可以抽烟,要抽自取。"

孟文说:"谢谢,我不会。"

但曦晨没再说什么,狠狠地吸口烟,打火机在手里打了个转,手一扬,丢在了桌上,说:"大男人一个,不会抽烟,交朋友都要扣分。"然后头往后一靠,长长的烟雾,从嘴里缓缓地吐出来。

辛芷和孟文坐在桌前,她说:"但总的烟,不会随便散人的,孟文不领情,可惜了。"

但曦晨瞪她一眼,说:"话多。"

"我不说?你一脸严肃,紧张得孟文汗都出来了。"她说。

这一说,孟文轻松了,笑出声来。

但曦晨吸了几口烟,将半截烟熄灭,正襟危坐,又清一下喉咙,说:"孟文,你也算我的老手下了,说老实话,当初你刚来的时候,我并不看好你,是你们的辛主任将你强留下来了。事实证明,是我看走了眼。我现在重提这些,是想说明一个事实,我是实事求是的,你能有今天的出息,大概也有我的功劳吧?"

辛芷用脚碰了一下孟文,提示他该表态了。孟文心领神会,将对领导们没说出的决心,又增添了对但曦晨唱颂歌的话,慢慢地抖搂出来。一旁的辛芷,听得也有些肉麻,但她知道，但曦晨并不反感，有些话进入他耳中，是很享受的。从但总渐渐舒展开的脸色看来，孟文明白，自己的表态过关了。于是最后说："到了新的工作岗位上，一如既往地听从但总的指挥，"他将曾对辛芷说过的话，搬了出来，"唯但总马首是瞻。"

但曦晨马上接过话："好，我要的就是你这份心。"又问，"你有没有什么要求？"

孟文说："我手里没人，去了怕无法开展工作。"

但曦晨说："这你可以跟辛主任商量，有什么，提出来，我来解决。"

"我有个请求，可不可以提出来？"孟文说。

"你说。"

"我想在社会上招几个人。"

"当然可以，没有自己的人，事怎么能办好？这事，我给人事处说说，他们与你会同操办。"

孟文想，这次将小金招进来，具体他能干什么，再说。他想，以小金干练机灵的能力，熟悉一下编辑部的流程，干个编务什么的是没问题的，至少身边也有个贴心人。于是，他提到了小金。

"哦，给我办公室也做过清洁。"但曦晨说，"人倒是实在，每次，我办公室再乱，也被他收拾得整洁。不过……"但曦晨有点犹豫。

"以前跟我没交情，最近跟我熟了。我认为，这人有用。"他说后，又补充说，"但愿我没看错。"

辛芷说："反正是聘用制，好，留下，不好，解聘。"

刚进来时，气氛还有些紧张，现在松动了。最先轻松的是辛芷。报社有能力的人，不只是孟文，为啥他能成功？除他自己有才干外，领导的关爱和支持肯定至关重要。如果将领导具象化，那肯定就是辛芷和但曦晨。这点，孟文也是明白的，不然怎会一口一个辛姐的，叫得那样甜？辛芷的后台是谁，编辑部里谁人不知？但曦晨要跟孟文谈话，辛芷先就知道。内容不消说，是要孟文旗帜鲜明的立场。在编辑部也这么些年了，再不明事理的人，也知道但总的人有哪些。这些，辛芷也不好私下透露，反倒怕孟文笑话她小心眼。她怕就怕，此孟文非彼孟文，要是他反感这种小圈子行为，故意跟但曦晨犟起，那她多年的苦心，岂不白费？终于听孟文说出那句表忠心的话，她松了口气，心落到了实处。

孟文心中明白，一个好汉三个帮。这话，千百年来，就在国人人际关系中发挥作用。这点，孟文当然清楚。从他喊辛芷姐开始，就自愿将自己划入她圈子内。他也清楚，姐后面的掌舵人是但曦晨。其实，孟文等这场谈话等了好多年。他明白，今天这谈话，意味着他真正成为圈子中人了。

但曦晨说："我知道，你对你们辛主任好，一直是她的干将。其实，向她卖乖的人，多的是。你说你是有货的卖家，就行了吗？还得看我这买家，愿不愿买你那货！"他伸手拿过香烟，习惯性地将烟伸向孟文，又意识到他不会抽烟，就叼了一支在嘴里，抓过打火机点燃，突然又问："你知道，为什么派你去重新网？"

孟文真诚地说:"是但总的栽培。"

"明白就好。"但曦晨说,"好了,现在我代表集团,向你再次谈话。"

孟文明白了,集团领导有些话,得由但总说出来。他屁股不由得在椅子里扭了扭,腰杆挺直起来。

"这次派谁去重新网?本来,是想叫你们辛主任去的,她年龄不占优势,这点,很叫我们费思量。我跟她谈过,她让贤,向我竭力推荐你。"他深吸口烟,说,"我也观察你了这些年,你这人,能力不说了。能力并不重要,是可培养的,我看重的是人的本质,是你的年龄优势。你给我的印象不错,为人正直,不来阴的,这点很投我性情。当然,决定你去,是集团领导集体研究同意的,如果没我的提议,一切都是白说。你知道吗?"

"我当然知道,没有但总的支持,一切都是枉然。"孟文说。

"集团派你去,不仅是搞好网络的新闻宣传工作,主要是以集团的指示为目标,完成集团下达的各项任务。"但曦晨熄灭了烟,说,"给你明说吧,莫总这人的长处,我就不说了,你今后自己去感受。要说他的短处,说是把眼前利益看得比啥都重。这次他花大价钱,来买想要的东西,我们集团一班人都看在眼里。你会想,既然这样,又为什么同他搞网站?还不是大势所趋,形势所迫。我们纸媒要找出路,与网络联手,是事业发展的必然。在条件上,集团对他作了一些让步。其实,他是想要集团的二把手位置,没想到排名在我们之后。

他这人，很精灵，审时度势，不答应也不行，寄希望在年龄优势上战胜我们。那好，我们也来跟他玩玩，看时间到底在哪边。所以，派你去的意义就非比一般了，是代表我们集团利益出征的。今后，你有什么事，直接找我。这点，你一定切记。另外，今天我们的谈话，就我们仨，出门就是各人了，哈哈哈……"

室内的空气中烟味太浓，又太闷。辛芷去将窗户打开，并站在窗前，狠吸了几口新鲜空气又才回到位上。

趁但曦晨又用打火机点烟的时候，孟文抬头望了一眼窗外。从这高层里望出去，只有那方灰蒙蒙的天空，厚厚的云层，在窗外急促地驶过。这景象，是下雨的前奏。他突然想到，阳台上还晾有大小双的衣物，下去后，马上打电话给家里，当然，顺带告诉汪小梅，自己的新使命……

大哥

大哥

一

顺城街在重庆主城区下半城。主城区是座山城，坐落在长江边，山腰有条"之"字形公路，拐弯的上半部被本地人叫作"上半城"，下半部叫作"下半城"。这种包含地理因素的叫法，如果是用来明确某个地方，那其中的意味是浅显的；但要是用来说某人是下半城的，那其中的意味就要深长得多了。下半城沿江，沿江的码头自古一个接一个，当船工的、做小生意的云集，下半城也就成了穷地方的代名词。

现今的劳务市场，本地人称为人市，就在下半城的顺城街。

毛铁一进顺城街就像枯树遇到了春风，从头到脚都忽地长出了精神，一副得意的样子。因为他是顺城街人市的大哥，是大哥就得有大哥的姿态。

人市，这说法很合毛铁的意，会使他联想到随父母走十几里山路去赶的青龙场，记起卖蔬菜的菜市、卖鸡的鸡市、卖猪崽的猪市、卖牛的牛市……

跟毛铁一起走进顺城街的还有个妹儿。妹儿走在他身后，显得有点兴奋，因为她的脸是红扑扑的，而且还像开花一样开着心满意足的笑。她走路带跳，背上的帆布双肩包一颠一颠的，一束马尾巴头发在背包上忽左忽右地甩动。这很有点放学回家的中学生味道。当然，她跟中学生的年龄是不相称的，但她的举动却没得半点给人装嫩的感觉，一切都显得非常自然,是一种青春飞扬的自然。

毛铁走得有点快,妹儿两次赶上来挽他手臂,都被他高傲地推开了。路上不断有人跟毛铁打招呼。他们都叫他铁哥。招呼铁哥的,都是来人市找活路的农民工,有的他认识,有的只是面熟,有的根本就不认识,但铁哥一律都点头或哼一声回应。这种感受,让铁哥很享受也很满足,就像乡干部下乡检查工作,走在两边都有庄稼人做活路的田坎路上。那些人,招呼过铁哥后,随即都要打量跟在他身后的妹儿。妹儿长得不算漂亮,但却有一股让人眼睛亲热的活力,身材也丰满匀称。那些人看得妹儿的脸更红了,就像马上要从树上掉下来的桃子。铁哥却无事人一般,只顾向街尾走去。

刚到十字街口,左手街边突然响起噼里啪啦声,毛铁骇了一跳,后面的妹儿竟尖叫了一声,上前拉住毛铁的手膀就往身上靠。原来,一家饭馆新开张,城里不准放烟花爆竹,在用高音喇叭放电声火炮,第一声还没控制好音量,发出了"呜"的一声尖啸。

饭馆门额上挂着黑漆红字招牌:豆花西施。一位穿红缎子短袖旗袍的少妇,笑吟吟地站在招牌下张罗。毛铁想起,几天前,小松跟他说街上要新开一家饭馆,名字取得古怪稀奇的,叫豆花西施,又说老板娘也被人叫豆花西施,长得很妖娆。看到正在张罗的少妇,毛铁想,这恐怕就是豆花西施了,于是就把目光像膏药一样贴在了她身上。少妇那一双臂膀特别晃眼,丰腴得像新出塘洗干净的莲藕。毛铁看得吞口水,恨不得捧起咬一口。毛铁决定,哪时要来会会她。身旁的妹儿见毛铁看人看傻了，便推他。毛铁笑了，抽出胳膊说，这个电火炮儿哟，没想到像打炸雷一样骇人。

人市在街尾一栋大楼的一楼里。这层是清水房，只有水泥柱子和框架，临街是一道矮墙，上面用铁条焊成一长排栏杆，"顺城街劳务市场"的木招牌一个字一块地横挂在栏杆上。毛铁远远就看见，里面找活儿的人焦急得发慌，双手抓住铁条，把脸嵌进窗格子，一张张脸都变窄了，急切地朝外面张望。还有一些舍不得交一块钱进场费的，便游散在街头，目光四下乱扫，见人就问要招工请人吗。

这时，两个握半导体喇叭的保安人员在厉声喊话，把游散的人像撵羊儿似的往大楼里赶，市场规定不准场外交易。那些找活儿的人见毛铁来了，一窝蜂上来围住，七嘴八舌地求他介绍工作。毛铁说，哪有恁多的活路给你们，我还是个丘二呢。丘二是本地人对打工仔的称谓。毛铁刚到人市听人喊他丘二时，心里不悦，还怪别人认错人，说我不姓丘，我姓毛，后来经人解释才晓得其中的缘由。新中国成立前，本地人喊当兵的叫丘八，是幽默地把兵字分成两半喊，由此派生出喊帮工为丘二，原因是跟当兵的差不多，天下为家，八方当差找饭吃。新中国成立后，喊丘二是糟蹋人，所以一度销声匿迹，没想到这喊法现在又时兴起来。尽管面对这种解释，毛铁开初还感到刺耳，久了，竟习以为常，有时对自己也这样叫了。众人笑着说，你是大哥，我们才是丘二。毛铁在说笑中分开众人，径自向大楼走去。

进口处摆着一张条桌，后面坐着收费撕票的高老头。毛铁像往常一样，向他点点头，带着身后的妹儿就往里走。高老头却起身拦住他，对他说："毛大哥，不好意思……"

毛铁问："啥子不好意思？"

高老头说："真是不好意思，不管哪个人都要买票进场。"

毛铁有些惊诧，上前靠近高老头说："两天没来，我长变了，不认识我？"

高老头说："你没变，是毛大哥。"

毛铁说："还以为你得了健忘症。那为啥子不让我进去？"

高老头说："是杜主任这样吩咐的，还说这是管委会的新规定，任何人都得执行。"

杜主任叫杜斌，是劳务市场管委会主任。毛铁不相信他会说这话，就指着自己的鼻子说："老子才不管啥子新规定不新规定，莫非他指名点姓要我毛铁也得买？"

高老头委屈地说："毛大哥，话不好挑明，你晓得我这当丘二的不敢乱说。这样吧，今天我装一回瞎，下次就不行了，这事你还不能跟别人说。"

高老头说完拉开抽屉埋头找里面的东西。进场费也就一块钱，毛铁不是拿不起，他是大哥，从来进场不交费，何况私下里还跟杜斌有着交易，这新规定的确叫他有点失身份。毛铁本来要冒火，但高老头把话都说到这个份上了，只得把火气压下去，领着妹儿进了大楼。

大楼里人头攒动，喧声嘈杂。找活路的男女三五成群，或蹲或站或坐，有的男女在互相打情骂俏，以填补离乡背井的空虚；有的拿着硬纸块，上面写着什么红白二案、墩子、卤菜、挑面窝子、熬火锅卤水等，像找魂似的四下里钻，到处找雇主。这种闹哄哄的气氛和酸臭的汗味、呛人的烟味，毛铁很喜欢，一到这里他就像鱼儿游在河里，立马变得鲜活起来，刚才进门惹的不快，顿时也烟消云散。毛铁看见小松在人群里蹿来蹿去，就大声喊小松。圆脸的小松听见喊，便和几个人一起来到毛铁跟前。小松步子没站稳就说："大哥，这两天你手机不开，跑到哪儿去了？"

毛铁意味深长地笑着，回头看了一眼紧贴在身后的妹儿说："我还能到哪儿去？还有哪里值得我去？"

小松也看了一眼妹儿，妹儿霎时像出锅的虾子满脸红，低垂着眉头，不敢看人。小松认出她就是三天前到人市找活路的那妹儿，差点被人贩子拐到外地去，幸好被毛铁碰见，把她解救出来。小松一下明白了，原来是这样，就说："也不给弟兄们留个口信，像耗儿钻了地洞一样，连个影影儿也见不到。"

毛铁举拳捅小松胸口一下，跟着小松的几个人咯咯笑，笑得毛铁更得意起来，便回头又看妹儿。妹儿的头垂得更低，下巴都搁到饱满的胸脯上了。

小松没有笑，却吼着声音说："你们还笑，人市要变天了。"

毛铁环顾四周，然后慢腾腾对小松说："你在说啥子骇人的话哟！我看天还是这样的天，没见垮半边下来。"

小松着急地说："就跟垮半边差不多了。你晓得吗？现在弟兄们进场都得买票了。"

毛铁说:"这又怎样?我进场,高老头还喊买哩。他说这是管委会的新规定。"

小松说:"啥子新规定,那是安心跟我们过不去,我看见有人进场就没买。"

这时,杜斌从人群中走过,毛铁眼尖看见,上前叫住他。杜斌停也没停,说:"哎呀,我正忙。"

毛铁要开口问进场买票的事,杜斌已消失在人群中。毛铁问小松:"你是说这规定只针对我们?"又问:"是不是这两天我不在,春秋火锅城的丘二回来煽动罢市,惹他发火了?"

小松说:"这些都不是,我觉得是……"

小松拉着毛铁的手臂在原地转一圈,目光像机枪一样扫出去,然后站定,朝一个方向指过去,"那里,就是那个人。"

顺着小松的指头望去,毛铁看见有几个城里人站在一起,找活路的农民工都不敢靠近,从他们身边走过也显得小心翼翼。其中有个虎背熊腰络腮胡子的人,鼓着一对青蛙眼正跟人说话,嗓音像破锣,四周的喧闹也被压矮一大截。毛铁于是把那人打量一番,脸色渐渐严肃起来,问小松:"他是啥子人?"

小松说:"城头下岗的。我看见他和旁边的几个人进场就没买票,还是杜斌亲自带进来的,我听见杜斌给高老头作了交代,今后都不收他们的进场费。"

毛铁问:"真是这样?"

小松说:"当然。我看,他们是要跟我们抢市场。"

有人又接过话说:"他在收介绍费了。"

毛铁吃惊地问:"是那个络腮胡子?"

小松回答说:"对,就是那个络腮胡子。"

毛铁心里咯噔一跳,背上急出冷汗来。介绍费是他能收的吗?自己从武陵山区来到城里,二十来年啥子没干过?捡破烂,当"棒棒"(挑夫),火锅馆里洗碗,为百货老板做"媒子"(托儿)……吃尽了苦才瞄准这人市,而自己这大哥的地位,也不是哪个白送来的。为打工的介绍工作、解决跟雇主的矛盾、使找到工作的人安心找钱。这些,他络腮胡子做过吗?毛铁恶狠狠地问小松:"他有啥子资格收介绍费?他为大家做过哪些事?谁要他来收的?"

小松说:"除了姓杜的,还有哪个?你今天没来的时候,杜斌领着那络腮胡子在市场里转了好几圈。"

毛铁又向那些人望去,目光有些疑虑,小松几个也跟着望去。毛铁说:"姓杜的真带他在市上转?"

几个人异口同声说:"真的。"

小松说:"那还不是和尚脑壳上的虱子——明摆着的,用他的面子给他打广告。大哥,弟兄们都等着你拿主意哟。"

毛铁又把目光射向那些人,然后慢慢转向市场上来去的人们。这时,他的目光渐渐变得清亮起来,不像刚才还没睡醒。小松几个松了口大气。他们晓得毛铁这下当真了,只要他目光一清亮,脑子就不犯糊涂。小松还是不满地又盯了妹儿一眼,心里埋怨她把毛铁弄得神志不清,迷失了两天。

毛铁眼尖,看见了,就拍小松的肩头一巴掌:"你不要在我面前恨小琴,不关她的事。你给她找个当保姆的事,选一家条件好点的。"

小松几个这才晓得妹儿叫小琴。小琴悄悄拉一下毛铁的衣袖,毛铁扭过身,她在他耳边轻轻说:"我就跟你在一起。"

"不行,去当保姆。"

"我给你当保姆。"

"不行,我要啥子保姆,我才不想背个包袱受拖累。"

"我不是包袱,不会拖累你,我会做饭,我会洗衣,我会好好伺候你。"

小松在一旁插话说:"大哥厉害,才两天,她就离不得你了。"

毛铁说:"不要在一边添油加醋,你快点带她走。"

小松对小琴说:"走吧,我这阵教你找活路的功夫。"

小琴不情愿地跟着小松离去,走时含情脉脉看着毛铁说:"我要来找你。"

毛铁说:"那是以后的事,再说。小松,把她的事办妥当了,去打听打听那人的底细,我在茶馆等你。不要收她的介绍费哟。"

二

毛铁在人市打拼已经二十多年了。前十几年,他办事就在人市,一开门他第一个进去,晚上关门他最后一个出来,天天如此,比机关上班的干部还正规。近几年来,他的人生开始了新转折,成了众人的铁哥,于是少有去人市了。人市有小松几个张罗，不用他操心，通常他都在茶馆里喝茶。茶馆叫正阳老茶馆，在顺城街中街。毛铁喝茶喝出了一些习惯，不用茶馆的盖碗，嫌那装不了多少茶叶，冲两开味就淡了，而是用一只大号的老板杯，茶叶是云南的下关沱茶，发胀的茶叶有半杯，杯子里的茶水黑得成了墨水，要茶味苦得像黄连才舒服；还要坐固定的席位，就是正对进门靠墙那张桌子的上方，在那儿一坐，整个茶馆的动静一览无余，有人进出一眼就能看见。于是无论何时，即使他不来，这席位都会空着，有不知情的茶客坐了，就会有人对他说这位子是某某人的，那人就会让出来。如果哪天他心情愉快，同桌茶客的茶钱他还会慷慨付账，一包烟丢桌上随便抽，乐得茶客们铁哥长铁哥短喊个不停。因此，毛铁不仅是人市的大哥，还是老茶馆的大哥。无论是他跟茶客聊天，或是捧着硕大的老板杯昏昏欲睡，人市上的大小事都尽在他的掌控中。在他喝茶无事的时候，还爱时常想他二十年前只身闯进这座大城市的情景。那时他才十七八岁，人生地不熟，坐轮船来到这个城市，爬上码头看见那么多的人、那么多的车，吓得他忘了怎么走路，傻乎乎地坐在街边半天不敢起身。现在，他手下竟然有了几个铁杆弟兄，在人市成为了大哥，心里便生出一种满足的感觉。不过，他时常也会自问，要是他高考中榜，按当时的成绩最多考个师范院校，毕业后说不定又分回山区哪所学校教书，现在的情形又会怎样呢？每次想到这里，他就想不下去了，因为他一想到山区贫寒的生活就揪心害怕。他不是嫌弃自己家乡，是他明白自己再难从这座城里走出去了。

这时，春秋火锅城的老板涂二娃满头大汗地来到茶馆，直奔正对进门靠墙那张茶桌。涂二娃那张苦瓜脸一嵌进门框，毛铁就晓得事情来了，便扭头跟同桌茶客没话找话说，直到涂二娃站在跟前也当没看见。涂二娃摸出一包"中华"丢在桌上，一屁股便把坐毛铁右手位的茶客挤到一边去了，急吼吼地说："铁哥，你得帮这个忙。"

毛铁这才对着涂二娃一笑，问："又是啥子忙，火烧你屁股了？"

涂二娃也苦笑一下，说："真的是火烧屁股了。丘二们把欠工资的事捅到报社和电视台去了，记者要来调查，说要把这件事曝光。我硬是撞到鬼了。"

毛铁抓过桌上的"中华"，打开抽出一支点燃，狠狠吸一口，把一口浓烟往涂二娃脸上喷去，说："活该，听说你肾功能很强，包了两个小姐，还去澳门豪赌输了百多万，手头紧了就干出这昧良心的事来？你晓得，丘二们一个月就等那点钱过日子，有的还要寄回去养家糊口，你一拖就拖了他们半年哟。"

涂二娃用手扇开面前的烟雾，苦着一张脸说："还说那些，我都急得喊妈了。铁哥，只有你出面，叫丘二们缓两天，等筹到款，一分不少发给他们，喊他们给报社和电视台打电话不要来采访，就说事情已经搁平了，我立马拿两千块答谢你。"

毛铁嘿嘿笑了，说："你以为两千块就能打发我，让我当甫志高①，未必你还不晓得我也是丘二出身？"

涂二娃赔笑着说："晓得铁哥心头装着他们。这样，只要事情不闹大，我再多给一千块。"

毛铁说："跟我一说钱我就烦，为啥子不跟他们说？你这明明还在欺侮他们，把我搬去就镇得住他们？涂老板，你也是精明人，揩屁股的事还得靠你自己。"

涂二娃说："是呀，我是精明人干了傻事，这回是拿钱买教训。"

毛铁说："说你精明你就精明了？你是把罚酒当敬酒喝，看你这阵还傻得很，以为我会帮你说话。你包小姐、去澳门的时候为啥没想到要喊我帮忙？"

毛铁说完便喊茶堂倌添水，不愿再理涂二娃了，把涂二娃晾在一边。

涂二娃的火锅生意做了十几年，赚了不少钱，在本地的火锅行中也算是吆五喝六的人，还从来没像今天这样在人前低三下四过，这很叫他不舒服，但此刻又得求毛铁，再有气也得忍了。他开初把丘二们小看了，以为这些人好唬，是他养活了他们，只要有碗饭吃，他们只有对他报恩的分，还敢把他这个老板怎么样？但丘二们偏就要对他怎么样！丘二们给他提出期限，再不兑现补发工资，就要堵火锅城的大门，把事情捅给媒体。那些丘二都是经毛铁介绍来的，涂二娃晓得他们听毛铁的，于是来茶馆央求毛铁出面。

---

① 编者注：甫志高，小说《红岩》中出卖江姐的叛徒。

涂二娃当着众茶客的面露出可怜相,让毛铁很解气,毛铁不仅对发财人眼红,更恨那些不善待丘二的老板。涂二娃脸上快要挤出苦瓜汁了,对毛铁的一席教训不敢有半点反驳,只得继续顺着他连连恳求。毛铁还是说,这事你跟我是谈不好的,我可以出面协调,但你还得跟他们谈。涂二娃见只能这样了,就要毛铁去一趟火锅城。毛铁说我现在还有别的事要办,不能去,我晓得抽时间去。涂二娃说此事火烧眉毛不能拖了。毛铁说我晓得,还是得等它再烧一阵。

涂二娃走了,毛铁捧着老板杯喝起茶来。这时,茶堂倌提着长嘴壶过来,揭开毛铁的盖子添水,对他说:"这些老板心黑,该这样收拾。"

这茶堂倌是毛铁介绍的工作,收过他介绍费。毛铁抽出一支烟丢他面前,说:"好好伺候客人,少插嘴,免得惹火烧身。"

"我记住大哥的话,闭嘴就是了。"他手中的长嘴壶一扬一点,一道冒着热气的开水就冲向杯里,冲得茶叶子上下翻腾。他盖好盖子,拾起香烟看了看,舍不得抽,夹在耳朵上,又说:"谢大哥的好烟。还有件事要给大哥讲,对门豆花西施要请大哥帮忙找个掌厨师傅。"

毛铁说:"馆子都开张了,还差师傅?"

茶堂倌说:"师傅今天死了妈,要回去办丧事。"

毛铁笑了说:"看来豆花西施的生意要败了。"

茶堂倌说:"才不会,白喜事会给她带来财运。"

毛铁说:"好像你得了她好处,尽拣她好的说。你叫她来找我。"

茶堂倌说:"她只晓得你,不认识你,听人说你爱在这里喝茶,就留话要你去找她。"

毛铁心想,她撞到老子枪口上来了。就对茶堂倌说:"我晓得了。"

老茶馆在豆花西施饭馆正对面。毛铁坐在桌后,透过墙上的破旧窗子,望见饭馆门外新立了块牌子,红纸上写着"开张鸿发,八折优惠,水酒在内"。音箱里的火炮声,如今变成了腰鼓声,阵仗倒热闹,但毛铁望了好一阵,进去的人只有几个。他看到老板豆花西施两次来到店堂外,站在牌子前左右张望。才开张的饭馆就这样冷清,如今生意不好做。见豆花西施焦虑的模样,倒让毛铁生出几分怜悯来,心想,在顺城街开饭馆,怎么不来联络我毛铁呢?有我毛铁出面照顾生意,还愁店堂的门槛不被踏破?茶客们各自的谈话声将茶馆变成了闹哄哄的蜂房,在嗡嗡声中,毛铁独自想着,竟渐渐有了瞌睡……

小松带着个精瘦中年人来到老茶馆,站在过道上向里张望,从那些一起一伏的人头中寻找毛铁那个喷了发胶吹着波浪的头。茶堂倌提着长嘴壶过来说,大哥在等你,然后嘟起嘴巴往里一努。毛铁正枕着手臂伏在桌上睡觉。小松心想,难怪见不到他的头,原来在补这两天欠的瞌睡。

茶堂倌说:"两位喝不喝茶?"

小松说:"废话,来茶馆还不喝一碗?"

于是茶堂倌高高提起长嘴壶,掠过茶客们的头,像陀螺一样旋过紧挨密靠的茶桌,去柜台取茶碗,嘴里还一路吆喝:"里四桌,客人两位,沱茶两碗。"

小松过来坐在毛铁身边,用臂肘碰碰他。"大哥,睡得真香。"又对中年人说,"你坐。"

毛铁抬起头,睡眼惺忪地看小松,又望中年人,然后叫道:"哎哟……手臂枕麻了……"

毛铁倒吸凉气叫"哎哟",抻直腰,伸开双臂慢慢活动。小松说:"我帮你活动活动。"

小松话音未落,就捏住毛铁的臂膀像推磨一样摇动。毛铁皱着眉头嘴歪一边喊:"不要你动……不要你动……"

小松开心地说:"你是大哥,平时不敢惹你,现在机会来了……"

毛铁一边护着臂膀一边骂:"看我不把你往死里整……哎哟……"

只一会儿难受就过去了,毛铁的眉头舒展,嘴不歪了,臂膀也活泛了,顺手在小松腰间狠狠捅一下说:"老子打死你。"

小松说:"饶命饶命。"

茶堂倌一手提着长嘴壶,一手夹着两副茶具,笑吟吟走来,将茶具一撒,正好摆放在小松两人面前,然后用小手指和中指揭开碗盖,高高扬起长嘴壶冲水,等茶水冲好,小工又陀螺似的旋去应酬别桌的茶客。毛铁喝口茶水问:"那人的情况打听清楚了?"

"打听清楚了……"

小松要说下去,毛铁摇摇头打断他:"现在我不听。等会儿你去把弟兄们叫来,我请客,吃对门豆花西施。"

小松看中年人一眼,明白了毛铁的意思,就说:"那好,弟兄们也难得吃你一回。"

毛铁说:"还难得,就差点把老子吃成个叫花子。"

小松指着中年人说:"来茶馆的路上,碰见老王,络腮胡子要收他的介绍费,还打了他。我专门把他带来,叫他讲给你听。"

中年人怯怯地望着毛铁,喉管嚅动一下说:"是上前天,我刚找到活路,他的手下就找到我,说要收介绍费。我说我已经交给大哥了,他们问哪个大哥,我说就是毛铁……毛大哥。他们说那不算数,要我重新交给任大哥,我不交,就被他们几个强扭到江边打……"

毛铁丢支烟给他,问道:"打得厉害?"

中年人眼睛湿润了,喉管嚅动得更快了,他拿起打火机点烟,手不住地抖,他说:"没有狠心打,但那架势挺吓人。"

毛铁问:"收你介绍费了?"

"收了,还放出话,今后每个月都要交。"

小松说:"大哥,他们欺人太甚。"

毛铁没接话,阴沉着脸。这时茶堂倌提着长嘴壶过来,叫揭开盖子添水,三个人揭开盖子等添水。小工高扬起壶嘴朝三只碗里点三下,碗里就掺上满满的鲜开水,离开时还向毛铁说大哥喝好呵。毛铁这才扬起脸,对中年人说:"你走吧,这事我知道了。"

中年人问:"介绍费还交给他吗?"

毛铁说:"不交,以后我也不收你的,要是哪天我晓得你怕他们,交了,我就要再收。听明白了吗?"

中年人点点头,端起茶碗又狠喝一口,然后离开了茶馆。

三

顺城街街两边的茶馆、发廊、网吧、火锅馆、卤菜铺、录像厅门前都亮起了红红绿绿的满天星灯,五彩光亮把这条老街渲染得像上半城的闹市区一样闹热。

豆花西施馆子里只有三几个顾客,显得冷冷清清。两个服务员无事可做,在看挂在墙上的电视。坐在柜台后面的豆花西施望着街上过往的行人,就是不见进来,又见街边的麻辣烫、串串香、夜啤酒摊子,生意兴隆,心里免不了一阵悲凉。

随着一阵说笑声,毛铁和小松几个人拥进店来,闹闹嚷嚷挑了正对柜台的桌子坐下。毛铁屁股还没坐稳,眼睛就落在豆花西施身上。其中有人喊老板娘,小松却大喊豆花西施。豆花西施在柜台里对服务小姐喊客人来了,快泡茶。服务小姐摆上碗筷,倒上茶水。趁其他人七嘴八舌点菜的时候,小松望着豆花西施故意问:"你是豆花西施?"

豆花西施说:"我不叫豆花西施,馆子叫豆花西施。"

小松说:"馆子的名字就是你的名字,我们就叫你豆花西施。"

其他人也附和说:"就喊豆花西施,这名字好。"

豆花西施说:"只要客人喜欢,就尽管喊吧。"

小松说:"我们喜欢,毛铁大哥更喜欢。"

大家又一齐叫起来:"对对对,毛铁大哥更喜欢。"

毛铁说:"乱吼什么,大家文明点。"

"大哥脸红了,"小松笑毛铁,又对豆花西施说,"豆花西施,你不是要我大哥帮你请掌厨师傅吗,还不来见我大哥?"

豆花西施说:"哟,是毛大哥来了!"

豆花西施整理一下衣服,将本来就丰满的胸脯挺得更凸了,又扬起头摇了摇,用手轻轻一拂,让大波浪的长发舒展地披散在背上。豆花西施的这套动作,把一群人看得傻了眼,刚才最躁动的小松也变成木偶人。豆花西施脸上带着笑容,扭动腰肢来到桌前,望着毛铁说:"这位是毛铁毛大哥?"

毛铁说:"你认识我?"

豆花西施靠近一步说:"顺城街的大名人,哪个不认识!我还等毛大哥给我这小饭馆带财运来呢。"

毛铁说:"这好办,举手之劳,我跟弟兄们打声招呼,今后进馆子吃饭一律来你这儿。"

小松接过话,对另外几个说:"都听到大哥发话了吗?不准到别的馆子吃饭,今后这儿就是我们的伙食团。"

一个说:"老板娘得优惠我们。"

"那肯定,"豆花西施爽快地答应道,手滑过毛铁肩头,像不经意碰了他一下,说,"只要是毛大哥介绍来的,我一律打八折。"

脆生生的话音随着浓郁的香水味扑面而来,毛铁不由得耸了耸鼻子，全身涌起一阵酥麻的感觉，心想，城里女人的味道就是不同。这时服务小姐端上酒菜，小松要豆花西施陪喝酒，豆花西施说："你们先喝，我过会儿再来陪大哥喝几杯。"豆花西施向毛铁丢去个媚眼，嘴角抿起笑意，一扭腰肢回到柜台里。小松几人从豆花西施身上收回的目光同时落在了毛铁脸上，爆发出一阵哄笑。毛铁说："你几个少装怪，来，喝酒。"一杯酒下肚后，毛铁对小松说："把摸的情况说来听听。"

小松说："那些是城里下岗的……"

毛铁说："我晓得是下岗的，我要听络腮胡子的情况。"

小松清了声喉咙说："他姓任，都叫他任胡子，今年四十五岁，是双江机器厂的维修电工，技术上有一套，厂里人都服他。那年厂里搞合资，跟一个港商，港商要裁减员工……"

毛铁接过话："结果他被裁了……"

小松说："没有，他和他老婆都没被裁，他老婆也是那厂的。那些被裁的工人都找到他，说他技术好，有威信，要他站出来帮忙说话。他真就站出来了，协助谈判代表跟港商和厂长谈判，为那些被裁的工人打抱不平。厂长说你任胡子两口子我们并没有裁，你来凑啥子热闹，当啥子协助，自个儿回去。任胡子说我不回去，大家被裁了我没被裁，我过意不去。厂长说那就裁你。任胡子说我也不能裁。厂长说不裁你不好，裁你也不好，你说咋办，还要不要这个厂活？任胡子说人都被裁了，厂活起有啥子用？结果谈判了两天，谈不下去，急得港商说再谈不好他就不合资。厂里只好硬起心肠，把任胡子两口子也裁了。"

毛铁说："他就到人市来了……"

小松说："那是六七年前的事，他要来，早该来了。"

毛铁问："为啥子他现在才来？"

小松说："被裁后，他成了正式的谈判代表，厂方干脆厂门都不让他们进，他几个代表在厂门前静坐了三天三夜，厂方的头头都躲他们。这天他们得到消息，说厂长在城里的一家五星级酒店设宴答谢港商，任胡子就带领代表们赶到酒店，冲进去掀翻席桌。酒店的保安来制止，跟任胡子他们发生冲突，双方都有人受伤，厂长被打断了腿，落下个残疾，那港商也被打得住了几天医院，结果任胡子坐了三年牢……"

毛铁说："你讲的都是真的，没有添佐料？"

小松说："大哥，未必我会为他梳光光头①？"

毛铁点头说："那倒是，后来呢？"

小松说："三年后他出来，两口子用汽油桶在家门前砌起炉子，烤烧饼卖，炉子上竖块'下岗烧饼'的招牌。说来那任胡子倒霉起了冬瓜灰，烧饼没卖三个月，老婆带着娃儿跟一个广东人跑了。说那段时间里，他像疯子一样到处嗷嗷叫，把烧饼炉捣毁了，还追到广东去找了一大圈……"

毛铁性急地问："找到没有？"

小松说："广东这么大，具体在啥子地方，他根本不晓得，到哪儿去找？他回来后，就带着厂里的一帮弟兄来到

---

① 方言，比喻做挣面子的事情。

人市。"

几个人都端起酒杯喝酒,喝得喉咙咕咕响。毛铁放下杯子说:"他也算是条汉子……"

小松说:"大哥,那我们怎么办?"

有人说:"管他汉子不汉子,他要来抢市场就不行。"

毛铁说:"这件事不那么简单,得好好想想。"

小松说:"大哥,有啥子好想的?他根本没把你放眼里。"

毛铁说:"这就更该好好想想。"

小松说:"二十年了,地皮好不容易被大哥踩热,他说来就来,就变成他的天下了?"

毛铁说:"谁也没说就是他的天下。"

小松说:"大哥你一句话,弟兄们听你的。"

另几个也叫道:"对,我们听大哥的。"

毛铁瞪他们一眼,说:"以为是对付几个新来找活路的?"

小松急了,抓过啤酒瓶往嘴里灌。毛铁却沉静地拿起筷子夹菜吃。他慢慢嚼着说:"让一半给他。"

扑哧一声,小松嘴里的酒喷出来,溅到毛铁脸上,毛铁一边骂一边用手揩了。小松放下瓶子说:"弟兄们跟你拼打来的天下,就拱手相让?大哥,你忘了你屁股上的伤疤,还有猴子的脚现在还是跛的……大哥……"

那是十多年前,跟另一伙要来争人市的人发生打斗,毛铁屁股挨了一刀,手下一个叫猴子的脚筋也被砍断。毛铁说:"一辈子不会忘,每到下雨天还痛呢。"

小松说:"那就好,就怕你忘记了。只要你大哥一句话,要打要杀,弟兄们跟随你。"

另几个也一齐大声重复起小松的话,惊得柜台里的豆花西施和别的人都往这桌看。

毛铁又说:"这不是对付几个新来找活路的,他们是矮子过河——安(淹)了心的。"

小松说:"大哥,你胆量哪儿去了?"

"这不关胆量的事,莫非硬要来个两败俱伤?"

"成者王,败者寇,输了我心甘情愿回农村。"

"你我回农村,弟兄们都回农村?所有从农村来的人都回农村,还找不找钱养家?"

刚才还激愤的几人你望我我望你。小松说:"那该咋办?"

毛铁说:"让一半,他管城里人,农村来的我们管。"

小松听了,眼睛渐渐亮了,说:"我懂了,大半个天下还是我们的,来人市上找活路的城里人毕竟少。"

那几个又兴奋起来,端起杯子喊喝酒。毛铁对小松说:"你去跟他说,就说我说的,他一半我一半。"

堂上另一桌的客人吃好付账走了。豆花西施来到桌前,对服务员说:"去,给我拿箱啤酒来,不记账。"

四

毛铁要去找杜斌谈进场费的事,叫小松陪去,小松不肯,叫毛铁也别去,还说了句"鸡跟黄鼠狼去拜年"的话。毛铁又好一阵劝,小松才答应,但不进门,只陪走一趟。两人先去了新世纪超市买礼品，不能空着手去，跟杜斌就是利益关系。在超市里，两人在烟酒柜前转了好几圈，好的买不起，次的拿不出手，最后折中，买了一条"恭贺新禧"烟和一瓶"诗仙太白"酒。三百多块钱换了个背心袋，轻飘飘从售货员手里递过来，小松心痛得捶胸口，连骂杜斌是他妈个"周扒皮①"。毛铁说是我拿又不是你拿，这叫啥子，这叫舍娃儿套狼。

杜斌住在天官府街一座院子里。毛铁和小松到这里时，天已黑尽了。从一人高的围墙上望去，楼上窗户里亮着灯光。到了院门前，小松将货袋交给毛铁，自己一闪身进了暗处。

院门紧闭，毛铁按了门铃。一阵过后，院门开了，杜斌把着门扇，见是毛铁，有些惊讶，说："是你！"

毛铁说："来看望杜主任。"

这座院子对毛铁来说并不陌生，曾多次来过，也曾听杜斌炫耀过这份祖上传下的房产。杜斌的祖辈是盐商，生意做得大，商号曾开设到省外，在重庆城也算一方富人。但到他父亲辈时，家道中落。他父亲是个败家子，抽大烟，玩川戏票友，养一帮戏子四处演出，没几年，祖辈的积蓄消耗殆尽。正准备将这份房产变卖之时，国民政府垮台，新中国成立了，这院子作为资本家的财产被国家没收，直到"文化大革命"结束，才回到杜家手里，这时的杜家只剩下杜斌这一脉了。这座院子是一楼一底，进了院门，是一条通向楼房的小径，

---

① 高玉宝小说《半夜鸡叫》中的地主恶霸,半夜三更学鸡叫让长工起床劳动。

小径两边是石山水池,虽说规模很小,但被杜斌收拾得倒也别致。听杜斌说,这院子回归到他手里时已破败,是经过他十几年的惨淡经营才修复成今天这样。

底楼进门是宽敞的客厅。毛铁跟在杜斌后面进了客厅,正说要把手里的东西给杜斌,抬眼看见沙发上坐着任胡子,心里咯噔一跳,便不好说起礼物的话,就将东西放在沙发旁的茶几上。杜斌看了一眼,把脸扭开,也不叫坐。毛铁想,自己真是被鬼撞了,真是不该来。好一会儿,他站也不是坐也不是,手足无措,最后红着脸坐在沙发扶手上,禁不住看了眼茶几上的货袋,又想,小松,我比你还心痛。

杜斌指着任胡子对毛铁说:"你来得正好,给你介绍一下,这是任胡子,他叫毛铁。"

任胡子坐着不动,眼皮一抬,瞟了眼毛铁,说:"哦,听说了。"

杜斌说:"你两个在人市上打交道,要互相关照才对。"

毛铁没吭声,任胡子想说什么,却被杜斌摇手制止了。杜斌说:"我有个原则,家里不谈公事,看,我谈了,就此打住,我们只闲聊。"

任胡子接过话说:"对,对,闲聊。"

毛铁顿时觉得自己的嘴被一只无形的手紧紧捂住了。三个人聊不出共同的话题,东说西说一阵,毛铁浑身不自在,说了几句就起身告辞。杜斌没留他,送他出了院门。

院门咣当一声关上,毛铁感到像有人推了自己一下,转身看去,背后啥也没有,只有漆黑一扇门竖在面前。他顿时一股火气从胸中冲上来，脑门顶一阵发烫，便对着门骂了句。

小松从黑暗里出来，说："你在骂哪个？"

毛铁说："就嘴巴发痒，骂了舒服。"

小松问："谈好了，这么快？"

毛铁说："任胡子在，不好谈。"

小松说："他来干啥子？"

毛铁说："还能干啥子，总不会对我们有好处。"

小松说："那你一句都没提？"

毛铁说："根本不准我开口。"

小松慢慢地说："可惜了烟酒。"

两人一路回到住处，都再没有说话。

第二天，毛铁去单位找杜斌，单位的人说杜斌出差了。毛铁怕他故意不见，去办公室堵他，结果杜斌真出差了，一个星期后才回来。

几天后，毛铁听小松说，有人看见杜斌回来了。杜斌办公不在劳务市场，在顺城街街道办事处，劳务市场属办事处经管科管。杜斌是经管科科长，人市上都习惯叫他杜主任。他乐意人们这样叫他，主任是个含混的职务，比科长好听。毛铁到办事处正是上班的时候，里面的人陆续到来。守传达室的汉子是个从人市招来的临时工，认识毛铁，刚做好各办公室的清洁，扫完过道和院坝，进了传达室兼卧室。他探出窗子叫毛铁进去坐坐，说还没见杜科长来。毛铁坐在汉子的床边，环顾室内，用手抚着床铺说："你这工作比我还强。"

汉子说："大哥说笑话，这算个啥，下等人的工作。"

毛铁说:"这是坐机关。从人市出去的,有几个像你这样?上班舒舒服服坐屋里,下班大门一关,就是你的天下。"

汉子说:"这倒是,比上不足,比下有余。"

两人正聊着,毛铁看见杜斌从窗外走过,便出去叫住他。杜斌见是毛铁,脸上有些不悦,站在院坝里说:"是你,怎么到这里来找我?"

毛铁听这话就不高兴。这些年来,人市能够逐渐兴旺没少他的作用,他在人市也算是个有头有脸的人物,私下里和杜斌还有利益关系,没想到杜斌今天却给他一个当面下不来台。人市以前不在大楼里,找活儿的打工者散布在顺城街上,将整个一条街变成人头攒动的人市场,阻碍交通,有碍观瞻,闹嚷声吵得居民整天不得安宁。有关部门多次派人驱散,好不到半天,又依然如故。更严重的是这条街成人市后,社会治安混乱,殃及居民。当地居民联名向上反映,要求对人市加强规范管理。于是当地政府划出一块地方,修起这栋大楼,将人市搬迁进去,雇主和找活路的都必须买票进场,交易只准在场内洽谈。杜斌接手这工作,却发现人市的问题根本不是一栋大楼所能装下的,便找到毛铁,要他维持人市秩序,不要给人市添乱,条件是同意毛铁和他的弟兄进场不买票,并默许收介绍费。毛铁也是明白人,每到过年过节,都会孝敬杜斌。在很长时间里,人市运转正常,风平浪静。但现在要收进场费了,还默许任胡子收介绍费,毛铁对杜斌有了埋怨,心想,是不是嫌给少了,就扶持姓任的。毛铁今天安心要到这里找杜斌,让杜斌的同事都知道他跟毛铁这人有一定关系，就对杜斌说："杜主任，那天到你家想跟你说进场费的事，没说成，我今天只好来这里问一下，究竟是怎么回事。"

杜斌说："这是管委会的规定，无论哪个入场都要买票。"

毛铁说："杜主任，我手下的弟兄这样进出好多年了，你心里是明白的。"

来上班的人经过，都扭头看两人，有的还向杜斌点头招呼，站在院坝中央的杜斌就靠边让让，显得急躁起来，说："与时俱进，不适合新形势的旧规定也得改。"

毛铁说："要改，就得一视同仁，不要对另外的人用你的老规定。"

"有你这样说话的？"杜斌有些火了，这时里面有人喊他，他应一声，又对毛铁说，"我正忙，你快走，不要再来找我。"

杜斌身上的手机响了，他借接电话就径自走开。毛铁冲他背影大声说："等着，看哪个来找哪个。"

毛铁愤然转身就走，守门的汉子对他说话，他也不理睬。在办事处大门外，毛铁迎面碰上小琴。小琴说她来找他。毛铁惊异地问："你不是当保姆了吗？"

小琴说："是的，趁主人睡觉，就出来了。"

毛铁说："不怕他醒来？"

小琴说："我给他吃了安眠药。"

毛铁说："是他自己要吃吗？"

小琴停了一会儿，细声说："是我悄悄放的。"

毛铁说："怎么能这么做，闹出事来你担当得起吗？快些回去，把他弄醒。"

小琴说:"不会出事,我搞过几回了,充其量他就睡半天。"

毛铁说:"你是不是想偷懒?这样做是要不得的。你回去吧,我这阵有事。"

小琴叫住要走的毛铁,红着眼圈说:"铁哥,我不想回去了……"

毛铁一怔,只好又站下来问道:"为啥子,才去几天呀?"

小琴的眼泪流了出来,说:"就这几天也是水深火热……"

毛铁从办事处里出来正窝着火,想躲个地方去静心想想,见小琴哭了,觉得在街上让人见怪,就说:"哎呀,哭啥子,走,换个地方。"

毛铁带小琴出了顺城街,向长江边走去。枯水季节的长江平缓地流着,大片的沙石滩空旷寂静,远处有几个小孩在放风筝,叫嚷声被江风吹得断断续续。毛铁和小琴在一道石梁上坐下来,两人沉默无语,一会儿仰头望空中摇摇摆摆的风筝,一会儿遥望江对岸灰蒙蒙的南山。

毛铁看了一眼小琴,发现她眼圈发青,脸颊消瘦,觉得比离开的几天前要憔悴些,不由得生出一丝怜惜来。随即他又对自己有这种感觉感到奇怪,尽管他还是个单身,但睡过的女人也有几个,甚至有一个跟他形影不离生活了大半年,都没在他心里占据一角地位,为什么跟这个小琴一起过了仅仅两天,就会惦着她呢?本来,他与她并不相识,那天去人市,有人来告诉他,说有人在场外私下招工,逃避进场费和他的介绍费。他带着小松,在人市外的一块空坝上找到那个私招的雇主，一共有三个人，操外地口音，说是为广州一家大酒店招服务员，要的全是未婚女子，小琴就在其中。在人市混了二十来年的毛铁，一眼看出对方是人贩子。人市发生过几次人贩子借招工拐骗年轻女子的事。毛铁一边跟人贩子周旋，一边叫小松找来人市的执勤人员，将人贩子扭送到公安派出所。经过审问，疑犯是个跨省拐卖妇女的团伙。这天毛铁和几个女子在派出所做证出来，故意掉在后面的小琴叫住他说，你就是毛大哥，感谢你。毛铁说，你拿啥子感谢我？小琴说，毛大哥你说。毛铁顺口说，那就跟我走。她果真就跟他走了。毛铁没把她带回住家处，把她带上南山，住进一家农家乐。毛铁原以为，她跟他以前睡过的女人一样，一夜欢愉后，第二天分手就各奔东西，连各自的姓名也无须打听。毛铁没想到，一住就是两天，而且还知道了她姓秦，是个小县城的女子，结婚不到半年，丈夫因赌博与人发生械斗被杀死，欠的赌债落到她头上，被债主逼得无处可躲，才离家来到人市。在这两天里，她温柔地依偎着毛铁，时时让毛铁有男子汉大丈夫的感觉。短暂的两天，她在他心中竟留了下来，她的容貌不少出现在他脑中。毛铁顺手捡起一颗鹅卵石向江中丢去，鹅卵石在空中划出一道弧线，咚地掉进江水中，激起一朵浪花。毛铁问小琴：“你说你不想回去了，为啥子？”

小琴咬着嘴唇，手绞着衣角说：“他难伺候，是个半瘫。”

毛铁说：“这种人不难伺候，一天都睡在床上，能要你做多少事？”

小琴说：“我不怕做事，再累再脏的事我都不怕做，给他翻身，给他擦洗身子，我都可以干。"

毛铁说："那还难伺候？"

小琴说："他跟我那死去的男人一样，是个赌鬼，遭人打残废的，我一想到这点，心头就堵得慌。我还想，管他的，别人拿钱雇我，该做啥就做啥，何必想那么多。要是事情就这样，我也就安心在那里，你不晓得，这个人有病……"

毛铁问："啥子病？"

小琴说："他长期赌钱养成晚上不睡觉的习惯，现在也不睡，跟我翻来覆去讲他过去如何赢钱，拿出麻将、扑克表演给我看，要我陪他对打。一个晚上不准我睡觉，实在坚持不住了，闭会儿眼睛，他那双手就在我身上乱摸……说他一生就见不得两样，一是牌二是女人，见了就要伸手……从我到他家就没睡过一天好觉……"

毛铁说："他家的人呢，你没向他们说？"

小琴哭了，泪水不断线地流下来，说："他家的人早就烦他，都躲他远远的，那间屋除了我，谁也不跨进一步。我对他家人说了，他家人还责备我，说我装纯洁，还说出来当用人的还怕被人摸。"

毛铁说："是这样，那就不回去了，另给你找个工作。"

小琴说："不行。"

毛铁说："又怎么啦？"

小琴说："去的时候，签了合同，没干满一个月走人，工资一分钱不拿。我苦了这些日子，要我这样走，心里不甘。"

毛铁没马上接话，看着一次又一次涌上岸来又一次又一次退回去的江水，想了想，说："他姓啥，家在哪里？"

小琴说："姓吴，王爷石街14号3楼2号。"

分手时，小琴叫住毛铁，问："你经常在豆花西施吃饭？"

毛铁说："那又怎样？"

小琴低着头说："没啥子，就是想提醒你，你不要忘了，她是个城里做生意的女人。"

五

涂二娃一早就给毛铁打手机，要他赶快去火锅城，说丘二罢工了。毛铁敷衍了两句，不说去也不说不去。没过一会儿，涂二娃又打来，说报社和电视台的要来曝光，生意这次是彻底败了。他在手机里高一声低一声毛大哥地喊，喊得毛铁听了自己都肉麻。他还说在那头给毛铁跪下了，求毛铁无论在做啥子事都放一下，到他那里去救火。毛铁觉得该去了，就答应了他。

毛铁去春秋火锅城吃过火锅。春秋火锅城在下半城的南纪门，临靠长江，门面按巴渝民居风格装饰，翘角瓦檐穿斗木挑梁，店堂两百来平方米，另有十个包间，大理石火锅桌一溜溜排开。火锅讲究传统味道，麻辣鲜，牛油味重。白天，临江的木格玻璃窗打开，尽收江中和对岸的风光；晚上，夜景入眼，大助吃兴。远近的食客都慕名而来，火锅城天天爆满。中午毛铁拢火锅城正该是生意打拥堂的时候，现在店堂却冷冷清清，外面围着不少看热闹的人。店门大开，二十来个丘二稳坐在长木凳上，将门堵得严严实实，其中还有人不断地向看热闹的人揭露老板拖欠工资的事，一些来吃火锅的食客见状，只好转身。有没走的还帮丘二打抱不平，责骂老板黑良心。毛铁远远望见涂二娃在店堂里抓耳挠腮，像疯狗急得团团转，心里一阵庆幸：你也有今天！

丘二们见毛铁来了，个个像突然长了精神，一些仍坐在凳上挡住大门，一些就围上来，七嘴八舌地向他诉说。涂二娃从店堂里跑出来，把毛铁往里拉，并喊大家有话去里面说。毛铁说，你自己进去，我现在不进去，要跟他们谈。涂二娃退回店堂，眼巴巴地望着外面。毛铁对丘二们说，我来帮你们，你们相不相信我？丘二都说，毛大哥，我们还有不信你的？毛铁说相信我就好，你们推选两位代表，跟我去同老板谈，不要一起都上，弄得不晓得听哪个的好。丘二们一阵商议，推选了两位代表，便跟随毛铁进了店堂。他们前脚进店堂，报社和电视台的记者后脚就到。报社来的是个戴眼镜的女记者，电视台是两个小伙子，一个扛着摄像机，一个拿着话筒。那扛摄像机的没歇口气，叉开双腿就将一只眼睛贴上了取景镜，对着火锅城的招牌拍，然后镜头一扫，又对着堵门的丘二猛拍。女记者和拿话筒的便上前采访。这时，涂二娃见了，忙慌慌地从里面奔出来，伸手遮住摄像机镜头，大声哀求道："请不要拍，不要拍，有话好说，有话好说……"

女记者问涂二娃："你是春秋火锅城的老板？"

涂二娃声音发颤，一副哭相，摊开双手说："还是啥子老板哟，生意都糟蹋完了。"

毛铁对两位代表说，如今找事做不容易，火锅城的生意一向好，要是老板工资兑现，大家做下去还是不错的，今天只要老板答应补发工资，并保证以后按月发，我看这事就没必要闹大，大家以拿到钱为目的。两位代表说这也是大家的意思，我们也不想闹大，今后还在这里做事，生意不好了，也断自己生路。毛铁说既然这样就好办了。他便出了店堂，对记者说："各位记者，我是大家推选出来的代表，正要跟老板谈判，如果你们有兴趣就参加我们的谈判。"

记者们说好，我们参加。进了店堂，毛铁给涂二娃一个眼色，涂二娃赶忙脸上堆起笑，安顿记者坐下，请那两个代表为他们泡茶，他去办公室里拿出三包"中华"香烟放在桌上说，请抽烟请抽烟。毛铁又到门外对堵门的说："记者来了，大家就没必要堵门了，老板已经晓得了利害，我们做事要有分寸，切莫做过了，大家还得靠这里过日子。是不是大家都进去，把门关了，等跟老板谈判好了再营业？"

堵门的都齐声赞成，便撤了板凳，进了店堂，最后进的将卷帘门关上。涂二娃见毛铁居然处理好了这些事，就握着他的手，说："毛大哥太落教（义气）了，我要好好感谢你。"

毛铁说："不忙说感谢的话，先把大家的事情解决好。"

谈判在老板办公室进行。一开始，摄像机就不停地拍，女记者也拿出采访本记录，只要有谁说话，记者的话筒就举到谁面前。涂二娃坐不住了，便说："记者小姐、先生，你们不要采访了，我们正在谈判，这件事会解决好的。"

拿话筒的记者说："这件事非常具有典型性，现在很多打工者做了事拿不到工资，有的老板是故意拖欠，甚至溜之大吉，害得打工者欲哭无泪。今天我们领导专门指示要做个十分钟的专题。"他又问女记者，"不知道你们报社是怎样安排的？"

女记者合上采访本，说："我们领导也很重视，说要拿出半个版面来报道这件事。我准备写一篇通讯，配发一篇短评。"

扛摄像机的记者又将镜头对准涂二娃，涂二娃慌得举起双手遮住镜头直摇，像被人戳了痛处，近乎呻唤地说："哎呀，我是倒大霉了，成了菜板上的肉，任你们宰割。"

拿话筒的记者说："这话是你说的？我给你录了，就这样放出去。"

女记者说："我也记了。是你拖欠打工者的工资，是你惹起的事端，怎么说任我们宰割？好像是我们在制造新闻。"

涂二娃拍着脑袋说："我乱说，我乱说，是我错了，是我错了。"

毛铁这时站起身来到涂二娃跟前，指着他鼻子说："你早知今日，何必当初！拖欠大家工资那么久，多次跟你交涉，你总是像哄娃儿一样哄大家，落到今天这个地步是你自己造成的。你要接受教训，尽快解决尽早恢复营业。"

涂二娃说："是是是，你们提的条件，我都答应，就是不要再采访了。"

毛铁对记者说："请你们先到店堂喝茶，等我们谈判有了结果再告诉你们，这样好不好？"

记者们说我们也希望这事能妥善解决，那样报道有个好结局。他们出了办公室，涂二娃才松口大气，端起茶杯牛饮。过后，他对毛铁和两个代表说，你们的条件是什么，先提出来。两个代表中的一个说："哪是我们的条件？是你拖欠我们工资，我们要求补发。"

涂二娃说："现在资金周转不过来，二十来个人几个月的工资，一下拿出来真是困难。是不是这样，我今天先补发一个月的，每过半个月再补发那两个月的？"

两个代表互相望了一眼，拿不定主意，就看毛铁。毛铁说："我来，是你涂老板三番五次请的，来就得发表意见。我以前跟你表明了态度，我站在丘二立场。今天的事你是看见的，报社、电视台的都来了，谈得不好，你开不成业，他们报道肯定还要继续，要是弄成这样，我看你火锅城才真垮了。"

涂二娃："我当然不愿弄成那样子，背了一屁股债，还要靠这火锅城还呢。"

毛铁说："既然这样，你就听我给你提几条。"

涂二娃说："你提，哪几条？"

毛铁看了两个代表一眼说："没有先同你们商量，我先提出来，看行不行，老板答不答应。如果双方都能接受，再去征求一下大家的意见。我提三条，一、克扣的工资如数一次性补发；二、书面保证不准因这件事无故开除人；三、你不是答应拿出三千元吗？我只收你一千，另外两千作为补偿分发给大家。"

两个代表马上表示同意。涂二娃愁眉愁眼思忖了好一阵，说第一条和第三条可以接受,那第二条是不是只留后一半,不准无故开除人。毛铁说:"这第二条看他们同不同意改,我不参言,你们双方协商。"

两个代表说,这条对我们很重要,要个保证,要是今天一过你就把我们炒了,那我们不是亏了。涂二娃说有了这一条,你们可以骑在我头上了,我还拿你们没办法。毛铁说,这里面有"无故"这词,要是哪个丘二真做错什么事,你就有理由炒他,并不违背这个协议。

两个代表也附和说,是的,只要不是"无故"。涂二娃又考虑了一阵,最后同意了。毛铁叫两个代表去征求大家的意见。两个代表出去后,涂二娃对毛铁说,记者怎么办,要是文章上报、电视播放,我这火锅城还会有生意?毛铁说,这是你偷鸡不着反蚀一把米,我看你还得破费一笔钱,你要是答应,我去通融。涂二娃问要多少。毛铁说,像他们这些人是嘴大吃八方,可能一个人少了两千是消不了这灾的。涂二娃像被人抬上了杀猪台的猪一样号叫起来,有他们这样宰人的吗?安心要老子的命,比老子还狠,不行不行。毛铁说,你不要叫,不愿意就算了,我也不管这闲事,说完要转身出办公室。涂二娃一下又软了,拉住毛铁,捶着胸口说,那就蚀财免灾吧。毛铁说,你赌一回的零头还不止这点呢。

两个代表进来了,说大家都同意,但要涂二娃立字据,双方在上面盖手印。涂二娃无可奈何,说老子反倒成了杨白劳,硬是时代不同了。毛铁笑着说,你这是手敬你不吃,脚夹起你吃了。

毛铁出来，丘二们都向他道谢，要出钱请他和记者吃火锅。涂二娃说，还要你们这些请吗，我脑袋都进去了还可惜耳朵？这顿火锅算我的。于是店门重新打开，营业的牌子挂出去，丘二们又忙碌开来。两个代表跟涂二娃又返回办公室，一同拟定协议去了。毛铁也将记者邀去一边，密谈了一阵，然后都愉快地回到火锅桌旁坐下。这时，一锅鲜红的火锅卤水已经滚涨，散发出麻辣牛油香……涂二娃办完事出来陪毛铁和记者，尽管这事让他心上被戳了一刀，但毕竟搁平了，在入座时毛铁又给他点了一下头，意思记者的事也搞定了，便忍着心痛，频频端起酒杯强颜敬酒。吃到一半时，涂二娃叫毛铁进了办公室，过了好一会儿两人又出来。

这顿火锅吃了两个多小时。临走前，毛铁同拿话筒的记者进了趟厕所，出来时两人显得异常亲热，互相拍着肩膀。涂二娃对记者说，今天这事就靠各位包涵了，又指着摄像机说，你们这个……扛摄像机的说你放心，片子不编就是了。女记者拍着挎包说，我不写就是了。涂二娃脸上终于露出笑意说，以后欢迎你们来吃火锅。记者们也说，这叫不打不相识，今天成了朋友，以后有什么事打个招呼就行了。毛铁特别殷勤，帮着扛摄像机，在路边叫住一辆出租车，将三人送上车，关好车门，车子开动后还招手再见。

毛铁是打着响亮的饱嗝离开春秋火锅城的。今天他的口袋里多了两千五百元钱，涂二娃给的三千元酬劳费，他只收了一千元，两千元承诺补偿给了丘二们，另一千五是从每个记者身上扣下的五百元。他对自己的这一手非常得意，帮了丘二们的忙，在涂二娃面前捞了面子，也从中获了利。在路边，他潇洒地撩了一下头发，一辆出租车很快停在他身边，司机以为他要打车，他摇手，司机骂了句神经病，开走了。

六

小松在人市里转了半天，始终不见任胡子的身影，问了几个认识任胡子的都说没看见，下午过半才打听到任胡子在麻将馆里打麻将。

顺城街有近十家麻将馆，小松几人有时也跟毛铁去这些麻将馆里小赌，输赢不看重，每人一二十块钱，赢家请喝啤酒，往往请吃花得更多，赢家反而变成了输家。小松对这些麻将馆是轻车熟路，最后在某一家找到了任胡子。任胡子这时手气好，刚和了牌，正在收钱。小松来到他跟前说："络腮胡子，我大哥要我来跟你说句话。"

一个蓄平头的小伙子站起来，恶狠狠地说："你是哪儿来的，络腮胡子是你能喊的？不懂规矩，叫任大哥。"

小松说："我只喊毛大哥，别的大哥我不认识。"

平头猛地一拍桌子，麻将跳起来碰得哗啦响，瞪着眼睛说："啥子毛大哥？你现在在这里，就得叫任大哥。"

其他人也跟着拍桌子，嘴里哇哇叫，好像要把小松吃下去。小松没有胆怯，直直地望着任胡子。任胡子说："张三，坐下。俗话说，两军交战，不斩来使。既然他来说话，就听他说。"

张三出着粗气坐下去。任胡子对小松说："那你就是毛铁的人了？"

小松说："是毛铁大哥的人，叫小松。"

任胡子玩耍着麻将说："他有话要说，为啥子他不自己来，要你来传话？你就不怕传错话？"

小松说："我大哥有事，我来说话就足够了。"

任胡子说："哟，你还是个特派员！好，那就听你说，耽搁久了会坏我的手气。"

小松说："只一句话，我大哥说，让一半人市给你。"

任胡子将手里的麻将耍得啪啪响，他不大相信自己的耳朵，毛铁会带给他这句话。那天晚上在杜斌家中跟毛铁见面后，他并不认为这位人市的大哥有啥子了不起，一个农民而已。他也不认为自己来到人市会是个错误，因为他相信张三说的话。在广东找妻子失败回来后，他已是身心疲惫，对一切都心灰意冷，闭门不出长达两个月之久。一天，他的徒弟张三来看他，劝他走出家门想办法。他说还会有啥子办法，做生意没资本，找工作年纪大，又没有文凭。张三告诉他，最近他到人市找活路，发现人市有个大哥，专吃介绍费，还说这大哥是个农村来的人。张三又说，既然一个农民能这样，我们城里人为啥子不可以这样？任胡子就是信了张三这话来到人市的。他已经把人市当成生活的唯一依靠，通过在城里的各种关系，打通了杜斌这个关节。他相信要不了多久，整个人市就会捏在他的手里。他的确没想到，毛铁会给他带这句话。他把麻将往桌上一丢，冷笑着对小松说："你大哥就叫你带来这话？你大哥硬是大方。"

小松说："大哥说这一半是你管城里人，农村来的就不要过问了。"

任胡子笑了，笑得不自然，笑声被他的牙齿咬回去了。他说："你大哥真是大方啊！"

小松说："我也说我大哥真是大方啊！"

任胡子说："他比猴子还精明，以为我是傻子！"

小松说："你不是傻子，他也没把你当傻子。"

任胡子说："我问你，毛铁是哪里人，是啥子时候到人市的？"

小松说："我大哥是三峡库区的人，1982年进的城，人市是他兴起的，怎样？"

任胡子说："我又问你，我是哪里人，啥子时候到人市的？"

小松说："你的情况我打听过，你是城里人，前不久到人市的。"

任胡子说："你说对了一半，我是城里人，你晓得不，我出生的时候还没得人市。"

小松有些蒙了，眨着眼睛说："那又怎样？"

任胡子将话一个字一个字地吐出来："你回去跟毛铁说，他从哪里来滚回哪里去，我任胡子是城里人，人市是城里的人市，人市是我的。"

小松面红耳赤地说："我大哥不回去呢？"

"就得听我的。"

"他不听呢?"

"他定个时间,江边单独见。"

小松再没说什么,转身走开。他听见一阵讥笑和洗牌的哗哗声在身后响起。

小松回到人市,人市马上要散市了,他舍不得再花一元钱,就在外徘徊。招工的雇主这时一般都不会进去,从外望去,里面还有不少的人在走动。小松想,这些人的进场费今天又白花了,他们心痛那一元钱,要守到最后一分钟。

这时,毛铁来了。两人一见面,毛铁就问他:"找到任胡子了?"

小松说:"找到了,他的心子很大,不是要一半,是要整个。"

小松把找任胡子的过程讲给毛铁听,听得毛铁阵阵喘粗气。毛铁听完没有明确表态,小松也不问,知道此事不是一两句话说得清楚的,也不是一天两日能有了结的。小松向毛铁叫肚子饿,说中午为等任胡子,只吃了一碗小面,肚子早"造反"了。毛铁说好吧去吃饭,带着小松向豆花西施走去。路上,毛铁问小松:"是你跟小琴说,我天天在豆花西施吃饭的?"

小松说:"是她先问我,我……"

毛铁说:"以后少在她面前说我怎样。"

小松支吾着答应了。

路边有个盲人在拉二胡,拉的《二泉映月》,颤抖的琴声从他跟前的一只破音箱里放出来,响得一条街也忧郁起来。

毛铁站住听了一会儿，摸自己衣袋，然后对小松说有零钱没有。小松摸出几张零钞，拿出一张五元给他。他没要，从小松手里抽出一张一元的放进音箱上的搪瓷碗。在毛铁转身的时候，小松将那五元也放了进去。

毛铁的前脚刚跨进饭馆，豆花西施就迎上来，笑吟吟地说："铁哥，你说想吃火爆鸭肠，今天专门去宰鸭房给你买的新鲜货。"

毛铁将手搭在豆花西施肩上，俯在她耳边说："有你这番心意，比吃还安逸。"

跟在后面的小松有些不高兴，这才过了多久，铁哥已经在她嘴里融化掉了。豆花西施刚开张时，小松还撺掇着毛铁来看她，等毛铁跟她混熟了，又担忧毛铁会深陷其中，不能自拔。跟豆花西施几次接触后，小松感到她有些可怕，为啥子，又一时说不清。小松曾向毛铁吐露过这种担忧，毛铁说豆花西施也是个苦命人，丈夫吸毒，她受过不少折磨，好不容易才离了婚，现在经营饭馆，想生意兴隆，待客好一些是可以理解的。毛铁还怪小松心眼多。小松知道，这几天，毛铁除早餐在别的地方将就，中晚饭都在豆花西施这里。只要毛铁一来，不管生意多忙，豆花西施都会抽空过来陪他喝两杯。要是生意清淡，豆花西施干脆就坐在毛铁身边陪他慢慢吃喝。人市几次有事，小松跑茶馆没找到毛铁都是来这里找到的。前天晚上，深夜一点多，小松接到豆花西施打来电话，说铁哥在她这儿喝醉了。小松和几个弟兄赶去，从豆花西施的床上将烂醉如泥的毛铁背回去。小松一想到今天上午，带着一副愁苦的样子来人市找毛铁的小琴,心里就为小琴不平起来。他坐下时,故意将凳子弄得很响。毛铁好像明白他似的盯了他一眼,又只顾着跟豆花西施说笑去了。

　　菜上桌,又送来啤酒,豆花西施坐在毛铁身边陪着,一旁的小松反倒不自在起来。小松想,换了小琴,我心甘情愿为大哥当"灯泡",但眼前这个女人不行。毛铁要小松喝酒,小松说今天胃不舒服,不想喝。毛铁笑了,也不强求,自己斟满酒与豆花西施对喝起来。于是小松不看不听,只顾自己埋头吃饭,三大碗干饭一下肚,便丢下筷子,一抹嘴巴就要起身。毛铁制止住他,对他说:"你慌啥子慌,凳子长刺啦?坐在这儿等我,过会儿跟我去办事。"

　　小松只好不走,但又不愿坐在这儿。他开始对豆花西施反感了,便退到一旁,望着墙上的电视机看电视。

七

　　傍晚时分,毛铁和小松带着个打扮得有些俗气的女子来到王爷石街。

　　这是一条沉寂的小街,14号是一栋火柴盒似的青砖房子,一栋楼只有一个门进出。楼里黑漆漆的,每层只有过道上一盏昏黄的灯泡亮着,两边摆满炉灶。三人进去后,小心翼翼地摸索着来到3楼2号。小松上前敲门,一会儿门开了,里面是个穿缎子睡衣的少妇,嘴里叼着烟,把住门框问找谁。小松说,吴先生住这里吗?少妇点头。小松说我们找小琴,指着身后的毛铁说，这是她哥，顺路来看她。少妇回头喊小琴，小琴从另一间屋应声出来。女人对小琴说，你哥来了。小琴见门外是毛铁几人，稍一怔，马上又镇定下来，朝两人点一下头，然后说，哥，你们来了。少妇这才让开，放三人进来，随手又关上门。客厅里灯光很暗，一个年轻的女子蜷缩在沙发上嗑瓜子看电视，对进屋的人看也不看一眼。小琴介绍说少妇是王娘娘，那女子是她的女儿小吴，又会意地看着毛铁说这是我哥。王娘娘一脸不屑，不招呼也不请坐，回到女儿身边一同看起电视来。

这屋是三室一厅的格局，小琴要他们到她的小屋去，毛铁不去，叫小松在一旁坐下，对王娘娘说："王娘娘，我是在广州做事，这次回家探亲顺路来看看妹妹。她给我说，你们一家人对她很好，在这儿当保姆很愉快，特别是吴先生这位好心人，时时关心她。我这当哥哥的，代她感谢你们。妹说吴先生下肢不方便，我今天带来一位朋友，她对吴先生这样的病很有研究，有祖传秘方。既然你们对我妹这样好，我把她请来，专门看看吴先生，哪怕对吴先生有一点好处都行，权当是我的一番谢意。"

毛铁说得母女俩迷惑起来，女儿只瞄了一眼妈，又接着看起电视来。王娘娘却浮起刻板的笑，说："哎呀，小琴，你哥哥硬是想得周到，他太客气了。我们对小琴好，是我们应该的。小琴，快，带你哥他们去看老吴。"

小琴站在原处，神情有些迟疑。毛铁递她一个眼神，说："妹，快带我们去。"

小琴带着毛铁和同来的女子到老吴房间,刚推开门,毛铁就抢前闪身进去,让过女子,回手将小琴关在了门外。小琴顿时慌了,推推门,里面反锁了。她站了一会儿,觉得不妥,便不安地回到客厅坐在小松旁边,拿臂肘碰小松。小松一副无所谓的样子,跷着二郎腿,嘴角含着让小琴着急的笑意。

客厅里一片宁静,回响着《射雕英雄传》的郭靖跟黄蓉在桃花岛上傻乎乎调情的声音。女儿停止了嗑瓜子,和母亲瞪大双眼注视着电视,毫无表情的脸上闪动着电视机的反光。这场调情戏刚演完,毛铁和女子出来了。毛铁轻轻带上门,神态轻松又满足。他对王娘娘说:"吴先生瘫得有点严重,我这朋友给他看了看,另外对他的几个关键穴位做了按摩,说好生将息,慢慢会有好转。吴先生也太客气了,不用我感谢,还口口声声说给我妹添麻烦了。我妹在你们这样的好人家里,是她命好,我这当哥的现在就可以放心走了。王娘娘,我这里再次代我妹感谢你们一家哟。"

毛铁的语气诚恳,王娘娘好像很受感动,从沙发里站起来,变得热情了,要毛铁同妹妹多聊一会儿再走。毛铁说,达到了来感谢的目的,这一趟就算没白跑。他嘱咐小琴,到这样的人家当保姆不容易,要珍惜。离开时,王娘娘打开房门,要小琴送哥哥出大门。

四人下楼,谁都没说话,只有脚步声伴随一路。一出大门,那女子说她还有事,在毛铁面前伸出手来。毛铁摸出五十元给她,她说怎么只有五十?毛铁说,那些事没叫你做了,给五十都算便宜你。她不肯接，小松抓过钱，一把硬塞在她手里，说再不要这五十都不给了。那女子悻悻地走了。三人又走出很远，一会儿被夜色吞没，一会儿被路灯映显，仍然沉默着，小琴一直跟在后面舍不得回去。一处路灯下，当街的住户借着灯光打麻将，筒子、条子、万字的喊声和啪啪的出牌声不时响起。毛铁终于停下，小松没停，走进前面的暗色里。毛铁对小琴说，你回去吧。小琴眼里闪动着泪光，想问什么还是没问出口。毛铁又说，再有啥事就来找我。小琴点一下头，泪水就流出来了。毛铁也没再说，转身走了，走出一段路，回头看，小琴还站在路灯光影下。

八

　　这天下午，毛铁约好任胡子在长江边见面，双方都不带人。尽管有这约定，小松和几个弟兄还是不放心。他们站在人市外的空坝子上，把毛铁围在中央，七嘴八舌地劝说。小松说："大哥，任胡子的为人，我们了解得不多，我看你一个人还是不要去。"

　　毛铁说："已经约定了，我不去，不笑我？我还要不要在人市立足？"

　　小松说："不说他带不带人，就他一个人，你也不是对手，他高出你一个脑壳，身子当你两个。"

　　毛铁说："块头大就该怕他？"

　　弟兄们说："要去，我们陪你去，站在远处，不上前，或者你把匕首带在身上。"

毛铁说:"你们去干啥子?带匕首去干啥子?是去打架吗?都不准跟我去,在这关键时刻,千万不能让人小看。"

这是香港房产商拆除完大片旧房,地基还没有平整的坝子,到处是碎砖烂瓦,附近的居民把垃圾倾倒在这里,散发出一股腐臭味。几个人站在坝子上谈了好一会儿,顾不上这里臭不臭,就是不放毛铁走。毛铁终于恼怒了,抓住小松一阵搡,嘴里骂道,你们几个让开不让开?平时喊打喊杀,一旦较起真来,个个就变成夹尾巴狗。毛铁猛地掀开小松,一昂头走了。小松望着毛铁头也不回的背影,久久站在空地上,心情沉重起来。

人市早散市了,到傍晚还不见毛铁回来,小松和弟兄们都沉不住气了,又聚在空坝子上商量,猜测是不是毛铁遭绑架了,会不会被装在麻袋里沉了江。有的说管他规矩不规矩,到江边去看看;有的说不要都去,派一两个去探个究竟……毛铁一走,小松就成了头儿,大家议论了一会儿,等他拿主意。小松拿不出主意,脑子里一片空白,只觉得今天要出事。

这时,小松腰间的手机响了,一看说是大哥的。电话通了,小松刚一声喂,不一会儿就放下手机。小松拿眼望弟兄们,弟兄们也眼睁睁望他,于是他又拿起手机拨号,拨了三遍,然后无奈地放下。弟兄们问小松,大哥怎么了?小松有些冒火地说,喊送三千块钱到外科医院去。弟兄们问为什么。小松说他就这一句。弟兄们说再问问。小松说我又打过去,他关机了。弟兄们开始议论起来,大哥被任胡子打伤了,在医院里等钱医治；有的说可能伤得不轻，叫送三千块去；有的说现在的医院狠心，就是人快死了没钱也不医，所以大哥打电话来。

小松听得心烦，说："卖嘴皮子有啥子用！大家把自己的钱都拿出来……"

凑齐三千块赶到外科医院已是晚上八点多。小松几人饿着肚子，心虚慌乱地挤进急诊室。急诊室里没有毛铁，只有两个穿白大褂的护士在闲聊着裹棉签。小松问，有个受伤的在哪里？护士爱理不理，说我们刚接班，不知道在哪里，说罢又继续聊起来。小松几人站在那里不知所措。小松说，叫我们送钱来，该到哪儿去交钱？一个护士说交钱就到住院部。几个人又急急忙忙找到住院部，小松想，大哥被打伤了，住院肯定是住普外科。他们爬上一楼，正要进去找，一个弟兄说不必进去了，这是泌尿科，他曾到这里打过治淋病的针。于是他们爬到二楼，二楼是心血管科，又爬到三楼，三楼是脑外科。有人说这下快了，外科出现一半了，又说要是脚受伤还能爬这高楼？接话的人说有电梯。有人问你怎么知道有电梯，那人说上一楼时他看见了，其他几人一齐骂起来，害大家多爬了几层楼。那人说我咋晓得外科在几楼。到了五楼，他们找到普外科，过道上的灯光昏暗，朦胧中看见毛铁蜷缩在长条椅上。小松哎呀一声，心想大哥忍着伤痛睡在这里，叫着大哥我们来晚了，两步扑上前，伸手就在毛铁身上一阵摸捏，看伤在哪个部位。毛铁被摸捏得惊坐起来，说："干啥子？"

小松说:"我们凑钱来晚了,伤在哪里?"

"啥子伤,倒是你把我捏出伤了。"

"你好好的,要我们送钱到医院来?"

毛铁从长椅上放下脚,站起来在过道上走了两步,然后揉揉眼睛说:"不是我受伤,是任胡子被我用鹅卵石砸破了脑壳。"

几个人终于松一口大气,小松说:"还是大哥厉害。"

说着,他兴奋得张开双臂围住毛铁,要把他抱起来。毛铁哎哟地叫,说:"我的腰……哎哟……任胡子力气大,手脚又重,几次被他掀翻在地,腰被鹅卵石硌痛了。"

小松说:"于是你顺手就给他脑壳一鹅卵石。"

说完,小松一阵哈哈大笑。有弟兄问毛铁去江边的情况,毛铁说:"我们的条件他不接受,还叫我们滚回农村去。话不投机,自然就动起手来。"

小松便对弟兄们说:"我说嘛,狗大又怎样,狗大骇人不咬人。"

有人揭他底,说:"他块头大是你说的。"

小松说:"是我担心大哥嘛。"

一个戴眼镜的医生从病房里出来,推了推鼻梁上的眼镜,对毛铁说:"你是姓任的家属,钱带来了?"

毛铁说:"带来了。"

医生将病历和处方交给毛铁。医生一走,小松几人就围住毛铁询问起来,说被弄糊涂了,怎么又成了任胡子的家属,究竟是怎么回事。毛铁伸手向小松要钱,小松不给,说既然是这样，弟兄们才不愿为任胡子交住院费。

毛铁说："拿来，我砸伤他，不带他来医院，让他死在江边？"

小松有些不相信地问："他没带人去，就他一个人？"

毛铁说："就他一个人。"

小松极不情愿地从内衣口袋里掏出钱，交到毛铁手中，末了说："这是弟兄们的血汗钱……"

毛铁说："算我跟弟兄们借的，我还大家。"

小松几个又说："大哥，我们不是这意思。"

九

人市开市好一阵了，场内冷清，只有几个人进去。执勤人员在外面用半导体喇叭大声喊话，要大家进场内进行劳务洽谈，不准在场外私招乱雇。进里面的几人便到窗前往外望，见不少人散乱在街头，就是不进场，又见执勤人员在四处驱赶，这些人像捉迷藏似的，让执勤人员顾此失彼，忙得汗流浃背，没一点效果。于是里面的人就笑起来，还大声朝外呵呵叫，给躲的人助威。有性子急的执勤人员，抓住人往市场里送，被抓的就嬉皮笑脸地声明自己是过路人，不是找活路的，搞得执勤人员有力使不出，骂娘也无法开口。这情形持续了半个多小时还不见好转，执勤人员只好打电话向杜斌反映。杜斌放下手边的工作赶来，站在大门口听人讲情况。他一边听一边看见毛铁在人群中走动，情况还没听完，一眨眼工夫,仿佛来了一道命令,这些找活的人突然散去,有的还主动到门口买票进场,街面上霎时又恢复原样。毛铁和小松几人经过杜斌跟前,毛铁笑着对杜斌说了声杜主任忙,又对小松说:"小松,快去买票,该我们进场了。"几个人哈哈大笑,互相推搡着进了人市。这时,杜斌猛然醒悟,这一切全是毛铁设计的,他是在向他摊牌。刚才对他那一笑,是在告诉他这仅是一点小意思,还能干出让他更难下台的事来。

人市收市的时候,杜斌找到毛铁,说:"你不是要找我吗?晚上一起吃饭,豆花西施,我请客。"

毛铁说:"杜主任,这不是我找你哟,要是你忙,就免了!"

杜斌说:"那天出差刚回来,科里一大堆事等我,又要向领导汇报,忙得我六神无主,一句无心话,你倒记住了。"

毛铁说:"主任的话能不记住?比如你的新规定,我和我那些弟兄就是在不折不扣地执行。"

杜斌说:"气话不只你会说,你的表演也够精彩,我可没有跟你一般见识。"

毛铁说:"我怎么就不晓得啥子表演?杜主任,你可别把好事往我头上扣哟!"

杜斌说:"好啦,不再多说,晚上豆花西施见,我等你。"

毛铁说:"答应你就是,我把弟兄们都带来,让你好好心痛一次。"

杜斌说:"别带来,不是吃大户,就你一个人……不要用那种眼光看我,我请你,谁会把你怎样!"

毛铁笑着说:"看你说的,谁又会把我怎样。"

毛铁回住处想换身衣服,不是为赴宴,是好去见豆花西施。他的住处在紧靠长江码头叫羊市坝的小街上,是他和小松几个弟兄合租的房子。房子是20世纪50年代修建的木结构穿斗房,房东是一对无儿无女的老夫妻,老两口靠房租过日子。房租便宜,租的两间,毛铁单住,小松和几个弟兄合住。这些年来,几个人在人市都赚了一些钱,小松催过几次要毛铁搬出去,另找一处好房子,毛铁不愿意,说他喜欢这条街。这条街两头通江边码头,市民气息最为浓厚,小百货、吃食、杂货的叫卖声不绝于耳。每到清晨,小街又成临时菜市,不少农民挑着各种蔬菜来,只一两个小时,卖完菜的农民又消失在街两头。这情景让毛铁觉得自己离家乡不远。他还爱趴在窗口,望着江中穿梭的轮船,消除心中愁烦。毛铁坚持不搬,小松几人只好将就他。毛铁回来时,小松他们早已到家。他还没进屋,小松把他堵门外,对他说:"小琴来了。"

毛铁说:"她怎么来了?"

小松说:"这是你们两个的事,我怎好问她?这次她把行李背来了,好像是退了那边的保姆活路。"

毛铁沉默了,摸出香烟点上,吐出几口烟后才说:"是你告诉她这里的?就你多事。"

毛铁瞪了一眼小松,还想说什么,但话到嘴边却变成一句骂娘的话。小松只咕哝着,一副委屈的样子。毛铁狠抽了几口,然后丢掉烟蒂,说:"我不进屋了,对她说,她不能住在这儿。"

小松赌气说:"我不管,要说你自己去说,这阵她正在厨房里为你做饭。"

毛铁也气了,说:"这原本不算回事,结果被你弄得复杂起来。早跟你打过招呼,少添油加醋,就是不听,成这样,就该你去说。"

小松把语气变得缓和了,说:"大哥,我看小琴不像以前跟你的那几个。"

毛铁说:"不像哪几个?"

小松说:"大哥心里也明白,小琴人本分,心善良,她跟着你哪里不好?照顾你也顺带照顾弟兄们。"

毛铁说:"你没安好心,让我背有老婆的名,你们得实惠!"

小松说:"你身边有个人,弟兄们反倒放心。"

毛铁不耐烦,说:"少啰唆,不能让她在这里。"

小松也耍起脾气,说:"这话我不去说,你自己说去。"

毛铁说:"不说算了,我有事,今晚不回来。"

小松一把拉住他说:"哎,她快把饭做好了,吃了再走。"

毛铁说:"我就是去吃饭,杜斌请我。"

小松说:"他是熊家婆请客——没安好心。"

毛铁说:"肯定是跟我谈人市的事。"

小松有些担心,说:"大哥,你要多个心眼哟!你既然回来了,进去跟她打个照面吧。"

毛铁说:"见了面,她就更会有想法。我想回来换衣服,现在不换了，不要说我回来过。"

小松问："他在哪里请吃饭？"

毛铁说："豆花西施。"

小松再没说什么，看着毛铁转身走去。

豆花西施的生意近来渐渐有了起色，原因是不少人冲毛铁的面子去照顾，豆花西施对此心知肚明。于是每次毛铁用完餐，她算账都打八折，但毛铁不接受，说天天来吃饭都打折，生意还做不做？要她明算。毛铁不想在钱上占豆花西施的便宜，只图她餐餐坐他身边陪着。

毛铁走进馆子，见杜斌已经先到了。叫他吃惊的不仅是任胡子在座，而且豆花西施还陪在杜斌旁边。豆花西施今天穿件T恤衫，非常性感。杜斌的兴致很高，右手搭在她肩上，俯在她耳边在说什么，说得豆花西施抿嘴笑。看样子，两人关系非比一般。毛铁不知怎的，一下子不高兴起来，转身想走，却被豆花西施看见，赶忙喊他。杜斌才抬头看见他，对他说，来啦，都等你好一阵了。毛铁再不好意思走开，板着脸过去，在任胡子的对面坐下来。杜斌放下搭在豆花西施肩上的手，在她腰间一拍说，老板娘，给我们拿酒上菜吧。豆花西施便扭动腰肢离座，还向毛铁抛了个媚眼。毛铁的目光顿时像触电似的倏地垂落下来，心里也像塞进一把猪毛，让他有了说不出的烦躁。往日咋看咋顺眼的豆花西施，此刻在他的眼里虽然妖娆依旧，但那份亲切却找不到了。

坐在对面的任胡子，头上的伤好了，为遮住伤疤和光溜溜的头，戴了顶帽子。毛铁想，说好请我一个人，却又叫来任胡子,看来杜斌今天是要摊牌。

摆上桌的有三盘凉菜:一盘卤花生,一盘红油鸭肠,一盘泡鸡爪;还有两盘热菜:一盘鱼香肉丝,一盘回锅肉。开了盖的六瓶啤酒在悄悄地冒着白色泡沫。坐上席的杜斌为每个人斟满酒,端起酒杯伸到毛铁面前一下,然后又伸到任胡子面前一下,说:"今天请你们两位来聚一聚,说说事。我的原则是酒要喝好,事要说好。既然走到一起,在一桌上吃饭喝酒,就是一种缘分,我们就该珍惜这份缘分。来,这杯干了。"

毛铁和任胡子举起杯子,互相看一眼,在杜斌眼色的催促下,咕嘟咕嘟地干了。杜斌放下杯子,用手背擦掉嘴角上的泡沫,拿起筷子指着菜说:"我就喜欢豆花西施的这鸭肠,又辣又麻又脆,来来来……"

三双筷子一齐伸向那盘鸭肠,各夹了一截送往嘴里,吃得嘴里脆生生响。杜斌放下筷子,拿起酒瓶又为每个人斟满酒。这下,他没有将酒杯伸向毛铁和任胡子,而是举在面前,慢慢转悠着,两眼盯着它,好像在看小气泡是怎样从杯底冒上来的。他这样把玩着看一阵才说:"今天我是要当和事佬,不是我多管闲事,也不是钱让我发烧,非要请你两个吃喝一顿才舒服。我今天破费请你们出来,有些话得由我来挑明。我们都是靠人市吃饭的,我不愿哪个给人市添事端,人市管不好,出了事,不好向上面交代。至于你们之间的利益分配,由你们两个好好商量,我不想市场搞乱。乱了,断我的前程,也断了你们自己的生路。这些道理,可能不用我说,你们自己就明白,所以我劝你们都得好生想想。如果有诚意,就举杯干了，然后边喝边协商。要是没有诚意，那就一人两瓶，喝完走路。我呢，明天就将你们在人市的所作所为跟有关部门报告，你们今后就别再指望靠人市求生了。"

毛铁一直在打探杜斌跟任胡子究竟有什么关系，为什么任胡子一来到人市，杜斌就给他一路开绿灯，如果两人没有特殊关系，毛铁这些年跟杜斌达成的默契不会顷刻化解。在打探过程中，毛铁是一步一步采用排除法，首先排除两人是亲戚关系，又排除两人是朋友关系，最后不能排除的唯有金钱关系。这就叫毛铁犯难了，因为这金钱关系像一块密不透风的遮羞布，挡住了他再想深入探究的目光。毛铁只好暗地里分析，结果只有一个，那就是任胡子"孝敬"杜斌的远比自己出手的多。现在听杜斌这番话一说，毛铁心里有数了，觉得真是赴了"鸿门宴"，于是打定主意不先表态，来个以静制动。

杜斌举起酒杯，眼睛在两人之间梭巡，见两人不动杯子，就放下杯子继续说："我有言在先，我只开个头，话还得你们两个自己说，我是做不了主的，这牵涉到你们各自的利益。"

任胡子按捺不住了，望着毛铁用他那破锣嗓子说："毛铁，你是够义气的，我看你就不用回农村了，跟我一起干，你那些弟兄跟你一起过来，我也不会亏待他们。今后人市有什么事，就由我们两个说了算。我们可以成立个劳务公司，我当总经理，你当副总。当然，这样的公司已经很多，生意做得很烂。但是我们这个公司背靠杜主任这棵大树，立足人市，还愁生意不红火？"

任胡子说着摘下帽子，低头让杜斌和毛铁看伤疤。伤疤正在长新肉，在灯光下像一朵粉红的桃花。他指着头顶继续说："我这脑壳缝了十六针，流了恁多血，我还是说你够义气。我这人一辈子不服输，就服义气两个字。怎样，我的毛兄弟？"

毛铁说："仇，你可以报，何时报，我随时奉陪。你说的那劳务公司生意红火不红火，我没兴趣，也不想加入。但是人市的问题要说清楚，哪个独霸都不行。我二十来年在人市惨淡经营，也没说独霸这话，你一脚跨进来还没站稳，就说要独霸，这恐怕不太对吧？我正是想到你们下岗人员要生存，你来到人市，我没有排挤你，我还叫小松给你带话，让一半给你……"

任胡子截断他的话说："你说让一半给我，你说的那一半是哪一半？"

毛铁说："这一半是你管城里人，农村人你不要过问。"

任胡子叫了起来，拍着桌子说："你当我傻子？你从哪里来，你是哪里人，你只有种红薯的土地，到城里，还能容你分说？"

毛铁说："你不要以城里人自居，城里人离开农村人，一天也活不下去。"

任胡子说："那你何必进城？何必到人市找钱？"

杜斌两手往下按，叫着说："好啦，好啦，都不说气话了，不要说走题。你两个也不要分城里人农村人，要我说，都是人市的人。以前讲工农联盟是基础，现在你们工农联手闯人市，工农还是不能分家。我提个方案，供你两个参考。首先声明，我没有强求的意思，半点也没有，仅供参考。不行，就像俗话说的，沙河坝写字——抹了。"

毛铁和任胡子都看着杜斌。杜斌却拿起筷子夹起鱼香肉丝送进嘴里，慢慢嚼着。他咽下了鱼香肉丝，又端起酒杯喝了口酒，然后才说："仅供参考啊。我是这样想的，任胡子是城里人，是城里的下岗工人，城里的下岗工人走出工厂大门就再没有退路了，是最彻底的无产阶级。你毛铁是进城农民，说句实话，进城的农民也艰难，但话又说回来，进城的农民走投无路还有退路，转身回去种庄稼，土地就是你们的退路。我觉得，现在是工人老大哥'走麦城'的时候，农民兄弟应该帮一把。我建个议，你两个把人市三七分，你毛铁管三，任胡子管七，至于这三七分怎样分，那就是你们自己的事。我还是这句话，我没得强求的意思，半点也没有，仅供参考。"

任胡子首先表态说："我同意。"

虽然这番话是从杜斌口里说出，却是两人早商量好的，毛铁非常明白，于是没有吭声。这时，豆花西施扭着腰肢又过来，一屁股坐在杜斌身边。豆花西施叫服务员拿来杯子斟满，又为每个人添点酒，举起杯跟杜斌一碰，说大家干了。杜斌说，这样干不行，我要跟你喝交杯。豆花西施大方地说，交杯就交杯，伸出手臂就去挽杜斌。杜斌呵呵笑着，缠住豆花西施白生生的手臂，两人头靠头，咕嘟咕嘟喝着，末了，还将杯底朝天，杯里没流下一滴酒来。杜斌拍着豆花西施的肩说，痛快痛快。一旁的毛铁实在看不下去了，胸口像被人猛击了一拳，出气都感到有些困难，于是就起身去方便，想眼不见心不烦。毛铁一走，豆花西施就对杜斌说，只有我俩喝交杯，你这当主任的请客也不请两个小姐来，现在不是时兴喝花酒吗。杜斌说，那还要我去请，毛铁身边有的是小姐，我看见一个夜总会的三陪就跟他往来亲热。任胡子在旁凑兴地说，杜主任怎么知道那是三陪，是不是找她陪过？杜斌不置可否，嘴里一阵呵呵笑。毛铁回到桌边，杜斌还没笑完，抚着豆花西施的腰轻轻一推说，去忙你的，我们要谈事。待豆花西施起身走了，杜斌用筷子敲得毛铁杯子叮当响，问："你同意不同意？"

毛铁说："我不同意。"

任胡子说："你还不同意！人市在哪里？不是在你农村，是在城里，你农村人来城里的人市，让你安安心心找了二十来年的钱，已够意思了，今天城里人要把人市收回来，你知趣就占三成，不知趣……"

毛铁问："不知趣又会怎样？"

任胡子说："屁滚尿流回农村。"

毛铁忽地站起身，抓过啤酒瓶，一仰脖子，一个劲地往喉咙里倒完两瓶，掀开凳子，扬长而去。

十

毛铁没有回羊市坝，坐在滨江公园的垂柳下，双手撑着下巴，木然地注视着夜色下的长江想心事。他希望凉爽的江风能平息他内心的怒火。此刻他眼中的长江被两岸的灯光弄得光怪陆离，好像是无数只嘲笑他的眼睛在眨动。受了杜斌和任胡子的气，连面前的江水也跟他作怪。他愤愤地骂一声，愤怒地吐出一泡口水，口水只喷到他的前面，但那些眼睛仍在远处对他嘲笑。这时，一个女子轻飘飘地来到他跟前，面容在夜色中显得模糊，柔声问："先生，需要服务不？"

毛铁被突如其来的声音吓一跳，没好气地说："滚开。"

女子说："先生不需要就算了，何必发脾气。"

毛铁反倒没话说，只对她摆摆手，叫她走开。等女子走后，毛铁又有些同情起她来，后悔不该对她说重话，听口音，她也是农村人。

这时毛铁没心思再坐下去了，但又不愿回去，他便想到了一个人。他进了公园旁的红都洗脚城。一进门，一位穿旗袍的小姐迎上来。他装出很随便的样子，当小姐走拢身边，便扶住她露在外面的丰腴肩头走了两步，在她耳边细声说逗她的玩笑话，小姐不由得嘻嘻笑起来。他一进红都就让里面的人感到他是这类地方的常客，举手投足是城里人派头。他心里明白，在这些地方不这样做会遭人冷遇，甚至被敲竹杠。

小姐将毛铁引到有四个床位的房间，他不要，他要只有一个床位的雅间。现在他心情很乱，为人市，也为豆花西施。是这烦躁的心情让他不想这时回家。他来红都是想到一个小姐，这小姐在红都当洗脚妹，是经小松介绍来的，小松一个月前带他来洗过一次脚。小姐姓啥子，他不知道，记得她胸前戴的是26号。她手法很好，洗得很细心，边洗边讲，讲洗脚妹背地里讥讽顾客的那些笑话，讲得毛铁和小松大笑不止，让毛铁从来没感到过这样的放松。小姐把他引进一间雅间，为他倒好茶水，问："先生，是洗脚还是洗桑拿做按摩？"

小姐长得高挑，身材匀称，走路的姿态像走猫步的模特。毛铁本来还在想城里的妹儿就是不同，现在一听是小县城口音，原来跟我一样在装。他说："洗脚，要26号。"

小姐说："先生是熟客了，知道点名要26号，她的手法是我们这里最好的。你喝茶休息一会儿，我叫她马上来。"

小姐转身时又说："听口音，先生怕是三峡库区的人吧？"

毛铁怔了一下，不置可否地哼一声，脱鞋便倒在按摩床上。小姐轻轻带上门出去了，毛铁躺在按摩床上，双臂枕着头，看起天花板来。天花板上画了个半洋不洋的裸女，躺在堆满褶皱的织料上，双臂挽起一头乌黑的卷发，露出饱满的乳房和柔和的下腹，半墙上一盏红色射灯，像把利剑刺向裸女的乳房，溅起满屋里的鲜血。毛铁看得心动神摇。那天喝醉了，豆花西施把他扶到房间里。俗话说，酒醉心明白，毛铁就真正体验到这句话的妙处。他当场吐了，吐得天旋地转，全身无力地趴在餐桌上。他现在仍然清楚地记得，豆花西施用热毛巾亲自为他揩净脸，倒来热茶给他漱口，然后抓住他的胳膊，架在肩上，一只手围住他的腰，磕磕撞撞走进她的房间。她的房间在楼上，上楼梯时，她累得气喘吁吁，他闻够了她身上的香味，更感受到她身子的柔软。进了房间，她把他放在床上，结果两人一起倒了下去。他把她死死搂住，在她耳边说他喜欢她，顺势亲了她。她没有硬撑起来，只嘻嘻笑着，还用手指戳着他的脸说今后少喝点酒。就在那个时候，毛铁认定豆花西施是他的人了。嗣后，他甚至还想到他再不去人市了，就让小松几人经营，自己也要穿戴得体面些，坐在店堂里招呼顾客。豆花西施也不用陪着客人喝酒了，喝酒会伤身体，特别是女人喝酒老得快。她啥子事都不用管，只坐在柜台里收钱，小松几个弟兄来用餐，一律给他们打七折。这些设想，毛铁只装在自己心里玩味，好事不能过早暴露，过早暴露会化为乌有。他只是每天坚持在豆花西施用餐，能介绍来的顾客都往豆花西施这儿引。他相信，这样要不了多久，这些设想都会成为现实。然而，豆花西施今天却变成了另一个人，她跟杜斌两个表现出的亲热，让他的设想成了泡影。两个越亲热他越痛苦，最后使他痛苦得对她恶心起来。豆花西施当众跟杜斌都这样亲热，背地里难道不会有更亲热的举动吗？她跟他毛铁能这样做，跟杜斌能这样做，难道就不能跟别的人也这样做吗？他越想越气愤，用力捶打起按摩床来。他想，他大概再不会去豆花西施饭馆了，他的弟兄们也不会去豆花西施饭馆了，凡是他介绍的关系也一律跟她断绝……

外面响起轻微的敲门声，毛铁没来得及说请进，一位小姐拿着洗脚木盆和毛巾推门进来。小姐放下木盆，客气地说："大哥久等了。"

毛铁坐起来，见正是上次的26号，长得清瘦，皮肤白净，一副文静样子。毛铁说："你还认识我吗？"

"认识，你是毛大哥。"

毛铁心里很安逸，又睡下去说："记性真好，一个多月了还记得。姓啥子？"

小姐忙着给木盆铺塑料袋，兑药水。她嘻嘻笑，说："毛大哥要问我哪个名字？"

毛铁一下子来了精神，又坐起来，问："未必你有几个名字？"

小姐说："没得几个，有两个，一个假的，一个真的。在这种地方做事，谁会用真的？一来就会给你取，或者自己取一个，什么波波、佳佳、梅梅、兰兰……"

毛铁说："那你叫什么？"

小姐说："真的还是假的？"

"两个都说。"

"先说假的，叫茜茜……"

"真的呢？"

小姐兑好药水，用手试温度，觉得可以了，抓过毛铁的脚，替他脱了袜子，把他的脚放进药水里，然后说："田永芬。"

田永芬捏着毛铁的脚趾在药水里轻揉。一阵惬意在他胸间回荡，他点燃烟深吸一口说："田永芬没得茜茜好听。"

田永芬说："再好听也是假的，我们这里有的小姐听惯喊假的，把真的搞忘了，一次派出所来登记临时居住证，一个小姐还想了半天。"

毛铁吐出口烟子笑着："哪有这样的事！"

田永芬说："是真的，不哄你。我就怕会这样，每天晚上睡觉的时候都要自己喊自己的真名字九遍,自己喊自己答应,才不会忘记自己。"

毛铁问:"为什么要九遍,不八遍十遍?"

田永芬说:"这叫九九归一。"

毛铁又睡下去,一只手枕着头,望着天花板出神,人市都叫他大哥或毛大哥,喊毛铁的少,会不会哪天他也把名字忘了?是不是该像她那样每天晚上喊九遍真名字?这时,田永芬问:"毛大哥,你觉得力度合不合适?"

毛铁说:"合适。你很会按穴位,一身都麻酥酥的,很舒服。你做这个多久了?"

田永芬说:"不到两个月,小松介绍我来的。做这种事没意思,被人看不起,那天我跟我们洗脚城两个小姐去街头火锅馆吃火锅,就有人指着我们说是洗脚的,那种眼光,让你吃起火锅都觉得变了味。这个月做满我就不做了。"

毛铁说:"那你又做啥子?"

田永芬说:"回家去。在城里,我们农村来的总是低人一等,一上街就像身上爬满毛毛虫,浑身不自在。"

毛铁将烟蒂在烟灰缸里摁熄,若有所思地说:"这怕是你个人的感觉哟!话又说回来,要是农村的日子稍好过一点,哪个又愿意孤孤单单来这人生地不熟的城里?"

田永芬说:"我二叔承包了三百多亩荒山,种经济林,人手少,忙不过来,要我回去帮忙,说只要几年苦出来,那效益是我在城里找不到的。"

毛铁说:"那倒肯定。听说我们县有个农民,承包了村里的荒山栽树，几年后，那几座山的树成了林，木材商愿出几百万买。"

田永芬说："毛大哥这一说，我还真下了决心，这个月做满就回去。"

田永芬给毛铁洗完脚，又给他按摩起腿部来，不时用手掌一阵有节奏地拍打，噼噼啪啪像一个个问号，直逼毛铁心间：你该怎么办？你该怎么办？毛铁这时心中像堆满秋天的落叶，被一阵狂风吹得到处翻飞。他满脑子里都是问题，但又觉得一个也没有想，竟昏昏沉沉睡过去了。是田永芬将他拍醒的，说："毛大哥，做完了。你一下就睡过去了，睡得真香，鼾声像打雷。"

毛铁伸个懒腰说："真舒服。谢谢你哟！"

田永芬说："毛大哥也学会城里人那套了，没忘说声谢谢。"

毛铁说："是应该的嘛。"

田永芬说："才不是呢，那些来这里洗脚的十有八九都要跟小姐动手动脚的，完了说声谢谢，你说是不是假文明？"

毛铁说："我可没有动手动脚哟。"

田永芬笑着收拾起木盆，提着小凳出门，说："你是八九以外的真文明。毛大哥，请你跟小松带个信，要洗脚就这两天来，趁我还在这里。"

十一

毛铁回到羊市坝住处,小松几人正在住户共用的堂屋里"斗地主"。小松见他回来,惊奇地问:"大哥,怎么你回来啦?"

毛铁心里窝着火,而且越烧越旺,说:"不回来,我到哪里睡?"

小松一瞅他的脸色就很知趣,赶紧给弟兄们递眼色,收起扑克牌,自己将面前赢的十几元钱装进口袋,问:"大哥,跟他谈了?谈得怎样?"

毛铁脸色一直紧绷着,说:"一辈子谈不好。"

小松说:"谈不好就好,大哥一句话,你说咋办就咋办。"

毛铁说:"今天我很累,想早点睡,明天再说。红都洗脚城那妹子喊你去洗脚,她说过两天就回老家了。"

小松说:"大哥去轻松了一回?"

毛铁嗯了声,向自己房间走去。

小松喊住他,说:"大哥,她在里面。"

毛铁扭回头,问:"哪个?"

"小琴。"

毛铁就折回桌前,说:"你怎么搞的?跟你讲了,叫她回去,怎么同意她留下来?"

小松委屈地说:"哪是我留她,她退了保姆活路,还能回哪儿去?"

毛铁不好再多说,不知所措地站在堂屋里,大口大口地抽烟。他对小琴有种说不出的感情。那天从南山"农家乐"回来，带她来人市的途中，对她说，今后千万别相信陌生男人，像我，你也别相信。小琴笑着说，别的我不相信，你，我相信。毛铁没想到她会这样回答，嘴上没说什么，心里却很享受。小松说得很对，小琴人本分，心善良，跟毛铁以前睡过的女人完全不同，那些女人跟他睡觉目的非常明确，就是为一个钱字，但小琴不是这样。毛铁也曾想过，小琴跟他睡觉图的又是啥子，她其实什么都没有图，就为感谢他，因为她只有这样来感谢。正因为这些，毛铁才不愿再跟她往来，怕她跟他受累。随后出现豆花西施横在两人中间，又让毛铁产生新想法……小松几人就让毛铁站在一旁出神，没有打扰他。毛铁抽完烟，将烟蒂丢在地上，用脚踩熄，向自己房间走去。

　　毛铁推开房门进去，见屋里乱丢的衣物都经过整理，屋里显得亮敞，眼睛也能睁大了。小琴趴着条桌睡着了，毛铁进屋也没醒来。他走到她旁边仔细端详起她来，天棚吊下的电灯正好在她头上，灯光下她显得格外瘦弱，嘴角间还留着一丝疲惫，一束头发盖在她露出的半边脸上，均匀的鼻息让发丝在一起一伏。毛铁又将目光往下移，看到桌下放着一只已经毛边的双肩背旅行袋。突然，毛铁有些难受起来，他想到自己也是背着一样大小的袋子，装着自己的命运，只身来到这城市……

　　毛铁在她面前站了好一阵，正要返身出去，小琴忽然惊叫一声醒过来，抬起惊恐的眼睛打量着四周，见到毛铁站在旁边才镇定下来。她用手撩起吊在额前的头发,起身说:"铁哥回来了?"

毛铁说:"回来了。"

小琴说:"小松说你今晚不回来?"

毛铁说:"没想到事情完得早……"

小琴说:"我……睡着了。"

毛铁说:"你刚才惊叫,是做梦了?"

小琴说:"是的,做梦了,梦到自己从一栋高楼上跌下去。"

毛铁说:"难怪你惊叫。你已经从那吴家出来了?"

小琴说:"我说家里有事,要回去,这次他们爽快答应了,还给了工钱。"又问,"铁哥,你们到底是怎样收拾他,把他弄得服服帖帖的?"

毛铁说:"他哪能经我收拾,我好言劝他。"

小琴说:"他那种人哪听劝?还带个女的来,就为好言相劝?我不信。"

毛铁这时在她面前变得有些腼腆起来,笑着摸了摸头,走两步停下来,张嘴想说又止住了,望着小琴一阵傻笑。那天,小松从滨江公园找来个女的,向她讲明要做的事,女的开价三百元,经过一番砍价,两百元成交。当晚,毛铁带着她进了姓吴的房间,还没等姓吴的明白是怎么回事,就把他用被子捂得严严实实扔在地上,毛铁骑在上面一顿暴打。然后毛铁把姓吴的搬上床,表明自己是小琴的哥哥,是个天不怕地不怕的人,他要是敢喊叫,今天就跟他鱼死网破。又说,你不是见不得女人吗？今天就让你摸个够。姓吴的一下子呜呜哭起来，抓过被子捂住脸。他这一哭，竟哭乱了毛铁。刚才将他一顿狂揍，像摇鼓一样，拳拳都是往要害处打，姓吴的竟然没有哼一声，打得毛铁自己都觉得骑在胯下的竟还是个汉子。一听说叫那女的上床，却难过得哭了，这真触他痛处了。毛铁心一软，便想姓吴的也是个被生活抛弃的弱者，自己这样做是不是太过了，出手是不是太狠了？毛铁进屋时能咬碎牙的恨，在一阵拳打脚踢中消了一半，此刻姓吴的泪水，又将另一半恨冲光了，还叫他生出一丝怜悯来。他这时一边哭一边不停地向毛铁认错。毛铁要他今后不得报复小琴，否则真有叫他难受的。姓吴的满口答应，保证再不敢对小琴有半点非礼。现在小琴终于问起这事，毛铁有嘴也不好解释，想起那天还叫了个女的，虽然没干出什么，也觉得手段的确有点下作。毛铁就应付说："他是个病人，我还会对他怎样？反正他过后没再对你什么，又给了工钱，这就好了。"

小琴说："我想晓得，你如何收服了他，我心头高兴。"

毛铁说："那已经是过去的事了，何必再提！惹自己不愉快才不划算。好，你休息吧。"

毛铁要走，小琴叫住他说："铁哥……我去外面堂屋椅子上睡……"

小琴说着弯腰去拿桌下的背包，毛铁摇着双手制止她，对她说："不，你就在这里睡，我还要找小松他们商量事情，你睡，你睡。"

毛铁说完转身离去。他来到小松他们房间，几个人又在继续"斗地主",见毛铁进来,小松说:"大哥,你……"

"有些事要给你说。"

几个人停下出牌,让出凳子给毛铁坐。毛铁坐下点燃香烟说:"明天给小琴另找一家,让她去当保姆过日子,要是她确实不愿当保姆,就介绍去馆子当服务员,总之不能让她跟着我。"

小松说:"大哥,你就听我劝一回吧。"

另一个说:"小琴会做事,人勤快,对人也真诚……"

毛铁打断他们的话:"好了,好了,你几个硬是讨厌,像我们这样的人,自己都飘起的,莫非硬要害人家一辈子?"

小松还想说什么,见毛铁不高兴,就把话吞了回去。屋里静默了,一阵烟雾升腾起来,遮得灯光更暗。毛铁又狠抽两口,对小松说:"你明后两天,把各地的头面人物找到,说我大后天中午请他们吃饭。"

"在豆花西施?"

"不,在顺城街老火锅。"

毛铁出了房间,来到堂屋里转圈子。他心里很乱,看自己房门,房门关着。他心想,这是自己出门时带上的还是她重新关上的?他始终想不明白,就干脆停下转圈,久久望着紧闭的房门……房东老两口早已安睡,小松他们的房门也关上了,不时听见里面"斗地主"的声音,堂屋里特别安静,从长江上传来的轮船声就像响在门前。毛铁摸出香烟,抽出一支还没送进嘴就放回烟盒,下决心向自己房门走过去。他试着轻轻一推,门没有闩上,他心想是自己先前带上的。门慢慢被他推开，感到自己的屋突然在眼里变得陌生起来。他先伸进头看，见小琴依然趴着桌子睡着了，那只双肩背旅行袋依然放在桌下。他扶着门静静站了好一会儿，最后还是退回来，轻轻带上门。

毛铁又回到小松他们的房间。小松见毛铁神情忧郁地又回来了，就主动收了牌，示意其他人上床睡觉。小松也不再向毛铁说什么，将床铺让给他，自己上了别人的床。毛铁很久都睡不着，脑子里总要浮现起小琴刚才那双惊恐的眼睛。他干脆起来抽烟。小松几个人也没睡，见毛铁抽烟，会抽烟的也起来抽烟，小松便靠着床头陪他们。

这晚，毛铁睡在小松的床上做了一个令人胆战心惊的梦，梦见他跟小琴一样，也从一栋高楼跌下去，不过这是他自己飞下去的。

十二

太阳被灰色云层裹住，到十点多钟还钻不出来。人市上很闷热，淤积成团的汗臭随着嘈杂人声像一窝寻巢的马蜂在人群中盘旋，弄得人人都很烦躁。

这两天人市又出现了新情况，执勤人员对场外洽谈生意也加强了管理。以前有不少雇主就在场外找毛铁洽谈招工，执勤人员睁只眼闭只眼，给毛铁便利收介绍费。毛铁对这些执勤人员也少不了有一些小"表示"。现在，杜斌更换了执勤人员，新来的才不管你毛铁不毛铁，照管不误，对来人市招工的雇主，一律请进场内。场内完全被任胡子控制了，有的执勤人员直接就把雇主往任胡子那儿引，让雇主们觉得任胡子介绍的人更可信，因此，无论是找活路的还是雇工的都去找到任胡子。在人市上张罗的小松感到了形势对他们的不利。小松和几个弟兄感到的难堪，就是毛铁的难堪，虽然出面的是小松几人，但谁都知道他们是毛铁的弟兄。毛铁这几天坐在老茶馆里，也明显地感到来找他的雇主减少了。毛铁明白这是杜斌在使法，要把他从人市上挤走。毛铁想，既然二十来年都挺过去了，现在轻飘飘就想把他从人市挤走，也不是这样简单的。

在快吃午饭的时候，小松带着几个弟兄就离开人市，去顺城街老火锅馆。

老火锅馆是毛铁带小松他们常来光顾的地方，在离人市不远的一条岔巷里。每来吃一回，毛铁就要对小松他们发感慨，不要看这门面小，巴掌大的店堂，砖砌的灶台，那一锅火锅水的味道却叫人一辈子忘不了，安逸得很。今天小松已跟老板打过招呼，中午全包，不要对外营业。小松他们到了火锅馆，见店堂里仅有的四张桌子都摆好了油碟和筷子，铁锅里熬制的火锅卤水鲜红油亮，老远就能闻到牛油和麻辣香，而且门外柱头上还挂着块小黑板，上面有粉笔歪歪扭扭写着的"包席"两个字。老板坐在阶檐下，见小松他们走来就起身笑迎说："客人来了，客人来了，准备上菜。"

老板拿出香烟散，小松用手推开了，另几个就一一接过，小松说："大队人马还没到，慌上啥子菜，喂苍蝇吗？老板，我再给你打招呼,今天的菜可不能搞假哟,是我大哥今天请客。"

老板说:"那还用说,都是老顾客了,今天的菜都是从市场上新进的,保证新鲜,分量也足。"

小松又说:"今天天气闷热,啤酒要多冰镇一些,别到时来不及。"

老板说:"冰柜装满了,家里冰箱也装满了。"

他们说着话时,毛铁与一些人陆陆续续来到,互相间寒暄几句。在众人的推拥下,毛铁像当家人一样稳稳当当地入座上席。小松站在已显得局促的店堂里,点着人头数数,然后走到毛铁身后说:"大哥,差不多都到了,我通知了二十八个,现在来了二十五个,开始吗?"

毛铁点点头,小松就喊老板上菜,老板也一声令下,丘二用托盘端出早准备好的牛毛肚、鸭肠、鳝鱼片、泥鳅、血旺、豆芽……将各桌摆满。那些分坐在四桌的来自各地的头面人物,有认识的也有不认识的,平时少有在一起交谈和认识的机会,今天都坐在火锅桌旁,谈话声、玩笑声像锅里的卤水沸沸腾腾。毛铁抬眼扫了一遍在座的人,嘴角浮起一阵踌躇满志的笑,又一个挨一个地回忆这人何时何地得过他的好处,这人为找活路的乡亲做过哪些好事,在乡亲中的威信如何……看到毛铁正在琢磨,小松就在一旁等着。过了一会儿,毛铁对他说:"喊大家坐稀疏一点,不要挤在一两桌,外面那桌也坐几个,不要空起。"

小松便忙着去均匀人数,又一阵躁动后,四桌的人数大致相当。小松向毛铁点头,毛铁就咳嗽一声,从座位上站起来,大声喂了两声,堂上渐渐安静,都把目光对着毛铁。毛铁说:"今天请大家来,是要跟大家摆龙门阵。来,各位先把酒斟满,大家干了这第一杯。"

毛铁为自己斟满酒,高高举起。各桌的人有的往杯里斟酒,有的干脆就举起酒瓶,店堂里随着一片干杯喊叫,又响起一阵碰杯声。毛铁干了杯中酒,又继续说:"我毛铁进城二十来年,只要是人做的我都做过,天大的苦我都吃过,最后靠在座弟兄支持,在城里闯出一块地方,在这人市站住脚。大家莫要小看这人市,有了人市,我们进城的农村人才有站脚的地方。乡亲们离乡背井,人生地不熟,来城里怎么办,不就是靠人市找活路,找养家糊口的钱吗?我毛铁今天当着大家发誓,有我在人市一天,乡亲们就有安心找钱的一天……"

在座的都为毛铁这几句话激动起来,有性子急的按捺不住了,就接过话说:"有铁哥,我们放心。"

"这些年,毛大哥没有亏待过我们,我们认你。"

"今天请我们要干啥子,你就直说。"

毛铁端起酒杯又一口干了,亮开嗓子说:"好,就等弟兄们这句话。现在来了个叫任胡子的,带一帮人要把人市霸占过去,说人市是城里人的,他就是城里人,于是人市就是他的。人市怎会是他的呢?我和弟兄们开创人市的时候,他在哪里?现在人市像模像样了,政府也承认了,他就下山来摘桃子了。他经受过人市开创时的困难吗?没有。他像我们在下雨天缩在阶檐下等过雇主吗?没有。他被城管撵过吗?没有。他啥子都没有做过,就要把人市霸占过去,来收介绍费。这些年我是收了乡亲们的介绍费,我晓得乡亲们找的是血汗钱,但是我收了费是尽心在为乡亲做事。介绍乡亲去干活,乡亲跟业主发生矛盾我去搁平,乡亲中间发生纠葛我去调停……我毛铁今天说这样的话,不是怕任胡子跟我争人市,我是怕今后乡亲们受他欺侮,他收了介绍费不会尽心为乡亲们办事。"

有人又按捺不住性子了,大声吼叫起来:"这几天有好几拨乡亲找我,说是那个任胡子收介绍费,凡是以前交给铁哥的一律不算数,要重新交。"

"我那里也是,老实点的只好交,有两个不愿交的都被他们打了,有一个被打得鼻青眼肿,不好去上班,雇主说他旷工,扣他奖金不说,还炒了他,现在还在人市没找到活。"

"介绍费只能由毛大哥收。"

"对对对,我们只认毛大哥。"

毛铁又举起斟满酒的杯子说:"感谢弟兄们抬举,这杯酒我喝……大家也喝酒吃菜,听我再说下去,我知道自己有几斤几两,离开弟兄们支持,我算啥子?"他又用拇指掐着小手指尖说,"算只蚂蚁,就这点小,轻轻一口气就可以把我吹老远。话又说回来,只要我这只蚂蚁跟你们这些蚂蚁抱成团,别说一口气,他就是一座山,我们也能搬动。"

店堂里又响起喊声:"我们就是抱成团的蚂蚁。"

"管他们是哪个,我们不怕。"

毛铁说:"有你们这番话,我底气更足了。我毛铁今天在这里当着众弟兄的面答应,从今天起,三个月不收乡亲们的介绍费。"

店堂里的呼喊声更响了,不少人都端起酒杯、提着酒瓶来到毛铁跟前敬酒。毛铁来者不拒,仰脖子就喝,喝得敬酒的人都竖拇指,佩服他的酒量和酒德。一连喝下十几杯,还有人要敬,小松有些发急,掀开敬酒的说:"他不能再喝了,再喝要醉死。来,我为大哥喝……"

敬酒的说:"你是大哥吗?我们敬大哥。"

小松去抢毛铁的酒杯,有人挡开他,他又去抢,毛铁就说:"你抢,你抢,这点儿酒算啥子,我跟城管人员喝过二十几杯……"

毛铁接过杯又喝。这时小松腰间的手机响了,他顾不上接,劝毛铁别喝了,说你这样要醉死。毛铁哪里肯听,对来敬酒的说不要慌,一个一个来,今天我要让你们见识见识啥子叫海量。手机响了好一阵,小松才去外面接听。

不一会儿,小松慌里慌张回到毛铁身旁,凑他耳边说话。敬酒的人见毛铁的脸色渐渐变了,手里的酒杯也在颤抖,酒倾洒出来。等小松说完,毛铁猛地将杯子往桌上一蹾,杯子叭的一声破裂,酒洒了一地。店堂里一下子安静下来,在场的都看着毛铁。毛铁于是定定神,压着性子温和地说:"这不关大家弟兄的事,是一点私事,我去处理一下。账挂我名上,我跟老板结,你们只管吃好喝好。"

十三

毛铁带着小松几个生死弟兄在街边先后叫了三辆出租车,前前后后驶出顺城街。出租车停在区人民医院门前,先到的已等在那里,人一到齐就忙慌慌地奔进医院。里面的人不知发生什么事,都惊诧地打量他们。毛铁问小松:"在哪里?"

"在住院部。"

住院部突然闯进来一群人,有护士来问干什么,小松问:"有一位受伤的女士在哪里?"

护士指着一条过道说:"那边留察室。"

留察室门外的长椅上坐着位挎挎包的女子,还有一位哭丧着脸的中年男人。女子看见毛铁众人,便站起来,问:"你们是来看小琴?"

毛铁说:"是的。"

女子又问:"哪个是毛铁大哥?"

毛铁说:"我就是,小琴她现在怎样了?"

女子便伤心起来,抽抽搭搭哭泣着说:"她被送进CT室了……"

毛铁说:"不要哭,究竟是怎么回事,讲给我听。"

女子又哭一阵才止住,哽咽着说:"好吓人哟……我跟小琴昨天还不认识,没想到今天同她就遇到这场惊险……我和小琴被景阳春酒家招为服务员,今天上午我们去报了到,酒楼要我们明天上班,还没出酒楼就来了三个人,要带我们去见人市的大哥。我们问什么大哥，他们说去了就知道，我们还没有弄清楚是怎么回事，就被带到一个地方。那个地方我现在记不起了，好像在一条巷子里面，是一间空屋。我们在那里见到一个满脸络腮胡子的人，他们要我们喊他任大哥。当时我吓得六神无主，小琴胆子比我大，没一点害怕，她说我不认识你们，也不认识你任大哥。小琴不喊，我跟她一样不喊。那络腮胡子的声音很吓人，震得耳朵嗡嗡响。他说不喊就不喊，介绍费不交就不行。小琴问他为啥子要交他介绍费，他说你们不是找到工作了吗，小琴说工作是毛铁大哥帮忙找的，要交也只能交给毛大哥。络腮胡子说今后没有毛大哥了，只有我任大哥，介绍费交给我。小琴说介绍费不交，也没有钱交。络腮胡子瞪起一对牛眼说，你不会没钱，你身上的肉不就是钱吗？你在夜总会不就找过钱吗？让我亲一回当交介绍费。小琴骂他是流氓。他打了小琴一耳光，还说跟他装什么处（女），今天就跟你流氓一回，上前要抱小琴。小琴说任大哥你别慌，先跟你说的是玩笑话，你要亲就亲，你打我耳光嘴流血了，有血腥味，让我擦干净你再亲。她问我身上带纸巾没有，我从挎包里为她拿纸巾，这时她示意逃跑。我懂了她的示意，互相一递眼色，转身就向外跑。络腮胡子几人没想到我们会来这一手，等他们回过神我们已经跑出来了。他们狂叫着在后面追，我们没命地跑，小琴在前面，冲出巷口，一辆货车正好开过来……好惨哟……"

女子哭泣的颤音在过道里回旋，震得毛铁心子阵阵发紧，鼓起腮帮子站在过道上。女子又指着旁边的中年人说："他就是司机……"

小松扑上去揪住他衣领,一把将他从椅子上提起来,骂道:"妈的,你是怎样开的车!"

司机显得异常可怜,丧着脸说:"这不能全怪我,她突然跑出来,我根本来不及刹车……"

毛铁喝住小松,说:"现在怪他有屁用!"

女子说:"来医院的路上,她要我找毛大哥,告诉我手机号,就给你打了。"

小松对毛铁说:"是我把自己手机号告诉了她,怕她有啥子事找你。"

这时,小琴被送回留察室,毛铁去找医生问情况。医生说,她颅内受伤严重,得马上手术,要亲人签字。毛铁说他是她家里人,他签字。他签好字又问医生,有救吗?医生说难说。毛铁说,可以进去看她吗?医生想想说,去吧,就你一个人。

毛铁进了留察室,小琴头上缠着纱布,死人一样躺在病床上,一位护士在为她打吊针。毛铁等护士打完针走了,才站拢床头。小琴的脸色在日光灯的映照下一副惨白。一种对不起她的内疚强烈地冲击着他,他禁不住流下眼泪来。他在她耳边轻轻喊:"小琴,小琴,我是毛铁……我来看你……"

小琴睁了一下眼又痛苦地闭上了,嘴唇翕动,喉咙里发出一阵轻微响声。毛铁握住她的手,轻轻摇着,对她说:"小琴……是不是有话要对我说?"

一串泪水从小琴紧闭的眼缝流出来。毛铁俯下身去,耳朵靠近她嘴边，听见她断断续续在说："……铁哥……我……对不起你……我来城里……被骗去当过三陪……只有半个月，那些事没有干……逃出来就遇到你……你是好人……想跟你一辈子……怕你……看不起我……不敢对你说……现在……就是想对你说……这下……安心了……"

小琴的声音越来越微弱，最后从毛铁耳边飘逝。小琴已无知觉，往日脸上那让人感到亲热的活力，也像被一阵狂风刮得无影无踪。毛铁控制不住自己，握着小琴的手亲起来。两个护士推着担架床进来，要送小琴进手术室。一个护士从小琴枕边拿起一个用纱布包着的小包递给毛铁说，这是她的东西。毛铁接过小包打开，里面有小琴的身份证，一张十元一张五元两张一元的纸币，一枚五角的硬币，其中有一张邮局的汇款存单。毛铁望着身份证的照片，照片比现在的她年轻得多，扎着小辫，一排刘海挂在笑眯眯的大眼上方。望着照片，颤抖地捧着这些东西，毛铁的泪水流得更凶了。搬动小琴时，毛铁上去帮忙，双手捧起她上半身，更是难以自持，竟抽泣起来。他配合护士轻轻将小琴放在担架床上，就像她在睡梦中，生怕弄醒了她。毛铁随同护士推着担架床出来，门外的小松也上来帮忙，一直将小琴推到手术室门前。

小琴进手术室不到半小时，一个护士出来说，伤员没抢救过来，尸体已经送去太平间了。毛铁脑壳嗡的一响，跌坐在长椅上。小松一下跳起来，上去就给司机两拳，接着又破口大骂。司机抱着头，缩着身子躲在角落里，发出声声哀叹。毛铁接连抽了两支烟，烟雾将他铁青的脸色变幻得狰狞起来。

小松几人在一旁陪着。护士来问，是不是现在办手续。毛铁没好气地说，你家里人死了也这么慌！护士见这阵势，不敢答话转身走了。

　　毛铁几个人从住院部出来，不自觉来到太平间门前。毛铁要进去，叫小松他们在外面等。小松望了眼天空，空中乌云在聚集翻滚，天气也特别闷热，就对毛铁说，暴雨要来了。毛铁没理睬他，进了太平间。他来到小琴的尸体旁，揭开盖布，见小琴头上缠满纱布，纱布被鲜血浸透。毛铁又一阵难受起来。他流着泪，静静站在尸体前，心头万分懊悔。他对不起她，该把她留在身边，不该再叫她去当什么服务员，不当服务员就不会有任胡子收介绍费，就不会出这车祸。毛铁哭出声来，骂自己不是人，比狗都不如。他一边骂一边用拳捶打自己的胸脯，仿佛捶打的是另一个可恶的毛铁。他打得胸脯发痛，好像肋骨已经断裂，仍不停手。小松听见里面的响动，冲进来紧紧地抱住他，好不容易才将他拖出太平间。这时的毛铁，脸色更加难看，眼睛深陷进去，人像瘦了一圈，精神也有一点恍惚。他稍平静后，拿出小琴那包东西对小松说："这是小琴的东西，按身份证上的地址快跟她家里联系，就说她出了车祸，要他们尽早赶来跟司机单位联系。"

　　毛铁把东西交给小松，小松接过后，也掉下了眼泪。毛铁又对他说："小松，你跟我在人市这么些年了，一些话我不说你也该清楚，不过我还是得提醒你，人市绝对不能丢。我不在的时候，你要把大哥担当起来，把弟兄们团拢。记住我的话，城里人过日子也艰难，特别是那些下岗的，不能跟他们结仇，能忍让的忍让，该妥协的妥协，只要我们能在人市站稳，进城来打工的农民就有落脚处。"

小松双手捂住耳朵，痛苦地说："大哥，为啥子要给我说这些？我不听。"

毛铁拿下他的双手，说："不听，我也要说。再有，不要去得罪杜斌，该给的好处还是要给，不要吝啬那一点，有他这把伞在头上撑着，你日子才好过。小松，大哥这是跟你说的心里话，一定要记住。"

毛铁说完拍了拍小松的肩，转身离去。小松上前拉住他说："大哥，你要到哪儿去？"

毛铁说去办点私事，叫小松他们各自忙去。小松抓着毛铁不放，丢眼色给别的弟兄，几个人都上前挡住他的去路。小松说："大哥……你要去，就让我们弟兄跟你一起去……"

毛铁一手掀开他说："这是我个人的事。"

小松被掀个趔趄，站稳后，又挡住去路，哭叫道："大哥，你就不认我们是你弟兄了吗？你不认别的也该认我呀，我是小松，跟你十多年了，难道还信不过我吗？我们弟兄一场，大哥的事就是我的事，我该跟你去呀！"

"大哥，你就让我们跟你一起去……"

另几个弟兄也站在毛铁的前面，要跟他一起去，毛铁一边拉扯着人一边狂叫："你们几个，挡我干啥子……"

毛铁又掀开他们，气呼呼大步走去。这时天边掣起闪电，传来隐隐的雷声……

十四

小松得到消息后,同弟兄们赶到人市外的空坝子时,毛铁和任胡子已经打得不可开交了。两人像两条疯狗,咆哮着厮打在一起,腾挪的脚步踩得灰尘四处飞扬。张三一帮弟兄个个瞪大眼睛站在一旁,见小松一群人赶来,张三就大声喊:"两个大哥有言在先,这是他俩的私事,不许外人帮忙。"

小松就招呼弟兄们谁也不要上去,在任何情况下也不要喊大哥,以免分散他的注意力,胆战心惊地在心里为毛铁使劲。小松见毛铁的脚步有一些不稳,在任胡子的摔打下显得有点轻飘。小松后悔起来,在老火锅馆不该让大哥多喝酒,他恨自己当时没替大哥喝几杯,这场恶架要是大哥没喝酒,那要好很多。

毛铁晓得自己个子比任胡子矮小,甩开膀子打肯定会吃亏,便像一株葛藤,紧紧缠住任胡子,使任胡子的拳头失去效力。任胡子也抓住毛铁使力旋转起来,想把毛铁摔出去。毛铁双臂像铁环一样紧紧箍着任胡子,自己被旋晕了,任胡子也晕了。于是任胡子就停下来,两人脚跟都有些不稳,摇摇晃晃,但谁也不放手,把头无力地搭在对方肩头上,张大嘴巴喘息,喘息声很响,如同两只被追得翻山越岭的野猪。

这时,空中连打两个炸雷,简直就像响在人们头顶,在场的都被吓得缩了一下头。雷声还在空中滚动,大雨就倾盆倒下来,像鞭子一样抽打在人们身上。看热闹的四下逃散,两个大哥的弟兄们却在风雨中岿然不动。

雨水一激,给毛铁和任胡子都带来了生气,湿淋淋的两个人又一下缓过气来,甩开膀子开始新一轮打斗。两人四周再也没有了飞扬的灰尘,四只脚像碾子一样碾得地面一片泥泞。任胡子几次将毛铁掀翻在地上,还没来得及骑上去使拳头暴打,毛铁却像个不倒翁一下又翻了起来。毛铁每一次倒地,小松等人都要捂住嘴轻轻发出惊呼,张三等人都要兴奋得喊叫。任胡子终于抓到了毛铁一个空子,使出一记重拳,像抡出去的榔头砰地打在毛铁已经青肿的腮帮子上,顿时一股鲜血从毛铁口里喷涌而出,化成红色的雨洒落下来。毛铁踉跄几步,终于倒在狼藉的泥地上,再也没有爬起来。雨下得更大了,打在地上冒起一个个灰蒙蒙的水泡,从毛铁嘴里流出的血又将灰蒙蒙的水泡染成了红色。一绺肮脏的头发覆盖在他已不成形的脸上。毛铁倒地时的惨叫,刺痛着小松他们的心,一个个像风雨中的叶子在抖索。小松特别悲哀,脸上流淌着雨泪混合的水,由于大哥有言在先,强制自己不敢动弹。任胡子紧握双拳,圆睁双目,叉开双脚稳稳地站着,看着地上死狗一样的毛铁。最后任胡子收回目光,将目光扫过两边对峙的人们,又将头抬起,张开双臂,仰面狂叫,让大雨猛淋。

又一道刺眼的闪电将阴暗的天空撕破一道口子,雨丝变得透明了,罩住了大地,接着一声炸雷响起。地上的毛铁像被雷声惊醒,手在泥地里一阵摸索,然后猛地跃起来,右手握着一根一拃长的锈铁钉,向转身过来的任胡子胸口狠狠刺去……

　　这一切来得太快，快得只眨了一下眼睛，在场的无论哪个都被毛铁这一举动惊得把嘴呵成了圆形。任胡子的嘴也呵成了圆形。当圆形还没有从他嘴上变瘪，他一下就硬着身子仰倒了下去。任胡子的这一倒，远比毛铁刚才的倒下更为惨烈，直挺挺地倒下，溅起很高的泥浆……这时，毛铁也像刚才任胡子那样紧握双拳，圆睁双目，叉开双脚稳稳地站在风雨中。他俯视着地上双手捂着胸口的任胡子，任胡子在痛苦中一下一下地抽搐着，随着抽搐，从他的指缝间一股一股涌出鲜血，然后在雨水里融化开去，浸染了身旁的泥地。

　　雨水从毛铁的发尖像屋檐水一样流下来，在他脸上画出一道道污痕，他俯视着蜷缩在泥地上的任胡子，嘴里不断地念："你起来呀，你起来呀……"

　　这一刻，仿佛一切都被暴雨黏住了，现场凝固在一片沉寂中。

　　嗣后，任胡子在被送去医院的途中死去；三个月后，毛铁被判无期。

　　人市没有了大哥，那些初来乍到找活路的反倒无所适从，不习惯起来。小松和张三依然出没于人市，但他们没有毛铁和任胡子的威望，找活路的人听他们的很少，人市成了一盘散沙。他们偶尔也为一两个人介绍工作，得一点可怜的介绍费，荷包里实在没钱了，便去打一段时间工，又回到人市来。他们离不开人市，因为他们的魂已掉在人市里了。

　　杜斌照例每天到人市来转一转，多半时间是坐在办事处的办公室里，尽管人市在他的控制下，但对目前的状况他内心并不满意，有时还烦躁不安，对一些执勤人员无端地大发雷霆，骂得这些执勤人员不知错在哪里。这天中午，他从人市上叫去了小松和张三，三个人在豆花西施饭馆喝酒喝到下午，豆花西施本来想过去陪，却被杜斌支开了。三个人一直头碰头地商量，最后在三人举起酒杯碰杯时，豆花西施才清楚地听见杜斌高兴地说道："为你们两个的精诚团结干杯。"

秋芬当妈

一

城里那段老城墙,老底子要翻到三国时期。听它的岁数有这么大,长贵好像在听神话故事。起因是他约庆生喝茶,选了家有档次的茶楼,结果庆生不愿去,要去老城墙茶馆。长贵不知道老城墙在哪里,庆生就在电话里给他当了回老师。

长贵到了就后悔,便宜了庆生当了回老师。其实长贵曾无数次经过这里,只是见它陈旧,城门洞像两只空洞的大眼睛,可怜兮兮望着周边繁闹的市景,只是不晓得它有这么老,上面还开了茶馆。

这些年,长贵开公司做发了。按他的说法,不是大发,只是无论有好多颗星的酒店,也敢进去消费而已。可是从去年下半年开始,人们都捂紧了钱包,公司的生意一下子冷清下来。原来说是什么金融风暴,长贵对此嗤之以鼻,说:"有那么凶,关我啥事!"今年头几个月都过去了,仍不见好转,形势且更厉害起来。长贵开始真急了,看来,硬还关自己的事了。于是他想到了庆生。庆生是跟他一起长大的朋友,高中时的同学,报社的记者,社会上的网网多,想找他出个主意。

老城墙茶馆属于坝坝茶(茶座设在露天坝),竹桌子和塑料椅摆在城墙空坝上和城楼屋檐下,茶客随便择座。本地人爱太阳,这爱,超乎人类常观,是少于得到(这里一年四季除夏季外,另三季难得有几个太阳天)而生的深爱。由于有这种爱，本地人对太阳阴晴也以大小而论，只要出了太阳花花（小太阳，气象学曰阴间多云），人们都要欢呼雀跃，得上天的恩惠，以歌声赞美：太阳出来喜洋洋。于是人们蜂拥而至喝坝坝茶的地方，座无虚席，人头攒动，蔚为壮观，名义上喝茶，实晒太阳，说收太阳过冬。

这天不是夏季的一天，没有太阳，连太阳花花也没有，是阴天，喝坝坝茶的寥寥几个。座位很多，长贵找了能纵观全局的位置，泡好茶，望眼欲穿地盯住前方，想目光早点迎接庆生。可是一等再等，茶水也没顾上喝，还不见庆生的脑壳从城墙入口处冒出来。

长贵平时少于跟朋友联络，一是应酬业务关系，顾不上；二是怕出血（这是主要顾虑）。他有过惨痛教训。那次他做东同学会，三十来个人酒足饭饱后，男男女女又叫嚷着去洗脚城，口口声声把大老板身份给他贴起。他也晕了，真像荣登了福布斯排行榜，胸口一拍，操起大方。结果大方让他付出了代价，信用卡划去了一万多，像身上的肉遭割了，心痛了好几天。从此，同学朋友再约他，他一律借故推辞。没想到，现在有求于朋友，心有点虚，怕庆生报复，安他空板凳。

终于，庆生的脑壳冒出了城墙，一点一点长高走来。长贵出口长气，喝口已冷了的茶水。

庆生走得漫不经心，显得满不在乎。他这是有意来迟。长贵虽说是朋友，但一做生意，人就变了，两只眼睛只装两样东西，一只装货，一只装钱。庆生觉得跟他打交道，一个字，烦。因此接到电话，庆生不领情，说工作忙，走不开。

长贵说有事请教他这个大记者，语气诚恳，一句接一句奉承，不答应不收声，说得庆生都不好放电话。

其实，庆生还真有采访任务。

庆生所在的《小河报》，是张对开大报，但在人们印象中却老是觉得是张小报，因为这家报纸专登时尚新闻，特别喜欢挖明星八卦。由于刊登文章的来路杂，内容多又不实，曾多次引发官司。前不久，刊登的文章，问题涉及一位国际明星，引起小小国际纠纷，受到停刊三个月整顿的处罚，最近才复刊。这一阵，劳务市场上又多了从沿海回来的农民工，城里下岗工和农民工时常在市场上发生摩擦，报社接到过几个在市场上受欺负的农民工打来的申诉电话，领导要庆生去摸摸情况，找好角度，写篇正面引导文章。领导想以此为契机，改变以往的小报作风，树立良好社会形象。

庆生重任在肩，实在经不住长贵久磨，只好答应，去茶馆前还是先去了劳务市场，也有意要让长贵久等。虽说来了老城墙，见到长贵脸上那副讨好的僵笑，庆生心里就来气，说："你发财不见面，背时大团圆。"

长贵把脸上的表情努力延长了片刻，还从喉咙里挤出两声干笑："嘿嘿，发财和背时都跟我挂不上，不要把我说得无情无义，那次同学会就能证明我是不是这种人嘛！"

庆生说："我不说同学会，只问我约你的事。"

庆生为写报道，要了解生意场中的一些事，曾约过长贵两次。长贵怕又被黏到，拒绝了，一次是说老婆出门，家里没人，要回去守屋；另一次是说头天应酬了业务，喝多了，脑壳还在涨痛。尽管这些借口很幼稚，但长贵就是说得出口，把庆生推了。

"哎呀，还记得，那两次确实有事嘛，莫非还对你说假话！老四川的枸杞牛尾汤，我招待，给你消气，怎样？"

庆生说："算啦，那东西吃了上火，再吃你一顿，怕变生人了。快说，找我有什么事？"庆生很不耐烦地说道，一副忙得不可开交的样子。

"最近生意难做哟！"

在劳务市场上，庆生听到不少沿海的公司企业倒闭的情况，没想到长贵的小公司也打起了摆子（颤抖），说："关我什么事？"

"找你帮帮忙。"

"怎么帮？"

"借你的笔，写篇文章，登你们的报。"

"写什么，写你偷税漏税？"

"不说笑话，写我公司的发展。"

庆生嘴角一扯，不屑地说："你那个公司屁大点，再大的发展也不够格上报纸。"

长贵一怔，说："我拿钱。"

"拿钱也不行。"

这回，长贵的嘴角扯了一下，表示怀疑："还说这些，你们记者不都是这么干的？"

庆生说："我不这么干。"

其实，庆生并不干净，只是觉得这事操作起来难度大，骨头上肉不多，反惹一身骚。

长贵一声叹息，可怜兮兮地说："还朋友同学一场！"

庆生有点心软了："这是两码子事。"

"就不能帮我一回？"

庆生无可奈何地"唉"了一声，沉默了，然后说："直打直宣传你公司，的确不好办。这样，人市（劳务市场）从沿海回来不少农民工，找不到活路，你公司能不能去招几个，我借这个事给你写篇报道？"他想到了领导交代的事，既然如此，就做个顺水人情。

长贵一脸痛苦，说："都玩不转了，还招人？"

"雇长雇短，只做个样子，就当拿钱打广告。"

"人拿来做什么？"

"守门，抹屋扫地，那是你的事。"

长贵拿着茶碗盖慢慢搅着茶叶，良久没有说话。

秋芬一跨进劳务市场，庆幸来对了地方：这跟老家赶场差不多。

眼前的一切，秋芬都感到陌生，害怕得手脚无处放。但飘浮在市场上的味道，大致是顺的。这对秋芬来说，十分重要。往往一个人，初到一个地方，什么都不熟，最不熟的，还是味道。这味道，不是气体，闻不着，要拿心试，是一种感觉。秋芬感到味道是顺的，刚来时感到的不熟，这一顺，让悬起的心，咚的一下就落到了实处。

刚到市场，秋芬把这里和赶场作了比较，结论是：老家的，买卖农副产品；这里，是人。

虽说秋芬眼光独到，但思想水平，就一般了。她不知道，说买卖人，是对当今社会的不恭。她也不知道，今天来到的劳务市场，倒还的确是新中国成立前的人市。当时，这里有座外国人开的育婴堂，收养弃婴遗孤，人市就在育婴堂前坝子上。市上只买卖两种人，一是小女孩，当丫鬟或作别用；另是有奶水的妇人，当奶妈。小女孩，头上插个草圈，大人哭丧着脸，蹲在旁边，向买主喋喋不休诉说穷困惨道。而买主，一般面无表情，嘴巴闭得紧，不露半点声色，扳着小女孩的脸，仔细端详，然后捏手捏脚，满意才开口谈价。当奶妈的，得把自己收拾整洁，胸部挺高，有意让奶水浸出薄薄的衣衫来。不少跋半截鞋（二流子）的，趁机东摸西摸，还用指头去戳奶头沾奶水尝，嬉皮笑脸说："奶水多，回甜哟。"

在秋芬的眼里，现在这里也买卖两种人，一种是男人，另一种是女人，年龄都是青壮年，唯独没有了小女孩，也不见谁头上插草圈。更让秋芬惊奇的是，他们手里，特别是男的，也有女的，举着纸片，上面写着：墩子（切肉、菜）、红白二案、熬火锅底料、炒菜、挑窝子（挑面条），或者泥水工、水电、保安，等等。在市场上多待一阵，于是，秋芬知道了，现在的人市，叫劳务市场，不是买卖人，是买卖手艺和本事。

市场上，也有不举纸片的，这些人只会做家务，或者给馆子洗碗、端盘子一类的活路。因为众人不认为这些是手艺，就像吃喝拉撒，人生来就会。手艺，不与生俱来，得跟人学，要付出钱和精力。因此，举纸片的，个个头高昂，眼光贼亮，脸露得意。在这里，他们高人一等，生计，绝对在掌控之中。

秋芬手里没有纸片可举，不是无法找来纸和笔，也不是不想举，是没有值得高举的手艺。因此，她头略低垂，目光收敛，神色焦虑，而对举纸片的又无不钦羡，就是不知道该如何处理自己。

由于初来乍到，又是个女人，秋芬有些诧生，脸皮薄得像蛋皮，有人的目光一落上面，就发红发烫，更不敢往人前站，主动跟雇主搭白。不像那些女人，多来了几次，或者时间长，把市场摸透了，脸皮像城墙垛，一双眼睛发光，即使跟人说话，目光也像机关枪，往人群里扫。人们都说，这种人眼睛有毒，飞过的麻雀也认得出公母，在人头攒动中，谁是真正的雇主，不会看走眼。盯准了，不管还在给人说亲热话，立马就丢下，快步上前，笑迎雇主，甜蜜蜜地问："老板，雇人么？"被她们逮住的，果然八九不离十，是来雇人的。如果一阵交谈，交易不成，那多半是压价太低。对会压价的，一般不多纠缠，因为她们明白，即使跟这种人家有了关系，今后也有受不完的罪。对这类雇主，她们像对无肉的骨头一样，毫不吝啬，顺手就丢给初来的新手。秋芬就接过丢来的骨头，只是她眼光不毒，更没有一副好牙口，对雇主，和对自己一样，都把握不住，虽说心不甘，还是不敢啃。

秋芬的老家在秦巴山脉深处，男人去年修场镇公路，排除哑炮时炸死了，家里再没有别的人，就来到这里。秋芬落脚在街口一家客栈，离劳务市场不远，地下室，墙顶有两个拳头大的窗洞通气，大白天也要开灯才能看清。她和另外七个来找工作的女人挤在这里，双层铁架床，每晚10元。秋芬一天只吃两顿，街边饮食摊七元一份的盒饭或面条。

十天过去了，没找到活路，也没哪个雇主看起秋芬。见一些举纸片的陆续被人雇走，自己还像断线的风筝，在市场上飘，秋芬开始着急起来：离乡背井，来这儿坐吃山空。晚上住一屋的熟了，听秋芬怨叹自己年纪大了点，又比别人笨，没得手艺，不敢举纸片，一个睡她下铺的说："那些，你都信么？假的，会手艺的还需得在这儿同我们混？要信自己，只要胆子大，哪样手艺不是人做的？"

此前朦胧的，经人一点拨，像捅开了窗户纸，秋芬豁然开朗。

其实，并不傻的秋芬，这些天也看出了一点名堂。那些举纸片的，并非底气都足，当雇主探问某种手艺如何时，大多是语言含混，闪烁其词，贼亮的眼珠子转向别处，并悄悄暗淡下去。当然，雇主一般是察觉不出这些微妙的，只有另一些举纸片的清醒，短处被戳到了，但他们绝不会去点破，反而上前打圆场，直到雇主相信。这是市场潜规则。那些不举纸片的，虽然不会某种手艺，但并非个个没本事。他们的本事是足够的胆量和勇气。对这两样东西，他们比对实实在在的手艺还看重，有了这两样，还会怕什么！于是手艺不精，甚至什么都不会的，敢于向雇主接招，脸不红心不跳跟雇主走。他们都坚信，只要自己不怕，哪样学不会？那些会一点的，便在于中学精。他们心里早打好主意，即使在使用中，雇主不满意，几天走人也不怕，好歹也能解决几天工钱和吃住。他们坚信一条真理：手艺算个啥，是个人都做得来，世上还有哪样难的？何况手艺哪样不是在不断受雇和解雇中练成的？

于是，秋芬终于认识了自己，不是自己没本事，是自己缺少了胆量和勇气。

经过一番思量，这天一早，秋芬找来纸和笔，伏在铁架床上，在纸上方方正正写了几个字。

二

长贵进了劳务市场。长贵要雇人了，雇庆生说的那类人，顺带也给家里雇一个保姆。

女儿盘（拉扯）大，送大学读书后，长贵的老婆碧玉，日子就悠闲了。长贵每天出门做生意，碧玉去街口的麻将馆报到，上下午都去，天晴落雨，从不耽误。长贵说她："比干部上班还守时。"碧玉回他嘴："那要怎么样？去跟你当奸商？"碧玉没别的爱好，就好这一手，打点小刺激，每次输赢，最多也就一两百块。长贵没得责备的意思，都是穷日子里过过来的，辛苦了半辈子，生活好转了，吃点喝点玩点，属于理解范围，何况那点小刺激，伤不了筋动不了骨，她又赢多输少，餐桌上的菜钱，不少是她牌桌上所获。可是，长贵还是有不高兴的，牌桌上有了所获，一揽子家务却漏掉了。长此以往，长贵气愤了，对碧玉说："你是捡了芝麻，丢了西瓜。"长贵的意思很明白，我在外挣钱，你就该管家。可碧玉偏不啃西瓜，就偏要捡芝麻吃。长贵每天回家，冷锅冷灶，屋子像狗窝，气得双脚跳。他也就跳一跳，到头来还是自己动手。每每这时，碧玉脾气特别好，不跟长贵见气，一张笑脸相迎，甚至主动搂抱他，在他脸上一边亲一口，嘴里像含了蜜糖，连声的好老公，叫得长贵骨头酥。第二天，碧玉照样去麻将馆上班，向牌友举起屠刀。同过患难的夫妻，长贵不愿伤和气。于是两口子商定，趁雇农民工，顺便请个保姆进屋，芝麻西瓜两不丢。

连来三天在市场上转，长贵还没雇到一个人。

庆生出的主意，实在叫长贵难办。一个小得可怜的公司，已经有了几个办事人员，再请几个，拿来干什么？守门，抹屋扫地，庆生说得倒轻巧，因为出钱的并不是他。

心上的问题，得不到解决，于是眼光就变得毒了。长贵虽没看上个人，却看出了市场上的名堂。初看，劳务市场是一条河，一条平平顺顺的河。两天过后，却看出了河底下的波澜。长贵看上的不是从沿海回来的，沿海回来的纸片上写的和本人脸上表现出的对不上号；有的更不敢雇，一看就是打工打成了老油子。这种人，一旦黏上，便甩不开，甩开了也会掉层皮。他原想随便找几个人，做做样子，等庆生一登报，再找个理由解雇，现在看来，没那么简单，劳务市场水深得很。

三天以来，长贵像在小偷面前买东西，捂紧口袋提防着。可是，庆生把话说得很死，要想宣传，就得雇人。尽管不好雇，长贵还得雇。

听说长贵要去劳务市场雇人，同小区的社活笑话他："怕是脑壳进水了哟，那地方都是些人精！"社活是个四十来岁的女人，在小区开家小超市，长贵常去买东西，熟了。社活喜欢唱歌跳舞，逢年过节，协助社区宣传防火防盗，热心社区活动到痴迷的程度，街坊都简称叫她社活（为社区而活）。这一叫，大家觉得很好玩，她也乐于答应。社活告诉长贵，社区里有两个下岗的女工，家庭困难，想出来当保姆，或者小时工，都是本分人，要是愿意，她可以带来看。长贵要雇的是沿海回来的农民工，雇人是为登报，找保姆是顺带，不是目的。对社活的热情，长贵只好借故说，隔得太近不好处，有了矛盾不好说话，哪怕麻烦点，还是在劳务市场找。

在市场转了三天，举纸片的和不举的，走马灯似的在长贵跟前转，搞得他花了眼，自己也说不清，到底该雇哪样的人了。

这天，长贵又来到劳务市场，市场上人头攒动，熙来攘往，喧闹声像蜂子朝王，麻雀闹林。那些拿纸片的，长贵用眼一扫，都不是想要的，想要的，肯定不是这些手艺。早有一些眼毒的，盯住了长贵，纷纷靠拢来，甜声地问："老板，请人么？"对这些男女，长贵一律不敢轻易搭理，只瞄对方一眼，算回绝。

满市场，就没有一个让长贵看得顺眼的。

今天又白跑了，长贵感到失望，没想到雇人会这么难。又一想，能不难么？譬如说找保姆，把一个陌生人请进屋，同吃同住一个屋顶下,这除了看相貌,更要看心。相貌,露在脸上,想藏也藏不住,不像心,无须藏也看不见。如果用眼去看出内心,这就增加了雇人的难度。

本来,除了家里请保姆需要认真,雇几个沿海回来的农民工,本身就是幌子,用不着认真,甚至,是不是沿海回来的都不是主要的,主要是在市场上雇几个,给庆生一个事实就行了。可是长贵看出了市场的险恶,就长了心眼,觉得雇人就是在做生意,既然是做生意,就不能亏本,这是生意人的素质。因此,对那些声音越甜、脸笑得越烂的,反让长贵不踏实,更不敢信。劳务市场不是夜总会,不能仅凭外表,长贵觉得那些是早挖好了陷阱,幸灾乐祸在等他往里掉。

长贵不想再耗下去,公司还有事等他,想干脆叫碧玉歇一天麻将,让她来帮忙找。她不是说会看人么?如果她来都难找到,就横下心,哪怕公司倒霉,随便找几个向庆生交差。至于保姆没找着,就跟她摊牌:半天芝麻半天西瓜。

长贵正要离开,不经意从人缝中再望过去,人少处,见一个五十来岁的女子,齐耳短发,圆盘脸,一副刚进城的农村人模样,举着纸片,羞怯地站在那儿。叫长贵新奇的不是这个人,在这里,像这类的人也不少,是那不经意的一望,望见纸上写得与众不同:

我会当妈妈!!!

除了字,还有三个惊叹号。惊叹号像三道闪电,从他眼前划过,使他一愣,脑子也轰地响三声,三天多没看透的,一下被照得通明,原来想要的,就是她。一想,又不对,哪有在人市上自荐给人当妈的？再一想，他笑了，看来这人把字写错了，应该是我会当奶妈。奶妈，是以前人们对保姆的称呼，现在早不时兴了，可见这人的脑筋还停留在以前。这样一想，他更有了信心，自己想要请的就是这样的守旧人。在他心目中，守旧比时兴更让人放心。

于是他进一步想到，再有钱，也得用在刀口子上，哪有拿去打水漂的？尽管知道找记者写文章登报要花钱，但自己找的不是别人，是庆生呀！所以找他，因为他是毛根（发小）朋友，又同过学，找他帮忙还要钱，这不见外了么？虽说庆生不收钱，但雇人却是要钱的，这还是在割身上的肉。长贵这么一想，这些天下不了的决心，就在看到这女人，看到她举的纸片时下了。

并不懂什么叫新闻的长贵，却从这里看到了新闻的价值。他首先在心里就来了个将错就错，就将这妇人当妈来看，于是想到现在市场上有人愿当妈，居然还有人把这个妈请回屋。长贵觉得这件事一定会叫世人稀奇。既然世人都稀奇，庆生也会稀奇，是稀奇，就可以写成文章登报。他不会去雇几个人了，才不去管是不是沿海回来的，就雇这个女人，雇这个会当妈的，一个人，少了多雇人的许多钱。

长贵的目光，再也不离开那个妇人了，怕像不经意间发现她那样，她会不经意间消失在人群中。

长贵拨开挡在面前的人，径直向那妇人走去。

举着纸片的秋芬，孤零零站在市场的角落里。

虽然秋芬鼓起胆量和勇气，在人们讥讽的目光下，还是感到一些羞怯。她尽管羞怯，内心却充实。

其实，秋芬帮过人，有过当保姆的体验。

那是在家乡县城的一家茶馆，老板是外地来的小两口，有个读小学的娃儿。住家和茶馆不在一处。每天吃过早饭，小两口去茶馆，娃儿上学，秋芬去市场买菜，做家事，中午先照顾放学的娃儿吃饭，再送饭去茶馆跟小两口一起吃。茶馆兼做麻将馆，赚茶水钱和板子钱（麻将桌租金），现金交易，离不得人。吃过午饭的秋芬，下午不回家，就在店堂上帮忙，店堂脏了，这里扫扫，那里抹抹，提着水壶为客人掺水。小两口当跷脚老板，只管收钱。秋芬把在这里跟家里比，清闲多了，还跟无数人打交道，新鲜又稀奇，一点儿也不觉得累。秋芬勤快，把家里和店堂都收拾得妥妥帖帖。小两口有头脑，从不让娃儿到店堂来，怕从小沾染社会习气，只要娃儿一回家，都是秋芬看顾，时间一长，娃儿对秋芬也有了感情，不见秋芬不吃饭不睡觉。小两口对秋芬也很满意，不拿她当外人，家里开销都放心交钱给她。两年后，小两口为娃儿的读书问题要回老家，一家人都舍不得秋芬，特别是娃儿。小两口要秋芬一同走，但那时她男人还在，她没同意。秋芬离开那天，娃儿揪住她，哭得很厉害，有点生离死别的味道。小两口再三挽留，秋芬都没答应。小两口都慨叹，要是秋芬是自己的妈多好哟，于是当场叫娃儿认了秋芬当干妈。

秋芬曾生过两个孩子，但都没带大。这不是她的错，是山区太穷，缺药少医，生急病没救过来。她有过孩子就是最真实的本事，更重要的是她很爱他们，而且这爱，没因孩子的死而消失，甚至有增无减。既然有这种本事，又为啥子不使用呢？就像别人会手艺的都会施展出来一样，这一点不足为奇。

市场上，一些人把虚假的都敢写出来，秋芬有这本事，而且是真本事，她为什么就不能写呢？只是她将奶妈写成了妈妈。这点错，对她来说算不了啥子，在她心目中，奶妈跟妈妈差不多。而且城里人现在哪个还在喊奶妈？于是，秋芬为自己找足了理由，把纸片庄重地举在面前，脸上没有一丝狡诈，有的全是真诚。其实，她并不是要给人当妈，这点自己也很清楚，但是要她准确地将自己的意思表达出来，确实是要她赶鸭子上架的事，她就是要这样举起纸片，觉得怪就怪，越怪才越引人注意。可是，从开市到现在，还没个雇主来询问过，秋芬还是有些沉不住气了：难道这里的雇主，连真假都不会分辨么？其实，有不少雇主都注意到了秋芬手里的纸片，认为是这个女人神经不太正常，一般在她面前转转就走开了。而来市场上找活路的人都不会说好歹，因为知道来找活路的大多都是山穷水尽的人，只要能找到活路，无不是各尽其才，有啥子本事各自尽管显出来。虽然不少人在这里是虚张声势，会一点手艺的谁不夸大其词，说得天花乱坠，好像天下会这门手艺的只有他一人。因此市场上花样百出，只要是你敢于在纸上写出来，在嘴上说出来，旁边的人不仅不会揭底，还会在一边好言相助，来找活路的人都不会去破坏。但对秋芬找活路的方式，大家都看起了她的笑话。甚至有男人互相嘀咕:"居然有来当妈的。"一阵窃笑后又说:"我们何不如去跟人当爸爸?"大家尽管对这不看好,却又不得不承认,世界之大,无奇不有,都在一旁静观其变。

"你当真会当……妈,也敢当吗?"一个男子,直冲冲走来就问她。

"我写都写了,还会不敢么!"秋芬望着这个三十来岁开始发福的男子说。

男子就是长贵,听她说的话便来了兴趣,又说:"那么,你是真的给人当……妈哟?如果是这样,又怎么叫我相信?"他没把奶字说出口。

其实,长贵清楚,这个妈只是一个说法,就是请个所谓的奶妈而已。而且请回家,难道你说是妈就是妈了?我就是把这个妈请回去,家人也不会把她当妈。说穿了,这些都不重要,重要的是请了个保姆回家,而且他只是要这么问问。

"这是我的身份证呢。"秋芬拿着说。

"身份证能说明什么?假的多得很。"

秋芬说:"倒是。这样子嘛,我们去劳务市场管理办公处登记,我给你写个保证,或者找他们担保,试当一个月,你满意,继续;你不满意,我走人,不收你分文。"

秋芬的举动,使得整个市场兴奋了:三十六行,哪行手艺都可以摆在这市场上来亮相,没谁会觉得不正常,唯独给人当妈妈,却是前所未有、闻所未闻的,这一次没想到真还有人来真的了。那些举纸片的和没举的,都离秋芬远远的,即使同客栈的姊妹伙,也不愿跟她站一起,她的出格使她们害怕,好像她忽然成了个怪物,晦气会沾到身上。人们远离她,但眼角的余光却溜向她,都想看看,都不相信会有什么奇迹在她身上发生。心想,进了雇主的门,看你这个妈又怎么来当!就在人们的观望中,显得有些激动的长贵竟冲秋芬走来了,并跟她进行了以上的对话。那些怕倒霉的站得远远的,这时脚跟开始不稳了,慢慢向这里靠拢,把耳朵伸得老长,生怕漏掉了一句话。

无论举纸片的和没举的,无论先前对秋芬的举动抱有何种心态,但此刻,他们又统一在市场潜规则下。他们忘了自己的事,目前市场上仿佛就只有眼前这事最重要,需要齐心协力,鼎力相助。于是,围在里层,离得最近的,开始在一旁帮秋芬搭腔:

"人家有金刚钻,才敢揽这瓷器活。"

"就是,没得这本事,她敢写么!"

"不能说是本事,是她有这心。"

人们七嘴八舌,无论说的什么,意思只一个:这个人,肯定会当妈妈。

对这些议论,秋芬充满感激,心里说:我确实也是这样。

长贵还故意挑起更多的议论,表面装作受听,其实没一句进心。

这些人,在做义务炒作员。

这件事,知道的人越多越好。

三

本城人，称长江叫大河，嘉陵江叫小河。这是本城人的口头习惯而已，没半点对哪个偏爱，或鄙薄的意思。就像人对自己的手指，有大拇指，也有小手指，你能说喜欢哪个，不喜欢哪个？

做生意发了的长贵，就没有因大小而小看小河，前不久，他在小河顺城街的河滨小区买了套四室两厅的错层江景房，装修就花了三十几万。

长贵每天回家吃过晚饭，都爱泡杯茶，而且要泡绿茶，他说绿茶的绿和清香才够配得上小河的温柔。他坐在阳台上，一边喝茶一边看小河。这时的小河，远天远地流过来，流过了他家门前，流过他心间，完全就像是他自家的。看小河，他看得如痴如醉，经常忘了时间，半夜也不进屋睡觉。碧玉就吵他："你个傻子，河有啥子看头嘛！"长贵看河，的确看出了门道，喝口绿茶，傲慢地说："你懂个屁，有看头得很，大河看气势，小河就看它的温柔，你晓得么！"

长贵能看出小河的温柔，却没能看出老婆碧玉的温柔，因为老婆把温柔奉献给了十三张（本地俗称倒倒胡，除去风头子）麻将牌，即使留点给长贵，也少得可怜。于是，出现了冷锅冷灶，三十几万装修的新房子成了狗窝。

长贵领着秋芬走进小河顺城街，是在跟她谈妥条件的第二天。

当天，长贵带秋芬跑了一整天，该跑的地方都跑了，该办的手续都办了，没一个漏掉，市场管理处注册登记并签协议、医院检查身体、派出所办暂住证……跑这些地方，办这些手续，要花时间和精力，长贵点都不嫌麻烦，也不觉得累。他要这些地方办手续的工作人员也为他请妈的事兴奋，好一传十，十传百，给他当义务宣传员。

关于报酬，长贵有点伤脑筋，不过他愿意伤这脑筋。

市场上，有儿嫂、育儿嫂、保姆之分，尽管报酬有所不同，但还有个上下限，有个价格依据。可是秋芬就不同了，她是会当妈妈的，而且是长贵心甘情愿请进屋当妈妈的。你说，世上有当妈妈的价格吗？

长贵带着秋芬又去了劳资仲裁协会，找劳资专家咨询。接待他们的是个曾在大型国有企业当过劳资部长的人，退休后来协会工作。他听了情况，觉得是遇到了新问题。例如，当儿子的每月给钱，不能说是工钱吧？当儿子的，不好好孝敬妈妈，拿钱让妈妈打工，这从情理上说不过去，外人知道了笑话。但不拿也不行，既然是雇的，总得要有报酬，这又该以什么方式给？

那人苦恼了半天，说："你们这种关系，是有点复杂，说按市场经济办吧，又掺杂了亲情；说是亲情吧，又还有雇佣关系。我在几万人的企业都没遇到让我为难的，这把我搞糊涂了。拿多拿少，又该怎么拿，还是你们自己商量着办吧。"

这人解决不了，协会别的人参与进来，也解决不了，都说，市场经济硬是搞得活泛了哟，说不定还会遇到哪样的劳资问题,并决定把这事列入研究课题。

还是当妈妈的秋芬大量,觉得既然是这样,就不好开口要多少多少,否则失去了那份当妈的名义。这时的长贵也随和,觉得既然是雇的妈妈,就不能显得太吝啬,否则没有了那份情。

于是,一阵商议后,长贵提出,每月按儿嫂的价钱(儿嫂的价钱最高)。秋芬一听,不同意,儿嫂的工钱,这是把妈妈看轻看淡了。

从道理上讲,秋芬说得对,妈妈的地位至高无上,哪能用钱来衡量,至少不能按儿嫂的标准。

当妈妈的,如果在这点上就跟儿子耍狠心,那就不配当妈妈了。秋芬不同意是她不要这么高的价,每个月只要向她表示表示就行了。但是,她有一个条件,无论表示多少,心意要放在首位。因此,秋芬提出,表示的钱,不叫工钱,要叫孝敬钱。

长贵没想到请个假的妈妈,还未进门,就当起真来了。他还是很庆幸,这个当妈的人不贪,比起雇几个工人,算捡了便宜。

长贵便以玩笑的心态说:"现在你就是老辈子了,你说了算,按你说的办。"

秋芬到家已是这天下午,长贵又带她去小区物管处办了出入证。从物管处出来,还带她在小区走了一趟,熟悉环境。

头天,小区里许多人还不知道有个叫长贵的人,办证后,不到半个下午,全小区的都知道了他,因为他像神经病一样,从劳务市场请了个妈回来。

大家都说,世上真是无奇不有啊。

庆生和朋友正在一家叫"好又来"的火锅馆吃火锅,喝啤酒,手机响了。

长贵在那头兴奋地说:"庆生,我从人市雇了人啦,你快来采访吧。"

打断了正酣的吃兴,庆生不了然地说:"哪有你一喊就来的,还没有汇报,要做报道计划,你以为简单哦!"

那头哑了,在里面出粗气。

庆生放软语气:"明天给领导说,哪时候来,会安排的,到时给你打电话。"

那头还是出粗气。

庆生就问:"雇了几个吗?"

"一个。"

庆生举在嘴边的啤酒瓶也放下了,有点来气:"雇一个有啥子用,怎么写?说了要雇几个嘛,你硬是个铁鸡公。这个忙,我帮不了啦,你另外去找人。"说完就要挂线。

"呃,庆生,你不要急,听我说。"长贵在那头直喊,"雇一个有雇一个的理由,这一个比沿海回来的几个都还特殊。"

"有哪点特殊?"

"这个是给我当妈的。"

"你说什么?"

"我请的是个当妈的。"

"我不管是会当妈会当爸的，跟写报道没得半点关系。"

"就是有，就是有，所以我才喊你来采访。"

庆生真有点不耐烦了，说："跟我有什么关系？"

"人们都需要母爱噻，你晓得，这是家庭和谐的基础哟，有了家庭的和谐，才有社会的和谐。"

做生意钻进钱眼眼的长贵，居然说出了这番话，很让庆生刮目相看。

这时，隔桌的几位知道此事的食客也在起劲说起来，有人不赞成，说这是对母爱的亵渎；有人又赞成，说现在普遍缺失母爱，这起了示范作用。于是开始争论，声音大得一个店堂里都听得见。

这是件稀奇事，在社会上一传十、十传百，像风一样传遍半个城。在吃串串香这里，食客们拿来当了下酒菜。庆生也忘了吃喝，拿着手机，脑子很快转起来，终于从长贵的话中，还有食客的争论中，悟出了新闻里所包含的大内容。庆生渐渐激动起来：一篇有分量的文章正在向他召唤，抓住它，即可改变自己在领导眼中的印象，更主要的是，为报社改变社会形象。庆生估计，这件事，很快会被同城媒体关注，那些小记者们会像涨水天的飞蛾一样扑向长贵。庆生想，我是长贵的朋友，是近水楼台，要第一手把材料抓到，搞独家报道。

此刻，庆生一点也不报怨长贵了，甚至心生感激，于是对着手机说："好，我来，这事就只能我们的报纸一家采访哟。"长贵在那头满口应承。

庆生说:"你搬了新家,也不打声招呼,生怕又来吃你。我怎么来?"

长贵告诉了他。庆生才知道去过那个小区,小区有家小超市的老板因为热心社区活动,他曾去过那儿采访。

老板就是社活。

到了小区,庆生没直接去长贵家,先去了小超市。他想,既然长贵请妈的事,在社会上都传开了,在小区里会产生什么样的效果,先去找社活聊聊。

庆生到了小超市,社活正在忙碌。

社活每天盼的,就是住户们回到小区的时候。做菜差佐料的,喝酒空了瓶的,烟盒变瘪了的,小孩闹大人买零食的,还有需要牙膏、牙刷、肥皂、洗衣粉的……都会想起她的小超市。

一阵忙过的社活,正闲下来歇口气。柜台上有台收音机,里面正在播放一首老歌:歌剧《江姐》里的《红梅赞》。这首歌,社活最喜欢,也是她参加社区活动时的保留节目。跟着收音机的歌声,社活自然而然唱起来。她唱得很抒情,歌声在小超市里飞扬。

这时,在堆放小食品的货架旁,响起掌声,社活抬头发现,竟有个顾客没走。

社活不怕在众人面前献艺,场面越大越来劲,是个出名的人来疯。但这个顾客不常见,不是小区的住户,他不仅鼓掌,还望着她傻笑。这就叫社活有些慌乱,嗓子也僵硬了。

庆生看出社活的疑惑,就上前说,自己是报社记者,曾采访过她。这一说，社活想起了，是这个人坐在柜台前拿着本子采访她，后来那篇文章登出来，叫她在社区很是风光了好一阵子。

社活为掩盖刚才失态，主动向庆生伸出手，热情地说："哎呀，是记者，看我，硬是忙得认不出人啦。"

庆生握着社活的手说："忙就好，生意兴隆。"还不忘夸她，"你唱得不比那些吃专业饭的差。"

社活头一偏，手摆了两摆："记者，笑话我哟，我都够格，怕全中国没得歌星了。"

社活说着，给庆生端来凳子，又从货架上拿过一袋纸杯，拆开后给庆生倒水。社活想：该不是自己又引起报社兴趣了？这次不能像上次碍口害羞了，要把自己做过的，甚至心头想的，都说出来，让自己在文章里更放光彩。

结果，开口说话的记者庆生，叫想得多的社活失望了，因为不是来采访她，是来跟她打听小区里一个叫长贵的人。

社活还是很兴奋，告诉庆生，长贵常来超市买东西，认识他，但她搞不懂，长贵做了什么了不得的事，值得来采访。

庆生说："别个在人市上请保姆，他在人市上请妈，为什么？这里头，难道还不是新闻？"

社活吃过午饭就到批发市场进货去了，长贵请妈的事，暂时还没灌进她耳朵。记者这一说，使她这个消息灵通人士很掉面子。于是，在感到惊讶的同时，她还想到劝告过长贵，又感到十分不理解，就自顾自地说："他硬是在那里请了，请的还是来当妈的！"

庆生也失望了,没有从社活那里得到半点有关长贵请妈的反馈信息,他便决定去长贵家。

碧玉从麻将馆回来,一进门,见家里有个陌生妇人,想来是长贵请来的保姆。长贵抱了西瓜回屋,自己可以安心捡芝麻了,碧玉不由得一阵轻松,向有些拘谨的秋芬报以友好一笑,便大声喊长贵。

长贵正在厨房里忙,叫碧玉进去。

进去的碧玉说:"怎么你在做?"

"头一顿,怕她不晓得我们的口味。"

"这保姆,看人还利落,叫什么名字?"

"叫秋芬。她不是保姆,是我请来的妈。"

碧玉望着长贵,有些糊涂了:"妈有请的?"

生意上的事,长贵从来不跟碧玉商量,怕妇人之见乱他心志,这件事,长贵当然不会对碧玉讲,就说:"这事说来话长,晚上细讲。"

不明究竟的碧玉等不得晚上,轻松又变沉重起来。今天手气差,输了一百多元,钱虽不多,心理上输不起,先已消淡的怨气又被激起,于是急吼吼地说:"妈都有请的,社会硬是乱了套!我不要你这个妈,哪里来,退回哪里去。"

长贵在切菜,忙放下,过去把厨房门关上,拉着碧玉说:"你小声点,好不好?我请她有我的原因,晚上给你慢慢说。再说,各种手续已经办完了,人刚进屋,又喊走,不怕外人说吃多了没事干?"

碧玉去拉开门，故意把嗓音放大，说："怕外人说？请个外人来当妈，就不怕外人说你吃多了没事干？"

长贵又去把门关上，把碧玉往里拉，说："这阵不要闹，先人，晚上商量商量再说。"

碧玉只好依了长贵，不闹了，但脸一直马着。

以后的事，更叫碧玉气不打一处来。上桌吃饭，长贵让秋芬坐上位，说是尊敬长辈。碧玉干咳了一声，给长贵瞪眼，长贵装没看见，执意要秋芬坐上去。秋芬有些不好意思，推让中还是坐了下去。吃饭中，长贵给秋芬一会儿夹菜，一会儿舀汤，嘴上还喊了声妈。

人就是这样，脸皮只要抹了第一次，以后就无所谓了。长贵在劳务市场开了口，现在喊起来也不觉难为情了。一旁的碧玉听了，身上起鸡皮疙瘩，要丢下碗筷离去，长贵用脚碰她，还拿眼色制止。

长贵的一声妈，秋芬心里起了波澜，死去的儿子仿佛生还在眼前，个子长高了，懂事了，晓得关怀体贴妈妈了。秋芬抑制不住一阵激动，说："儿，你也辛苦，多吃点，来。"其间，还不忘关照碧玉。

一对陌路人，竟然把母子之情演绎得比真的还像。长贵究竟安什么心？他到底要在这个女人身上得到什么？碧玉硬是想不通。

吃完饭，秋芬在厨房里洗碗，碧玉还在跟长贵生气，她越气，长贵就越不想这时来说这件事，于是在客厅里握着遥控看电视，碧玉嘟着嘴，上去一把抢过遥控，都不说话。

这时，庆生按响了门铃……

进城十多天来，秋芬终于睡了个踏实觉。

秋芬住的是次卧。睡前，她打开窗子，往外望小河，望见不远处的上游，横跨有一座桥，车辆亮着灯开过，夜空中留下一道道雪白光柱，使一些模糊东西也变得清晰了。秋芬从在纸上写下"我会当妈妈"，一直到长贵出现，心头始终都是虚空的，虚空得探不到底。跨进这家大门后，长贵就像那些光柱，将她心中的昏暗一扫而光，没着落的心，也落到了实处。

秋芬不想关上窗子，关上窗子就关了心，那样，好心情就得不到扩散。这时，微微的江风从窗外吹来，送来轮船的机器声，这声音在她听来，好像一曲悦耳的音乐，她要好心情和音乐一起去飘，飘到很远，让别的人都跟她一起愉悦。

秋芬是一倒上床就睡过去的，进城当上妈妈的她睡得很香很甜。

长贵两口子，眼睁睁躺在床上，过了半夜还没睡。

尽管庆生来采访，让碧玉明白了老公请妈的意思，但感情上还是过不去，跟长贵赌气，自己不睡，也不要长贵睡，总觉得脑子里有一堵墙，怎么也拆除不了。长贵几次想将手臂从碧玉的颈窝下穿过去，都被碧玉甩头挪开了。长贵只好坐起来，开了床头台灯，端起茶杯喝绿茶，喝了两口，慢声细语给碧玉说："你就对这事当真了？这是要配合庆生写文章，一切都是做给外人看的。"

碧玉身也不转过来,将冷背对着长贵,说:"既然是这样,为啥子吃饭的时候把妈喊得脆生生的?亏你喊得出口。"

长贵放下茶杯,说:"你哟,哪得那么傻,一句话又不要本钱,喊了她就是妈了?"

碧玉一下转过身来,说:"那也没得必要像你这样找个妈来供起呀!"

长贵俯下身,眼对眼问碧玉,"你有想过没有,一句空话,换来一个人为我们心甘情愿做事的,你说哪点要不得?"长贵继续说,"有人会当妈,又是送上门来当,这哪点不好?这么好的机会,我们不要,莫非要等被另外的人抢去?从此你打麻将,我去做生意,我们的日子才过得有滋有味。"

碧玉听进去了,目光也渐渐变得温柔了。当长贵关了台灯,将手臂再次向碧玉颈窝伸过来时,她的头,稍稍抬了抬。

用了整整三天,秋芬把狗窝又还原成了新居,物件些都回到了自己该放的地方。

一天三顿饭,秋芬也安排得妥帖:早餐,牛奶豆浆稀饭每天轮换吃,干的是包子馒头花卷;中餐,长贵一般不回来,就碧玉和秋芬两人,吃得简单点,一荤一素一汤;晚餐,是吃饭的重头戏,两荤两素加炖汤。

几天下来,吃得长贵和碧玉脸色红润了,精神抖擞。

长贵这一阵,生意做得特别顺,狠赚了几把,让做生意的朋友都眼红。朋友们都知道了他请妈的事,就把赚钱跟请妈连起来,说:"你娃找妈找得好哩,找来了财运。"长贵嘿嘿笑，口不说，心想：晓得么，这就叫家和万事兴！

这些日子，碧玉的手气也特别好，左一个自摸，右一个自摸，单吊、边张也能自摸，真是城墙都挡不住的好运，麻友们畏惧她了，问她是不是最近得到了什么高人指点。碧玉是个口无遮拦的人，从不在心头装话，就说："有啥子高人哟！是长贵找来的妈，给我带来了手气。"麻友们都知道了这件事，对碧玉的这一说法，也深信不疑。

自从有了秋芬这个妈，什么事无须碧玉动手了，回家就享清闲，也学长贵，坐在阳台上看小河。她看不出小河有什么温柔，不就是一河水在缓缓流么！多看一会儿，还是这样，一河水就流得她心烦了。于是，眼望河水，却回味起麻将馆的战绩来，回味得高兴，也觉得阳台很妙，心说，难怪长贵爱坐这里哟！坐得久了，枯燥还是出来了，就像屁股底下长出了刺，软软的躺椅也坐不住了，心又说，背时的长贵，不晓得坐这里有哪点安逸！她就去打开音响放CD，是会唱的歌，就跟着唱两句；是乐曲，就跟着节奏扭两下。每每这种时候，她就会觉得长贵说的话"有人会当妈，又是送上门来当，这哪点不好"是对的。

一吃过晚饭，当妈的秋芬就收拾碗筷，刷锅洗碗，忙家务。长贵依然是坐在阳台上喝绿茶、望小河，但这跟以前稍有了不同：茶不再是自己泡了，当妈的秋芬已给他泡好，还用暖瓶装来开水，放在他躺椅旁。碧玉无所事事，坐在沙发上看电视，电视不好看，就不歇气地按遥控，这个频道翻到那个频道。实在觉得无味，丢了遥控，抱着膀子，这间屋走到那间屋,靠着阳台门剥瓜子吃,瓜子壳吐一地。

有时,长贵和碧玉主动要去帮忙,说:"妈,你歇会儿,这些事,我们来做。"当妈的秋芬,脸上满是笑,把两人推开,说:"有你们这番意思就够了,这丁点儿事,哪得要你们!走走走。"

夜深了,如果碧玉还没睡,秋芬就会像哐小孩子一样,把她哐去睡。如果长贵还在躺椅上望小河,喊去睡,不去睡,说在想生意上的事,那么,秋芬就会拿来一件衣物,盖在他身上,说:"夜风伤身子,当心感冒。"

日子就这样一天一天过去,秋芬一个月当妈试用期已满,三个人回头看看过去的三十天,天天没有什么不好,在一个屋顶下生活,也没感到什么别扭,都听惯了互相的声音,甚至闻惯了彼此身上的气味。用句俗话说:这是缘分。这样的生活,仿佛是一条平坦的阳光大道,一切都顺当。

三个人,都从过日子中,找回了属于自己的完美。

秋芬当妈妈继续当,当儿当媳妇的长贵和碧玉,也继续当。

四

卖东西的小超市,成了小区的大社会,大妈大爷都爱来这里摆龙门阵。社活很乐意,无偿提供座位、茶水。用她学来的时髦话说:"社会上有平面媒体、立体媒体,我也为小区搭建了交谊平台。"

其实，社活很有头脑，还有一句话没说出来：媒体为了效益——社会效益和经济效益。她搭建交谊平台，也是为丰收两个效益：聚集人气，网罗生意。果然，小超市里龙门阵照摆，生意照做，不但不见影响，生意反而好。有时忙碌，社活顾不过来，这些大妈大爷还主动帮忙。

长贵请妈妈成了近段时间龙门阵的主题，大妈大爷很热衷，都能从中得到自我宣泄和表白的依据。他们津津乐道于晚饭后的秋芬一家，伴着初上的华灯姗姗漫步小区花园的情景，一家人其乐融融，尤其长贵和碧玉一左一右地陪伴，更让言者无不眼里闪现泪光。社活对大妈大爷的话，偶尔也插两句，但更多是生意和尽召集者的义务。

庆生来找过长贵后，又来找过两次社活。他回去汇报后，领导很重视，说一件小事情，揭示大主题，要他深挖细作，连续报道，报社的中兴在此一举。重任在肩，庆生踌躇满志，想到自己的职称和提干也在此一举。他采访长贵是用由表及里、由浅至深的采访方式，先在报上发了《在劳务市场也能请妈妈》的文章，再两次来小超市，主要是听大妈大爷们的议论，为写有分量的通讯收集素材。大妈大爷的议论热情洋溢，言之有物，无不是亲身经历、切身感受。因此听得在场的每个人时常不由自主把自己也摆进去了，弄得大家有着坐立不宁、浑身热烘烘的意味。更有年轻人，心想：人家没妈，请也要请个妈来孝顺，自己有妈却不孝顺，两相对照，恨不得扇自己耳光。

有时，大伙议论正酣，碰巧秋芬进来买东西，说话的马上闭口,所有的目光齐刷刷投向她。并不是所有的人都认识秋芬,但谁都知道这就是秋芬。因为秋芬是名人,她的形象随风早传遍了小区。最先吹这风的,就是社活。庆生第一次来的当晚,社活就去了长贵家,也就认识了秋芬。社活回来后,多次向大妈大爷们生动描述,让不认识秋芬的也变得好像早认识了。大伙能准确地认出秋芬来,都感到些许欣慰。众人的目光里,毫无对一般保姆的轻视,流露更多的是钦佩和羡慕。已适应了当妈妈角色的秋芬,早先的羞涩和拘泥,被逐渐膨胀的母爱荡涤得一干二净,即使在众人的目光下,也能举止庄重,样子比妈妈还妈妈。每次秋芬光临小超市,社活都会丢下别的顾客去招呼,问要买点什么,并把她带到货架前,介绍货物的等级。秋芬不买好的,也不买次的,专买中档的。一旁看在眼里的大妈大爷,有想表示友好的,就开口说:"长贵妈,你儿子(这两个词,说得特别响)找那么多钱,不买最好的,那钱找来还有啥子用哟!"秋芬也友好地一笑,说:"过得去就行了,再好的东西也会用完的。"这一说,又赢来大妈大爷们一阵赞叹。社活也不会为少赚了不高兴,附和说:"长贵有了你这个妈,是他的福分哟!"

庆生把收集来的这些议论和见闻,写成了通讯《人们眼中的长贵妈妈》,上了他们报纸的头版头条,本地小河网也全文转载,当天的点击数上万次。一时间,秋芬和长贵的名字传遍全城。

各媒体的小记者,果然像涨水天的蛾子扑向了小区。不过,这些飞进小区的蛾子,却被一堵不可逾越的墙挡住了,这堵墙，就是社活。

社活将秋芬和长贵的出名，跟自己挂了钩，认为没有她，他们就没有今天，她起到了拨云见日的作用，媒体要采访，就是她自己的事。现在，社活帮秋芬和长贵履行承诺：只接受庆生独家采访，其余的，一律挡驾。社活为了对付蜂拥而至的小记者，专门把生意委托给几个大妈大爷，从早到晚，像个门神，守候在单元楼门前，她认为，这比小超市的生意更重要。

带着摄影记者的庆生，单独采访了两天。别的媒体，只得把相机和摄像机架在楼门前等候，时常闹出笑话，把别的住户错当了采访对象。这样一来，有关秋芬妈一家子的举动，都成了同城媒体报道的内容，就连长贵和碧玉的同学，甚至穿裆裤的伙伴，都没逃出追逐。

于是，一些采访受阻的就四下传出话，表达各自的疑虑：秋芬当妈，不可能当成真妈。

秋芬当这个妈妈，满打满算三个月了，小区大社会的交谊平台，开始间或提到这件事了。人们的关注热度已逐渐降温。老叫大妈大爷们嚼一种东西，他们会感到腻味的，而从生活中发现新事件，来填充平淡的空虚，又是他们过日子的本事。他们人老了，却有颗永远年轻的好奇心。

并不缺少新奇的日常生活，把秋芬当初的光彩掩盖得黯淡下去了，她再进小超市，已少了以往迎接她的那种目光和热情，好像她是小区的老住户，大妈大爷早看惯了她。只有社活对她的热情未减，因为从她身上，社活总能忆起自己跟着那几天的风光，尤其小超市的生意也跟着红火。

秋芬并不在意这些，仍旧举止庄重，样子比妈妈还妈妈，仍旧只买中档货，吝惜每一分钱。如果没谁找她说话，她会把嘴巴闭得紧紧的，从不主动跟人搭白，买好东西就走，不作半刻逗留。渐渐地，大妈大爷对秋芬的举止，有了另一层看法，就像从一面镜子中，各自看出了孤单的身影。于是，就有了新的议论。

"她眼长哪儿去啦，怎么没见我们在这里？"

"哪会见我们，我们又不把她当妈！"

"算啥子哟，一个保姆，以为我们个个是哈儿（傻子）！"

"她硬是把自己当真的啦！"

"喂，你不是得行（厉害）么，哪天泼她一瓢冷水，叫她清醒一下！"

这些议论，或多或少灌进长贵和碧玉耳中。对灌进耳朵的议论，长贵需要的就是这个，长年在生意场中拼杀，日子过得枯燥，请个妈妈回家，就是要为自己的生活添点新色彩。庆生的采访，媒体的关注，让长贵品尝了一段以往没受用过的生活，这比做生意更愉快，并受人看重。人们的议论，不就正是这种生活的延续么！碧玉就不同了，人言可畏，她又缺乏了长贵的乐观，麻友们会把这些议论添油加醋地在麻将馆里传来传去，想捂耳朵都捂不住，害得她心里受气不说，手气也跟着败，接连输了好几天。

头一两天，碧玉从麻将馆一回屋，就做脸色给秋芬看，秋芬忙自己的，当没看见。碧玉就把东西乱拿乱放，把个屋子又搞成狗窝。碧玉前手搞乱的，秋芬后手就整理好，且无半点怨言。秋芬不理碧玉的茬，碧玉也不好当面把气出出来，好歹也是长贵请回来的妈，当媳妇的还得讲个规矩。出不来的气，碧玉就找长贵出。所谓出气，也就是不让长贵的臂膀从颈窝下穿过来，然后再把个冷背对着他的热肚皮。长贵知道又是有事了，于是坐起来，开了台灯，端起杯子喝绿茶。碧玉性子急，最怕长贵做出副蔫头蔫脑的样子。果然，长贵茶还只喝了三口，碧玉就忍不住了，说："你请来的那个妈，不晓得做了啥子事，得罪了人，难听的话到处在传，听了心里都发毛，你该给她打下招呼，少出去招惹人。"

长贵说："妈怎么会去得罪人呢？她不会是那种人。"

"什么妈，就你喊得甜，我说，纯粹就是个保姆。"

"哎，话不能这么说哟，我跟妈是签了协议的，进门后，你也答应了嘛。"

"嘴答应，心没答应。"

"那我不管，总答应了的。"

"我问你，到底听没听见那些话？要好难听，有好难听。"

"我又不是聋子。"

碧玉一下翻过身，坐起来，扳着长贵的肩头："你听得惯？"

长贵说："好话是话，坏话也是话，哪有光听好话不听坏话的？再说，有人说我们，证明人家看得起，被人看不起的，哪个会去说！你要是听不惯，把耳朵塞起来就是了。"

没想到，长贵会把坏事当成好事说，罚酒当敬酒喝，且道理又叫碧玉无法反驳，但她还是连声说："塞不住，塞不住，要这么简单就好办啰。"

"那，我就没得法啦！"

碧玉把嘴翘好高，又扳着长贵的肩头："是不是这个妈，我们真请错了？"

"乱说，错啥子错！是那些人嫉妒，我们一家过和睦了，他们不安逸。"

碧玉想想，说："也倒是。不过，长贵，还是该打声招呼，叫她少跟那些人打堆。"

不置可否的长贵，把臂膀从她颈窝下穿过去了。

第二天一早，吃完饭，长贵挎上挎包，碧玉清点好要带的本钱，双双正要出门，当妈的秋芬喊住他俩："晚上，妈给你们炖鸡汤喝，早点回屋。"

长贵爽快地答应了。碧玉也在点头的同时，给长贵一个眼色，要他顺便给秋芬打招呼。长贵愣一下，嘴唇动了动，正要开口。秋芬又说话了："今晚上我们开个家庭会，好不好？我想，有些事得说说。"

碧玉碰了下长贵，赶忙接过话："好好好，开个会，有些事是得说说。"

鸡汤炖得很鲜，喝一口，嘴里回味绵长。泡姜泡海椒炒鸡杂碎，又香又可口，另外还有回锅肉，一个炝炒莲白，一盘凉拌萝卜丝。长贵一看，食欲大振，搬出一只大玻璃瓶子，里面是呈紫红色的药酒，强筋壮骨，滋阴补肾，是城里一位有名的老中医开的方，二十多种名贵药材，花了他三千多元。

长贵每晚都要喝一小杯，说这酒好，喝了，寒冬腊月再冷的天，脚板心都是热的。这晚，长贵喝了两小杯，要不是当妈的秋芬说，儿，酒再好，也莫要贪杯哟，他还不想停。

碧玉在一旁嘻嘻笑，长贵问笑啥子，碧玉说，妈说的是电视上的一句广告语。三个人都笑了。

碧玉的胃口也大开。早上，听秋芬说要开家庭会，心里就轻松大半。到了麻将馆，许是说闲话的觉得再说无味了，除了牌的声音，碧玉的耳根清净了，手气也随之回来，一天下来，把这几天输的打回来不说，还倒赢了几十元。

秋芬一会儿给长贵夹菜，一会儿给碧玉舀汤，见小两口吃得笑逐颜开，心里也很高兴。小两口也说："妈，不要光给我们夹，你也多吃点。"

三个人，心里的话，谁也不说，都想着等开家庭会的时候再说。

吃过饭，秋芬忙完事，也来到阳台上。阳台上另放了两只凳子，一只坐秋芬，一只坐碧玉。长贵不让秋芬坐，要秋芬坐自己的躺椅，说："妈，你来坐这个，舒服些。"

秋芬就不推让，缓缓把自己放进了躺椅，还舒服地伸个懒腰。长贵和碧玉，一左一右坐下，等着当妈的秋芬先开口。秋芬暂时不想开口，微微眯上了眼睛。长贵和碧玉互相对望了一眼，以为是她一天劳累，疲乏了身子，就由着她，让她养养神。其实，秋芬突然想到了老家里说事的情景，此刻自己就像本房最有威信的幺爷爷，坐在堂屋的竹子躺椅上，当晚辈的就是坐立在两边。

碧玉终于耐不住了，不顾长贵的制止，先发了话："妈，不是说开家庭会么？要说点啥子，你就说嘛。"

秋芬从沉思中睁开眼，哦了一声，说："是这么回事，你们近来听见别个说啥子没有？"

碧玉嘴快，接过来："听见了，那些难听的话，气都要气死人。"

长贵说："妈，那些人是贱皮子，嘴巴子痒，莫去理会。"

碧玉把凳子挪近一点，问："妈，会不会是你得罪了人？"

长贵说："跟你说过，妈会去得罪人？是那些人眼贱。"

碧玉不服气，"一个巴掌拍不响，无风不起浪嘛！"

长贵说："这样说，是妈错了哟？"

碧玉咕哝着说："我没说妈错了。不过，妈，你以后也得注意点影响。"

长贵说："啥子影响？你是……"

"好啦，好啦，你们两个不要争了。给你们说，我没有得罪哪一个，也没有去亲近哪一个，他们说的那些，我看，也有一定的道理。"秋芬很平静，像在说与自己无关的事。

碧玉诧异了：秋芬的四两拨千斤，居然把那么沉重的闲话，轻巧就闪让开了。于是疑惑地问："妈，你在说啥子，我一点都不明白。"

秋芬说："他们不外乎说，我这个妈，没有当真，还是假的。"

"这就是他们乱说了，他们哪里晓得我跟碧玉的一番真情实意。"长贵请妈安起心，就是要当真，才能从中体味人生，听她这一说，有些激动，站起来转了两圈，仿佛要当场就找出那些真情实意来。

秋芬说："不是乱说，是我这个当妈的自己没有当真。"

长贵和碧玉都坐不住了，两个争着问："我们没喊你妈吗？你没叫我们儿女吗？"

秋芬说："你们喊了，我也叫了。"

长贵说："那些说闲话的简直是疯狗，只晓得乱叫！"

秋芬说："没有乱叫，是我这个当妈的，没有真当。你们想想，我管了家里的钱么？家里的锁，我都有钥匙么？你们对我好，是真情实意，连心尖尖都滚烫，我却有私心，不敢当真妈，没有主动要求管钱，要求管钥匙，怪自己的信心不足，是我的错。结果话都让外人说了，害得你们背黑锅。"

这番话，说得长贵和碧玉又坐回凳子上。

长贵不知碧玉此刻何想，起码他被震撼了：这叫什么？这叫宽人严己！由于当儿女的处事不周详，当妈的受到外人的冷嘲热讽，没去和他们争辩，没找儿女出气，却把过错往自己头上扣。这是多么纯朴，多么具有当妈妈的崇高精神哟！当初看妈，没有看走眼。长贵心里内疚，扯得脸色也痛苦，情绪发生急剧变化，好在阳台上较暗，妈看不见，要是察觉，又会一番自责，引来更大的难过。长贵强制住情绪，使自己终于平静下来。

碧玉此刻像遭电击，坠入五里雾中，摸不准方向，呆坐在凳子上，不好去接话。看来，秋芬这个妈妈要抢夺家里的财权了。不仅话不好接，她眼前还有了幻觉：死去的婆婆又坐在了躺椅里,那张刀子嘴又在数落了,眼露的凶光叫她周身发冷。尽管幻觉稍纵即逝,却那么清晰,像一幅画,硬生生地嵌进脑子里。碧玉将头摇了摇,似乎要把脑子里那幅画赶紧甩出去。婆婆在的时候,本来生活就苦,她这媳妇当得更苦,简直暗无天日。好不容易盼来个云开日出,婆婆的刀子嘴,跟她那双凶相毕露的眼睛一同闭上,生活也开始有滋有味,长贵却去请回个妈,难道是要让婆婆还魂,再在她头上压上一座大山么!不过,碧玉变了,今非昔比。碧玉的变,归功于麻将馆,在小刺激的同时,麻友们与婆婆斗,其乐无穷的故事,更抚慰了她当受气媳妇的创痛。于是,她曾无数次追悔自己软弱,也曾无数次遗憾婆婆不能再生,不能斗个其乐无穷。在五里雾中翻滚了一阵的碧玉,终于又回到了现实,说:"妈,每天的菜钱没给你么?屋门的钥匙你没有能进屋么?"

秋芬说:"每天给菜钱,叫管么?大衣柜里保险箱的钥匙,我有么?不是我这个当妈的要跟你们争这些。实话给你们说,千万家产我绝不会眼红。要把我当妈,我就该要有个妈的样子。俗话说,鸡蛋没得缝,蛆钻不进去。我堂堂正正是个妈了,外人有钻的空子么?"

家里是有个小保险箱,装修房子时,嵌进衣柜墙面里,不留意发现不了。长贵将银行的存折、定期存单、债券和生意上的合同协议放在里面。碧玉也要将金银首饰放里面,长贵没同意,说这些东西你经常要用,天天去开就不保险了。秋芬是在一次收拾衣柜时发现的,当时还奇怪,怎么墙里还有个小抽屉,又打不开,用手敲敲,发出钢铁的声音,感觉很坚固。秋芬不知这叫保险箱,是长贵跟碧玉说件事时提到了它,一旁的秋芬就记着了。

长贵还是一惊,但瞬间就过去了。不是要当真么?既然当真,妈提出的就合理。再说,存折、存单都设了密码,债券兑现的时期还远,那些合同协议,外人拿去又不值一文钱,长贵根本不担心。其实这保险箱也就是个壳,里面的东西自身就保险。

碧玉又准备还嘴,长贵用手势止住她,说:"妈的话有道理,这个家妈就当起来。零用钱在五抽柜里,碧玉,把钥匙给妈一把,还有保险箱的也给一把。今后家里需要添置啥子,妈你就做主,大小都做主,我们当儿女的听你的。"

秋芬说:"你们放心,我这个妈,会好好当的。"

随后,母子俩你一言我一语,说起了体己话,仿佛忘了一旁还有个媳妇。碧玉本来有话要对婆婆说,但见长贵对一切都充满自信,整个家尽在他掌握中,只好把话又吞回肚里。

小区大社会的风向,时常发生变化,前一天还是寒冷的西北风,过个晚上,说不定就变成和暖的东南风。

这天,小超市里龙门阵摆得正欢时,秋芬提着布袋来买东西,她一进门,依然像以往,说话的马上闭口,所有目光齐刷刷投向她。可是与以往又不同的,也是让众人惊诧的是,秋芬竟然向大家回报了灿烂一笑,还开口向大家问好,搞得大妈大爷反倒有点受宠若惊。

社活迎上去,问了要买什么就介绍超市来的新品种,并把秋芬带去那货架。秋芬随去的同时,还没忘扭身向大妈大爷们又报以一笑，就是这扭身一笑，颈子上的钥匙串，勾住了货架，自己一晃，还把架上的东西摇下一两样。秋芬尴尬地弯腰去捡，钥匙又碰在地上，发出声响。齐刷刷的目光一下聚焦在了钥匙上，钥匙有好几把，用红丝线编织成的带子串起，挂在秋芬的颈子上，其中一把与众不同，特别显眼，又长又怪，在胸前荡来荡去。

她怎么会像个小娃儿把钥匙挂在颈子上，而且还用红丝带？好几十岁的人了，难道就不觉得好笑和滑稽？大妈大爷们很不理解，虽然嘴没说，目光却表达了这意思。

秋芬把东西在货架上放好，拿着钥匙掂了掂，好像自言自语："长贵把钥匙都交给了我，把数又多，硬是不好放身上，只好找根绳绳套起。"

社活说："哟，长贵妈开始管满盘（全部），行使当妈的权利啰！"

秋芬把钥匙夹在了衣扣里，说："有啥法嘛，长贵忙生意，碧玉又有她的事，我这当妈的不管，哪个管嘛！"

社活说就是，又给大妈大爷递眼色，要大家附和。秋芬这天的和蔼，主动表示友好，本来就赢得大家好感，具有号召力的社活现在又一提示，大家就七嘴八舌附和起来，就是就是。有几个善交际的大妈，还围上去拉秋芬的手，抚拍她的臂，嘴里说些热情话。这些话，平时听来肉麻，此时却让人感动。也有一两个，面对在家得势的秋芬，顾影自怜起来，在一旁悄悄慨叹。

秋芬又得到了大社会的认可，就像走散的人回到了亲人怀抱，真被感动了。秋芬一脸笑，从货架上取下一袋天府花生和一袋香瓜子，拆开摊在柜台上，请大家吃。大妈大爷反被秋芬的大方搞得不好意思起来，都咕哝说："那怎么好哟，那怎么好哟！"

社活说："吃吃吃，还客啥子气，长贵妈又不是外人。"

招呼着大家的社活，又忙去搬来张方桌，摆在柜台前，又说："我这生意，一向靠大家照顾，想感谢一下，平时难得有机会，今天借长贵妈面子，也表示一下。"说着去货架取来五香牛肉干、怪味胡豆和几袋别的小食品，也拆开摊在桌上。

有人对社活开玩笑说："我们不要你这么感谢，我们要每回买东西你打折。"

社活说："你倒想得安逸。"

有酒瘾的，闹着要啤酒喝，社活又取来几瓶山城啤酒，揭开盖，推到他们面前说："今天醉死你。"

花生瓜子一剥，小食品一吃，啤酒一喝，小超市升腾起一片祥和融洽的气氛，大妈大爷都像变得年轻了，开始手舞足蹈起来，连平时语言不多的，也变成了话包子。所有的话，一个内容：秋芬好。一片好言好语，无私地从大妈大爷嘴里不断冒出来。冒出来的话，只有一个主题：长贵妈掌实权了，当成了真正的妈妈。

秋芬不能不感到飘飘然，活这么大，还没面对面听过这么多恭维自己的话。仿佛需要一辈子才能听到的都凑齐到了这一刻，她能承受得起吗？虽说她不像那几个喝了酒的大爷手舞足蹈，但她却手足无措，飞起红霞的脸，开出两朵羞涩的花。不经意间，她又把钥匙串拿在手里把玩。手里有了钥匙，才从飘飘然中回到了现实。

这天，小超市像过节一样热闹，来买东西的也被这气氛所感染，无端多买一些，自己还不察觉。

秋芬也买了东西，她没买中档货，专挑最好的。

五

庆生的报道得到老总表扬：抓到新闻好点子，获得社会好影响。嘉奖五百元，消息和通讯都评为报社当月好稿，年终报市里好新闻评选。

编辑部主任看他时冷冰冰的光，如今变得暖和了，还特意走到他跟前，拍着他的肩说："小伙子，不错，好好干！"

同事都闹着要庆生请客，他一一爽快答应，比庆贺自己结婚还激动。

庆生从没有过这种扬眉吐气，前一天，走在编辑部里还缩头缩脑，更怕见主任，现在步履生风，胸口也挺得很高。

庆生又接到社活电话。社活成了他的新闻线人。电话告诉他，秋芬当妈当出了水平，取得长贵两口子的绝对信任，掌管了整个家的财经大权。

秋芬当妈的首家报道，让庆生在同城媒体同仁中很得意，但也得罪了不少人，说他是新闻铁公鸡，并预言：他炒作秋芬当妈，这个妈是短命妈。听到社活报料，庆生又一阵欣喜：让那些眼馋鬼，真正见鬼去吧！

庆生放下电话，兴冲冲就赶去了小区。

评功摆好会还没有散，几个意犹未尽的大妈大爷，流连小超市不肯离去，没话找话说。社活趁没顾客，正扫一地的花生瓜子壳。

庆生的到来，引起新一轮兴奋，又弄得大妈大爷面红耳赤，围着庆生把大家的话给他重复一遍。这些话，又听得庆生心潮起伏，热血沸腾，手不停地记了几大篇。随后去长贵家，再次专访了秋芬。秋芬接受采访已不是一两次了，懂了一些技巧，对庆生的提问，回答也顺溜了，一些话，虽然说法不同，但意思跟庆生心里想的一样。于是，这些意思，被庆生用自己的文字将它表达了出来，例如：信任是儿女们的孝心呀，宽容是妈妈的爱心呀，微笑是理解的心灵通道呀，和谐是家庭幸福的基础呀，等等。

采访中，庆生打电话请来摄影记者，为秋芬拍照片，以配合文章见报。在庆生的调度下，秋芬挂着显眼的钥匙串，一脸慈爱的笑容，站在阳台上，背景是横跨小河的大桥。

两天后，文章见报，题目是《挂钥匙串的长贵妈》，秋芬的照片印在报纸正中，笑容可掬，亲切慈祥。一度冷却的话题，又被人们重新拾起。这篇文章，无疑澄清了长贵妈能否当成真妈的事实，也给那些一度怀疑的人脸上难堪。

市里有个"妈妈联谊会"，读过庆生的文章，联系上他，感谢他让联谊会终于找到了典型，解除了长期无法找到工作突破口的苦恼。联谊会要请长贵妈和儿子媳妇去作报告，谈各自心得体会，感染更多人。通过庆生引荐，联谊会会长专门找长贵一家人在的时候,亲自上门邀请。当时,正吃晚饭,满屋饭菜飘香,海带炖老鸭汤,鱼香肉丝,盐煎肉,蒜炒菠菜,油酥花生米。长贵喝着自制药酒。三个人你夹我舀,吃得满桌春意融融。

会长见得多,也听过不少,说一家人吃饭,比平常更能反映一家人的和睦程度。例如:老的还没上桌,小的先就开吃,一双筷子不停地挑,即使老的上桌,也坐在桌子角,像吃受气饭。也有倚老卖老的,一张脸,吃饭绷得像铁板,小的每吃一口,都得盯老的眼色。这些家就不正常,哪像亲眼得见的这和睦情景,简直让会长感动不已,禁不住当场开口赞许。

三人停箸,听会长讲明来意,听后,秋芬不敢答应,怕不会作报告;碧玉犹豫,要耽误麻将;唯有长贵,一口答应,并表态,家里人的思想工作他做,到时保证出席。

报告会非常成功,入场券发出三百张,五百人的会场却坐得满当当。结束后,有人把三人的报告水平评了等级,甲,秋芬,乙,长贵,丙,碧玉。

长贵和碧玉的报告,值得回味的不多。

长贵主要讲:一个生意人,在渴求母爱的同时,要完美人生的另一种体验。这种体验,胜过生意场中激烈竞争对他的刺激。竞争的刺激是苦涩的,让人无时无刻不惶恐,胆战心惊,说不定哪时就掉进万丈深渊,粉身碎骨。这种体验,温馨而甜美,让人全身心放松,像睡在席梦思上一样柔软,放心大胆做美梦。

碧玉以身说法：过去从麻将中寻求欢乐，现在从母爱中得到温暖。麻将和母爱都让人沉醉，但这沉醉却有着本质的不同，前者使人消沉，麻痹，一心想和牌。而后者，让人感受到人间真情，使人振奋向上，眼界开阔。

让人真正值得回味的是秋芬。

秋芬一上台，就得到满堂彩：好，真是个妈妈的形象！

台上的秋芬不知所措，老实巴交的窘态，更让掌声经久不息。主持会议的会长，不得不走到台口示意，才终于让会场安静下来。仅就这出场，就叫曾到过场的人谈论好长时间。

所谓秋芬报告，其实是摆龙门阵。她像夏日傍晚，坐在老家院坝上，一边摇着蒲扇，一边向乡邻讲进城经过。一个什么手艺也没有的乡下妇人，为了生计，离乡背井，投身在陌生大都市里苦苦寻觅，竟然干出了一番事业。她顺乎时代潮流，敢为人先，大胆吃螃蟹，时代造就了她。她急城里人之所急，想城里人之所想，挖掘出了潜藏在内心的母爱，让母爱又产出最大效益，那就是将这爱洒向社会，无私奉献给城里人，以实现她的人生价值。她语言朴实，娓娓道来，带着浓厚的老家土音，特别是，她把为什么说成"啷个"，什么说成"么子"，儿子说成"细娃"，女儿说成"丫偷（头）"，等等，场上就响起会心的笑声。听报告的，都很买她的账，龙门阵摆得恰合他们口味，听起来不累，整个会场轻松而有序。不少人含着泪光做笔记，这是最深切的人生教材，无论听讲的是年长或年少，都能从中获益。

报告一结束，人们涌上主席台，把秋芬团团围住，拿着本子和笔，要她签字，还有拿着相机要和她合影留念的。长贵和碧玉被丢在一边，被人们忘记了。虽说他俩有点失落，但还是为秋芬高兴，毕竟秋芬是他们请来的妈，妈光荣，一家也光荣。

　　台上闹喳喳，乱成一锅粥，秋芬字也签不好，相也照不好。会长又不得不出面维持，让人们排着队，依次候签候照。

　　签字的秋芬在一场报告会后突然得到了灵感，于是在签字时一律这样写：我们都是妈妈。秋芬。得到这样签字的人，都很满意，从这几个并不规整的字体中，发现了自己从未注意到的荣耀。

　　长贵去报社，找到庆生，要在报上打广告。

　　因报告会的成功，秋芬再度成为市里的新闻人物。有企业找上门，要秋芬当形象大使、产品代言人，酬金按影视明星广告费算。这是一笔可观的金钱，相当于长贵一年的利润。秋芬有点心动：长贵赚钱也艰难，自己当妈以来，对这个家还没实际贡献，当个大使代言人的，大不了又去作作报告，用不了费好大的力气，一大笔钱就到手，哪点要不得！可是，秋芬没来得及答应，被长贵抢先一口回绝。这叫秋芬有些想不通：喂在嘴边的肉，为啥子不咬一口？何况还不是一般的肉，吃了能胖一圈！她想行使当妈的权利，自己做主，但到底大使代言人是干什么的，又拿不准，见长贵回绝坚决，想必他知道这大使代言人不是她能当的，正迟疑，长贵三言两语已打发走了来人。白天，长贵拒绝了天上掉的钱财，晚上，碧玉拒绝臂膀从颈窝下穿过。长贵又坐起来，打开台灯说：

"你傻哟!"碧玉说:"你才傻,硬是傻到家了。"长贵感叹一声,说:"女人,就是头发长哟!"碧玉立马翻过身,也坐起来,戳了一下长贵的脑壳,说:"你才是见识短。"长贵笑了说:"你晓得么,肥水不流外人田,你懂么?"碧玉木了,似乎懂了点,又不全懂,懵懂地望着长贵。长贵一手揽过碧玉,碧玉再没拒绝,还紧紧依偎着他。长贵说:"请个妈回来,找回一个宝,现在你该信了吧?社会上的企业也盯准这个宝了,就像当初送上门来的妈,你还不想要。我没得这么傻,进了门的妈,拿去送给别人。他们想喊妈做代言人,我为啥子不可以自己用?是自己的妈,又不用酬金。"

长贵销售有一种围腰(围裙),专供做家务的用,近来不知怎的,突然在市场上销不动了。这是他生意中的大头,长贵正为这发愁。企业的打算点醒了他:去工商部门为这围腰注册,名叫妈妈牌,然后让妈妈当产品代言人,有了这股长流的肥水,自己的田还怕不丰产么!长贵这么一说,碧玉听得乐了,在长贵的脸上亲了一口,说:"你硬是精明啦!"

长贵把办好的工商手续,堆在庆生办公桌上,说:"我要给妈妈牌围腰打广告,喊妈做产品形象大使代言人。"

庆生听了事情原委,也很兴奋。其实这广告不就是新闻报道的延伸吗!要是妈妈牌围腰在市场上掀起热销潮,那他功不可没。庆生连说:"好创意,好创意!"放下正干的事,主动为长贵设计广告词。

庆生问长贵的想法,长贵说:"要所有的妈妈都爱上妈妈牌围腰,让她们越戴越年轻,越戴越美。"

庆生又说:"有创意,有诗意。"

经过一番推敲,庆生渐渐激动起来,急忙抓过稿纸,生怕想好的句子又忘了,飞快写道:

妈妈围腰,越戴越俏

妈妈围腰,妈妈爱要

长贵拿过稿纸看了,爱不释手,满意得很,仿佛眼前出现了天下妈妈诵读广告的情景,然后,争相购买妈妈牌围腰。围腰,很快断货,供不应求。自己正喜滋滋站在家门口,看着好大的一股肥水,源源不断流来,那肥水闪着光,简直就是金水。

两天后,广告见报,彩色,半个版。当然,广告费打两折,象征性收点成本,相当于白送,这是报社前所未有的事,广告部主任看着也摇头不理解。是庆生找了老总特批,因为长贵找妈帮报社找回了两个效益,有功,报社理应支持。

广告词,经过设计人员精心美化,读者念起来,有着强烈的旋律感,多念两遍,不自觉就变成歌唱。特别突出的是,右上角的图片:颈子上挂着钥匙串的秋芬,戴着妈妈牌围腰,左手端铁锅,右手拿锅铲,笑容可掬地望着每个读者。这形象一下就抓住人眼球,她没有影星们照人的光彩,却有母亲的慈爱。照片左下边,有产品代言人:我会当妈妈——秋芬——的签字。这广告,压过了当天其他版内容,成为卖点,又一次大大超出报社老总和庆生的意料。

妈妈牌围腰,在市场上热销,源源不断的金钱流进长贵的荷包。

还债

还债

挑水卖的人，人称挑水匠。

挑水匠余蛮子肩上的水桶与众不同，那是找本街何老木匠定制的。水桶桶壁厚实，比同一号的大一圈，一挑要多六瓢水。余蛮子的水是买三送一，买水的人都把这一点看得很清楚，愿把一家人吃用的水全包给他，于是整条街的生意几乎被他独占。别的挑水匠不服，拉他去江边理论，说他坏了行规。余蛮子心里明白，靠肩头吃饭的人是凭力气说话，哪有道理来论。余蛮子就说，论啥子理，个人换桶就是理！他的蔑视，等于是将别人的话当成鹅卵石随手就丢进了江里，沉了底。余蛮子的理，大家也不认，于是就动起手来，有时还抡上了扁担……每次这样，赢家总是余蛮子，输不起的挑水匠就诅咒他，哪天被水胀死。

余蛮子卖水卖得实在，除了桶大，他还用川江号子的调门吆喝："卖水哟，卖好水哟，三挑送一挑，一挑多六瓢。卖水哟……"他吆喝如吼，嗓门沙哑却带磁性，声音一出口，便黏人耳朵，听到了就甩不脱。只要他一吆喝，声音便长出翅膀，一下子就从街头飞到了街尾，整条街都是他的声音。一天吆喝下来，好像他的嗓子根本不是肉生成的，是铁皮做成的喇叭。二是他好这一口，两斤装的酒葫芦，挑水也别在腰带上，时常摘下来边挑边喝，喝得走醉步，肩上的担子闪悠悠的，两只水桶随着他的步伐晃荡，桶里的水却一点不溅出来。他这绝活，成了街坊们观赏的节目，都说，余蛮子哪是卖水，是唱戏给大家看。

一家三口的嘴巴挂在了他的肩头上，盛在了他的水桶里。

为报答水的恩泽，他给儿子取名得水。

余得水还在吃奶的时候，余蛮子跟老伴说，水娃子长大后不能让他去当挑水匠了，要让他背起书包去上学堂。在其后的日子里，老伴一想起这话，就禁不住激动，边笑边流泪。老公是听厌了人们唤他挑水匠，他坐磨子上想转了？我们的水娃子是该出头了。她有事无事出门，逢人便说，我家也要出个读书郎了。

余得水转眼到了读书的年纪，为他上学，妈妈买来新布，给他做了一身衣服，做了新鞋，还将剩下的布做了个书包。妈妈在缝制这些东西的时候，余得水像只狗儿一样守着旁边，盯着这堆东西看也看不够。当书包缝好后，早已等得不耐烦的余得水一下抢过来背在肩上，学着上学堂的孩子，神气地在妈妈面前走来走去。妈妈看得欢喜得掉眼泪，连声说，幺儿乖，是个读书郎。余得水从记事以来，一年四季都打赤脚，即使过年也没享过鞋子的福。他见了脚板心就发痒，抓过鞋子要往脏脚上套。妈妈一把抓过去，说，现在不能穿，要等上学那天。

终于等来临开学的日子。这天，他天不大亮就起了床，在妈妈的侍弄下穿上新衣、新鞋。妈妈还在弄早饭，他就将书包背在肩上，端端地坐在桌前等妈妈上饭，吃了好去学校。这时父亲伸着懒腰出来，见儿子一身新装，感到诧异，说："今天又不是过年，你怎么糟蹋起这身皮子干啥子？"揪起水娃子的耳朵就往里屋拖，要他将那身皮子脱下来。老伴听见这边的响动，放下手里的活路赶过来说："背时的，昨晚的酒还没醒吗？今天是水娃子上学报到注册的日子。"余蛮子说："啥子报到注册？"老伴说："学校今天开学，我们水娃子该去上学呀。"余蛮子说："上啥子学，哪个说他该去上学？"老伴说："哪个你说话不算数？"余蛮子说："我说了啥子，说了他去上学吗？"老伴说："哪个记性这样不好？我给你记得清清楚楚的，那是在水娃子断奶的前一天说的。"余蛮子说："这话你也信，那是老子吃了酒说的酒话。"老伴说："这是水娃子上辈子欠了我们，这辈子是来还账的。"余蛮子说："那好，就让他还吧。"老伴说："不让他读书，这账他怎么还？"余蛮子说："他是来还账的，何必还要去白花钱，不如跟老子一起去卖水，现在就还。"说着像剥兔子皮一样，三下五除二就将儿子身上的新衣脱了下来，又将儿子脚上的鞋子除掉，顺手把一挑小水桶挂上了儿子的肩头。自己也抓过扁担、水桶，要儿子跟他学挑水，沿街叫卖。老伴叫道："你个挨刀的，硬是想害水娃子一辈子哟。"老伴气得双脚跳，边哭边骂，"你个遭雷劈的，要遭报应。"余蛮子吼道："哭啥子，读书读得饱肚子？挑水才能供嘴巴。"老婆再哭再吵，余蛮子便拳头脚尖伺候。

小小年纪的余得水，在一旁气得小肚子一鼓一鼓的。

学校在本街的中段，每次他从校门前路过，听见里面传出的读书声，心子就会加快跳动。见邻居的小孩背着书包上学堂，一双眼睛就追着不放，想跟他们做同学，一起坐教室里听老师讲课，或者在校园里玩官兵捉强盗的游戏。可是这些令他向往的事，都被父亲丢进嘉陵江冲走了。又见父亲打母亲,余得水恨得胸膛像在拉风箱,上去抱住父亲的大腿一口咬下去。余蛮子痛得嗷嗷叫,反手一巴掌扇过去,打在余得水头上,腿一扬把他撂翻在地。余蛮子骂道:"你个小畜牲,还敢跟老子下嘴!"说着上去抓过来要再打。老伴扭住他,喊:"水娃子,傻起做啥子,还不快跑!"

余得水跑到江边,坐在鹅卵石上哭了一整天。

家里三天的吵闹,终于在余蛮子的怒吼和拳脚的威逼下结束了。这一天,老伴用不吃不喝来抗议。余蛮子仍旧不松口,反而说:"饿死你才好,老子多喝两口。"为表示心里不甘,老伴在床上痛哭流涕到下半夜才收声。天刚蒙蒙亮,余蛮子把余得水叫起床,抓过挂着小水桶的扁担放在他肩上。老婆又哭出声来,绝望地看着两父子前后出了门,向着水雾迷蒙的江边走去。她扑向门外,大声喊:"水娃子,你肩头嫩哟,莫逞强,挑不动就放下来歇歇。"

从此,余蛮子的身后多了一条小尾巴。挑着水桶的一高一矮的人影,幻灯一样投射在石板路面上,扭秧歌似的滑过。沙哑和稚嫩的卖水吆喝声,一前一后,如二部轮唱,从清早响到傍晚。

那天,余得水才知道了扁担是长有牙齿的,咬得他肩上的肉疼痛。第二天,肩上的皮被咬掉了一块,还流了血。妈妈心疼得一边用毛巾沾,一边骂余蛮子不通人性、不疼儿子。长新肉的这几天,余得水是咬着牙挺过来的,实在疼得不行了,借去背静处屙尿流两滴眼泪,也不在父亲面前吭一声。

余得水晃晃悠悠挑着水进了宏胜茶馆。老板杨天顺当着众茶客，一手扬着钱，一手揉着余得水的头发，大声说："这娃挑的第一挑水，我双份钱买了。"又说，"这娃小小年纪，就晓得找卖力钱了。"余得水伸手还未接过钱，就被余蛮子一把抓了过去，他只收了一份的钱，装进了口袋。

余得水不明白，到手的双份钱为啥不要。出来后，余蛮子给余得水讲了这样一件事：去年过年，余蛮子赊了油腊铺老板马长寿半斤麻油、一斤白糖、一斤黑芝麻、一斤盐巴。过后余蛮子去还账，马长寿说，还啥还，钱这么金贵，帮我挑水吧。这话余蛮子爱听，巴不得挑水除账。马长寿也不说欠了多少，该挑多少，他让余蛮子挑了一挑又一挑，结果挑了一个月，直到余蛮子问，够了吗？马长寿这才说，够了够了。事后一细算，余蛮子觉得亏大了。这事至今想起还后悔，他对余得水说，水娃子，记住，一辈子不要欠人，还的比欠的多。

余得水想将卖水的钱亲手交给妈妈，好让妈妈哭兮兮的脸露出笑容来。当天，余得水还卖了两挑水，钱都进了父亲的口袋。收拾空桶回家时，余蛮子让儿子先回去，自己却进了冷酒馆，回来时满嘴的酒气。在饭桌上，父亲给妈妈的钱少了一大半。妈妈接过钱，脸上没有露出笑容，发出了一声哀叹。一旁的余得水突然想哭，他忍住了。

第二天，余蛮子挑着水，刚爬上码头，突然感到肚子疼，放下满满一桶水，要儿子等着，去了厕所。这时余得水看四下无人，掏出鸡鸡，一股尿哗哗地冲进父亲的水桶里，桶里的水溢了出来，上面浮起无数的泡泡，他用手将泡泡赶掉，并将水搅了搅。从此，他总找机会向父亲水桶里撒尿，要让父亲的水卖不掉，断了他喝酒的钱。可是父亲的水依然卖得好。后来，他听说，童子尿是一味药，能治百病。难怪他父亲的水，他越往里屙尿越好卖。这叫他很失望，于是他就不再干这种帮倒忙的傻事了。

余得水多年以后，都忘不了这件事。这天天擦黑，有人上门来，要买水，余蛮子喝过酒上床了，叫儿子去挑。买水人说，要大桶的。余得水是小桶，父亲只好晕乎乎地爬起来，挑起水桶去了江边。直到天已黑尽，还不见回来，老伴就埋怨，这个背时的，死在酒罐罐里就舒服了。母亲叫余得水去冷酒馆找，说把空桶挑回来。余得水去了冷酒馆，不见父亲，也不见空桶。回家一说，母亲慌了，带着余得水打着手电去了江边。电光下，只见扁担横挂在石头上，空桶在水中荡来荡去。

第三天，余蛮子的尸体，浮现在下游唐家沱江面上。

挑水匠们的诅咒，不幸一语成谶。

余得水的母亲本来肝病缠身，悲伤更使病情加重，成天在床上呻唤，老公在奈河桥上喝酒等她，要去寻找。一个月后的一天，余得水早起去挑水，照例去跟妈妈打招呼，一声二声喊都不见应答。

妈妈死了，余得水哭得死去活来，接连几天夜里从梦中哭醒，泪水湿了枕头。他哭世间不公道，人家的孩子有父又有母，唯独他父母都走了，至少该给他留下母亲才合理。

街坊们来看他，都叹息，哎呀，水娃子造孽了，多可怜哟。有的安慰他，要坚强，日子还长得很。

　　街坊们安慰一阵便陆续散去了。各人都有各人的事，自己的稀饭吹冷了再说。

　　余得水明白了，人们的同情是一阵子的事，像偏东雨，地皮没打湿，雨就收了。买水的人，认桶不认人。余得水只得将肩上的小水桶换成了父亲的大桶。大桶第一次压在肩上，余得水的腰和腿感到一下子变细了，整个人像狂风中的小树，抖个不停。他咬紧牙关挺直脊梁，摇摇晃晃一点一点挪动步子，一挑水歇好几次才从江边挑到街上。他坚持了下来，挑水的身子骨一天比一天硬朗，脚步也一天比一天稳当。街坊们见了都夸他，水娃子的腰杆长硬了，能靠父亲的大桶过日子了。但他的水却没有父亲卖得好。街坊们说，水娃子少了他父亲的绝活，吆喝不再有那味道，挑水不再走醉步。这能怪他吗？要怪都只能怪父亲没有将这些绝活教会他。更叫余得水恼火的是，挑起的水，时常被人无故撞倒，还有两次，桶被人莫名地砸了个窟窿。他心里明白，父亲欠下的仇恨，该他来还了。

　　尽管余得水的挑水生意做得不好，但为了肩上的那张嘴，肩头还得负重才行。

　　这一年的夏天比往年都热，从清晨到深夜，被太阳晒烫的空气，从不凉下来一点点。以往，夏天晚饭后的江边，是人们消暑的地方，大人小孩都坐在江边，将一双赤脚浸在江水里，让江水的沁凉透进心里。今年，大人小孩甚至不分男女，不仅是将脚浸进江水里了，还把整个人都泡在江水里，直到夜很深了也不愿起来。

尽管暑热难当，有一个消息却像江边吹来了凉爽的风，刮遍了顺城街的每个角落：自来水要安装进各家各户了，家里的水缸莫得用了。这股风，吹得挑水匠们都晕头转向，找不到自己姓啥名谁了，这无异于直接砸了他们的水桶，折断了他们的扁担。他们为了自己的衣食饭碗，便有人承头，召集起了挑水匠，趁还没装水管，排成一条龙的队伍，水桶摆在了江边上码头的街边，顶着毒日头，坐在横在水桶上的扁担上，罢了两天的挑水。在这队伍里，余得水像个联络官，跑前跑后传递情况，向众人报告上边有谁来看过，又有哪个当官的过问过此事，好像这些事，都是经过他的手操办的。那些曾跟余蛮子有过节的，看在他儿子在这关键时刻表现出来的态度上，有人表示大人不记小人过，放弃了前嫌，对他儿子格外关照。这种苦肉计，搞得整条顺城街怨声载道。有劳力的家庭，只好下江边自己挑水。有的家没有水桶，挑水还得向有的人家借。罢挑苦了那些家里只有老人的，只好提起水瓶或者端起锑锅下江边。这一闹，惊动了有关部门领导，派人下来做工作，承诺不担水卖了，但不会让大家的肩头歇息的，要将挑水行业变成顺城街街道搬运合作社，绝不会让挑水匠们饿肚皮。

到了当月的月末，水厂的安装工人，就开进了顺城街，顶着红火太阳把白铁水管一根接一根地连起来，安装进各家各户。

有人这天来对余得水说，明天做好准备，给你家安装水管。那人把准备说得特别响,还笑起做了个眼色。余得水清楚这准备意味着什么。第二天,余得水在家里像要被人追杀一样的慌乱,坐也不是,站也不是,做什么事都提不起精神。他清楚,领导虽说要成立搬运合作社,但那不是说成立就能成立的事。自来水管流出水来,却是马上就能见效的,那他肩上的水桶就跟被砸破没两样。这样一想,心里像猫在抓,一种等死的感觉更加攥住了他。他觉得这样等下去,是在给自己颈子上捆绳子。于是他横下一条心,锁了家门,逃了出去。

那一天,他像只遭人踢的小狗,慌乱地在街上无目的地乱窜。重庆城的夏天,简直是天老爷的火盆被打翻了,连地皮也被烤得冒热气。满街升腾起的热浪叫余得水无处躲藏,他只好进了百货商场里才感到凉快。余得水待在里面长时间不出来,觉得待久了不买东西又不自在,就东瞧西看做出要买的样子。可是服务员还是将警惕的目光向他射来,他只得出来又暴露在烈日下。那是他从未经历过的漫长的一天,好不容易挨到太阳下山,在小面摊上吃了一碗面条,趁着夜色才像贼一样溜回顺城街。刚进街口,就被等他的街坊堵住了。他们说,水娃子,大家抬头不见低头见的,事情不要做绝了。

原来有一根水管要从他家里穿过,他家门紧闭影响到了后面的安装。

当天夜里,街坊们自动组织起来,轮流守候在余得水家门前,怕他天不亮又逃离。余得水装作外出进公共厕所,街坊也派人跟着。他曾翻后窗逃走,待他一只腿跨上窗台,就听下面有人说，水娃子，你不要慌，等我们把梯子抬来再慢慢下，你还年轻，是个靠腿过日子的人。余得水只好从窗台上退下去。他能想到的逃跑办法都使完了，总是被街坊们严严实实地堵在家里。最终他明白，自己的那副脑袋瓜子小了一点，是斗不过街坊们的，他倒在床上睡大觉，直到水厂的工人来敲门。敲门，他当耳朵聋，抓过枕头捂住头，就是不开门。工人对围观的街坊说，如果这户再不开门，他们就撤，等你们街道来人解决后再安装。街坊们一听，急了，齐声在门外大骂，你个水娃子，莫要跟大家过不去哟。有街坊真的抬来木梯，架在余得水家的后窗，好在他防着街坊们来这一手，在里面扣死。街坊推了一阵打不开，便隔着窗子喊，水娃子，你个背时的，你是要安心跟大家为敌吗？直到后来街坊请来了派出所的民警喊话，他才开了门。安装水管的工人们一进屋，都朝余得水笑。这种笑，叫他恨不得地上有条缝。

余得水挑水是找了一点钱的，但他不会去做那种准备。他不仅没有烟茶伺候，白开水也不给喝。他们断他的生路，他以无情相对抗。他巴望水管不能安装好，整条街都喝不上自来水。多年以后，他想起这些幼稚的举动，自己也觉得好笑。

几个工人在余得水家里忙碌着，有的将水管夹在老虎钳上，用扳丝钳给水管攻丝，有个工人，在余得水看来，那人的年纪跟他差不了好多，是这些工人中对他比较客气的一个。他试着跟他讨好，那年轻人对他冷冷地一笑，又埋头做事去了。余得水就找话跟他说："像你这样当工人真好。"那人又冷冷地一笑，又埋头做事。余得水说："我要是像你这样当工人就好了。"那人这次连冷笑都没有，干脆转身到一边做事去了。余得水想，他不可能是真心不愿跟我搭腔，可能是我的招待没有，别的工人不安逸，他怕引起别的工人心里对他有看法，他尽量不搭理，这才显得与大家的心情一个样。工人在做事时，把工具和材料故意弄得很响，用制造出的声音向余得水表示不满。

尽管缺烟少茶，余得水家的水管还是安装好了，尤其当他看到那根从厨房的水槽边穿过的水管，心里的那种痛，仿佛是从他身上穿过似的。

工人们离开时，那个年轻的工人走到余得水面前，有些怜悯的目光落在他脸上半天也不挪开，最后还向他难言地摇了摇头。这时有个工人走过来，向余得水硬邦邦砸过来一句话，你们家里的大人真会跟我们藏猫猫哟。余得水说，我家没得大人。工人们先是一阵默然，然后讪笑几声，就你推我揉地离开了。

喧闹了大半天的屋子终于安静了下来。余得水守着水龙头左看右看，在上面摸了又摸，心里有说不出的滋味。听说这玩意儿很灵光，一拧开，水就哗哗流出来，要它流多少就能流多少。他就拧水龙头，拧开关上，关上拧开，不见一滴水流出来。真是说的那样，嘉陵江都装在里面吗？他却希望不是真的，就可以继续挑水卖。

三天后，顺城街各家各户的人这天吃过晌午，出了门来，都聚集在街头，好像满街的人都到了，大家嘻嘻哈哈地把工人围着，谈笑着自来水进户的美好前景，看工人把最后一段管子跟总管连接上。这个时候，大家比过节还兴奋，等待着顺城街从来没有过的喜事。这时，发红的太阳还有小半边挂在一栋楼房的屋角上，光芒射到江里，将水面砸成了破碎的玻璃，在阳光下反射出无数的光斑映在顺城街上晃动。这在余得水看来特别的怪异，晃得他几乎睁不开眼，使他很不舒服。人们在大声地说笑，好像这才是迎接自来水流进顺城街的最好方式。这些个闹热，余得水不会去凑，更不会挑起水桶去穿过那些兴奋的人群。如果那样，是自己把风凉话送到那些人的嘴边，自己的后背还会被目光烧烂。人们还没有走上街头，他就收了生意，把自己关在了家里。街头填满的谈笑声，从门窗的缝隙钻进来，生硬地灌进了他耳朵。水桶静静地靠在墙边，扁担斜倚在门边，像睁起的一对同情的大眼望着他。他一阵难过，情不自禁地流下了眼泪。

街上突然肃静下来，像闹林的麻雀一下飞走了。只过了一会儿，那些麻雀又飞了回来，嘈杂声一阵高过一阵："水来了，水来了，水来了……"

余得水站在水龙头前，恐惧地望着它，心头像填满了炸药。他想用木头堵塞水龙头，但有啥用？堵了自己的，人家的水照流不误。他拿起柴刀要砍断那根穿墙的水管，但他在举起柴刀站在水管前，听见水管里进水的咕咕响时，柴刀却始终落不下去。他想起了在通水的前一刻，地段上的负责人代表本街居民在迎水典礼上的讲话，其中的一句又出现在脑海里：我们要睁大眼睛盯着水管，水管体现党对群众的关怀……他不敢砍下去的原因,自己也明白,那是在砍断党和群众之间的联系。他更想到,水管连接着的王大妈和给过他饭吃的人家。他没有这个一刀砍下去的胆量。他将柴刀丢在脚边,难过地向水龙头伸出手去,伸出又缩回,伸出又缩回,仿佛那就是吐着舌头的毒蛇。他晓得,这次一拧开,整条嘉陵江都会流出来。当他还没有拧开水龙头,就在穿墙的水管接头处,一滴水像眼泪似的从接头处挤了出来,那滴水带着管子里的锈迹在越积越大,最终像滴带血的眼泪咚的一声掉地上,砸在地上开出一朵水花。接着这眼泪就不断地冒出来,滴滴答答地掉地上,一会儿,地上就积起了水,他只得拿过水桶接漏水。听着滴滴答答的水声。余得水明白了过来,由于他没有给安装水管的工人作准备,他们故意没将接头拧紧,而且他屋里的这节水管是旧的,里面已经锈迹斑斑。余得水气得真的掉了眼泪。看着桶里的积水越来越多,漏下的水也渐渐清亮起来,他又破涕为笑。这是那些工人没有想到的,他们干出的坏事,却让余得水尝到了甜头。他想,从今以后,吃水不用钱,自己也不用花力气去挑水了。于是他最终还是握住了水龙头,一点一点地拧着,然后,噗的一响,水从水龙头里喷出,溅他脸上。他用手擦了,手心却感到一丝丝的热。他怨,他恨,又不晓得该怨恨谁。憋着一肚子的气,他一下子哭出声来,妈妈呀,我该怎么办哟,为啥你们都丢下我不管……

自来水进了顺城街,失业的挑水匠被统进了街道运输合作社。挑水匠秦老弯是余蛮子的开裆裤朋友,那时,余蛮子唯独许他在顺城街卖水。他带起余得水去找社长顾大兴,说:"这娃娃也是挑水匠,也该统进合作社。"顾大兴当过挑水匠,一次在江边论理,被余蛮子打断了一根肋骨,跟余蛮子有解不开的仇恨。他盯着余得水看了半天,还把余得水的肩头捏了捏,说:"这娃娃个人挑水还可以,吃合众下力饭的这碗饭不行,个头又矮又小,抬东西不合群,过几年再说吧。"

顾大兴说得倒是占理,秦老弯更清楚其中的名堂。想帮忙帮不上,秦老弯只得摇头叹息说:"水娃子,你得帮你当爹的还债哟。"

街坊王大妈的男人死的时候,自来水还未流进顺城街,每天要背起吃奶的儿子下江边挑水。一天下雨,挑水的王大妈滑倒在地,水桶摔破,水劈头盖脸浇下来,要不是路人救得快,背上的孩子几乎被浇下来的水窒息。王大妈本来就瘦弱,湿衣贴身像包着个骨头架子,让人触碰到上面的目光生疼。她无力站起来,抱着儿子在水湿的地上无声哭泣。余蛮子路过,放下担子扶起她。从此,他每天给王大妈送去一挑水,直到王大妈的儿子能下地走路。王大妈给钱,余蛮子只收一半,说,你的钱是费力找来的,我这力气是自身长的。现在,余得水吃饭都成了问题。王大妈永远记得那水的甘甜,承头串联起几家跟余家好的街坊,轮流供水娃子吃饭。尽管那时购粮已经凭票,但还没到缺吃的时候,多个人上桌,多双筷子而已。

余得水吃百家饭是从王大妈家开始的。这天一上桌,王大妈把唯一的一盘海椒炒泡萝卜往他面前一推,说:"水娃子,菜不好,饭要吃饱哟。"这三天,中晚两顿都是干饭。余得水知道,王家一向都是两头稀中间干。在往后的街坊家的三天,家家吃的都好于平时,余得水记得父亲跟他说的那句话。余得水每顿都吃得很规矩,嘴巴不响,只吃个半饱,筷子也不长眼睛。他明白,吃人一顿,欠人一分。下桌后就找事做,抢着干挑煤、劈柴这类重活,自己能还多少还多少。

王大妈的儿子小名独儿。每次余得水去吃饭,独儿总是不高兴。他比余得水小,背着妈妈做出大人那样的冷冰冰脸色给余得水看。余得水只得忍,将眼睛躲向一边。两人的身世差不多,本该同病相怜。因此余得水不喜欢他。

这天,又到王大妈家吃饭,又做脸色的独儿却藏起了半边脸。余得水发现,那半边脸上有伤口,不长,从颧骨斜下来到嘴角,不深,却流出血来,现在凝结成一道暗红的血痕。饭后,余得水没有像往常那样做完事就离开,却拉着独儿到了外面,扳过独儿的脸问道:"该不是你自己划破的吧?"独儿转过脸,说:"不关你的事。"余得水说:"是不关我事,哪天你这边脸也会被划破的。"独儿埋下头,半天不吭声。余得水说:"吃了你家的饭,我该还你。"余得水又说,"明天放学,我在校门外等你,是哪个,偷偷指一下。"独儿含着泪点了头。随后的事很简单。不简单的是,余得水没料到对方是高年级的学生,年龄和个子都比他大,他给那人脸上留下了一道比独儿深的伤口,自己的腿也被戳伤,走路瘸了好几天。从那以后,没轮到去吃饭的日子,独儿也要拉余得水去家里。

吃百家饭的日子过得真快,余得水觉得没吃几家,转眼到了粮食紧缺的时期。街坊都怕闲话,谁也不愿叫带着定量的他再进屋吃了。在王大妈家吃的最后一顿还是干饭,王大妈说胃病发了,没有吃,皱起眉头一直陪着。她对余得水说:"水娃子,你要记住,月小三十天,月大三十一天,每天的口粮要分成三份,每天归每天,每顿归每顿,切莫乱吃,更切莫多吃哟。"王大妈眼里噙着泪又说,"日子你要学会自己过,往后大妈管不到你了。"这天,余得水恨不得把王大妈家的事找来做完。独儿的嘴这天也特别甜,余哥哥前余哥哥后地叫个不歇。

每月买回定量粮,余得水都照王大妈说的那样分好,可就是每天不能归每天、每顿不能归每顿。他管不住自己的嘴。每月的社会救济款,不到半个月就花得精光。王大妈是街坊中最焦虑的,又不能把余得水接进屋来。因为余得水每月有定量粮有救济款的,怕在街坊面前说不清。她只有叹气说,这年头,只能靠他的能耐了。

独儿一天放学回来,急吼吼告诉妈妈,余哥哥在街上抢别人的东西吃。王大妈知道,粮食紧张以后,街上出现了一些抢人食物的人,人称"抓精儿"。那次下雨,王大妈打起伞从食堂买了两个馒头回家,拿着的馒头被一双从后面伸来的手打落在地,她还没从惊吓中回过神来,"抓精儿"从泥地上快速捡起馒头,人未站起来,一个馒头就塞进了嘴里。那可是王大妈和独儿一顿的定量,她气愤地说,你个挨刀的,你抢来吃了,我放学回来的儿吃啥子哟。"抓精儿"理也不理,嘴里的还没下肚又塞进另一个。王大妈见了赶快说,哎呀,找你又要不回来了，慢点吃，噎死了我还欠你条人命。从那以后，出门再买吃食，王大妈的眼睛都要四处张望，心里提防着。虽说再没有遇见过"抓精儿"，但好几次被那双黢黑的手和噎得鼓鼓的眼睛从睡梦中惊醒。

难道余得水也成了"抓精儿"？王大妈有些不信，说："你扯谎，水娃子不会这样。"

独儿说："是真的，我亲眼看见了。"独儿要将情形讲出来，王大妈赶快掉头去做别的事，怕他说。

"我不听，"王大妈说，"水娃子不会这样的。"她回过头来，又说，"你不是跟水娃子好吗，喊他余哥哥呢，为啥要乱说他……"

"我绝不乱说他。"独儿说，"我正好路过馆子碰见了，别人的一碗面刚端上桌，他把碗给掀翻，面条倒在桌上，他伸手抓起面条就往嘴里塞，也不怕烫嘴，我怕他看见我了，赶紧蹲下去拴鞋带……"妈妈说他扯谎，独儿有些委屈，说罢咕哝着离开了。

王大妈嘴上说不信，心里却明白独儿是编不出这套谎话来的。以后她上街办事，四处张望便成了习惯，希望哪次张望中发现水娃子，无论怎样都要把他带回去。

余得水是在另一条街上抢人的食物，在本街，他觉得对不起自己吃过的百家饭。那年月，街上已经没有卖饭菜的大餐馆，只有少得可怜的几家食店，一家面条馆，一家馒头店，再有一家糖果糕点铺。他守在这些店铺前，专候买了食物又大意的人下手。这不需要什么技术，只要行动果断和大胆。

店铺的服务员对余得水的行为睁只眼闭只眼，从不驱赶，这更让买食物的人防不胜防。因为每每得手后，余得水在打烊时为店铺做清洁，换取服务员的姑息。

这天中午，面条馆里一位顾客在候餐，面条刚上桌，余得水像俯冲的老鹰向面碗伸出利爪。但那顾客更为疾速，一下捉住了利爪。那人很有力，像一把钢钳夹住了余得水，一双因熬夜布满红丝的眼睛直勾勾地盯着余得水。他眼里透出一股狠劲，叫余得水胆寒，但脸上却露出一种调侃的神情，又让余得水的紧张得到松弛。挣不脱的余得水难受得脸红筋涨。

"你敢跟老子下五爪？"那人说，"我认得你，你叫水娃子。"他松了手，把余得水按在板凳上坐定，叫服务员拿来碗筷，拨了一半出来给余得水吃。

余得水不敢动筷子。这年月，粮食就是命，谁会这么大方？半天才说，我不认识你。

那人说："一条街的，老子是大人，你个小屁孩怎么认识我？"

余得水放心了，抓过筷子吃起来。

三下五除二，两人很快吃完条，连汤也喝得干干净净。那人将碗一推，仿佛碗咬了他一下。他又盯着还在舔碗的余得水说："你要知饱足，有半碗也不错了。"

余得水有些不舍地放下碗。

那人问："你当'抓精儿'要当一辈子？"

余得水回答不上，勾起头绞手指。

那人就叹口气说:"给你找条活路,愿意吗?"

余得水这时停止绞手指,抬起了头。

黄成龙给找的活路是掏钉。掏钉,就是掏废金属。

黄成龙在一家国营机器厂工作,一身蓝色劳动布工装让他看起来很工人阶级,叫余得水羡慕得要死,并崇拜他。黄成龙只是一名辅助工,每天用小斗车给车间出渣。黄成龙对余得水说,掏钉不要技术,只要认得哪个是铜哪个是铁,卖给收荒客。黄成龙对余得水做了短暂的培训。余得水脑子很灵光,一学就会,居然闭眼用手一掂,就能分出哪个是铜哪个是铁。黄成龙还是摸着余得水的头说,少了老子的指点,这个东西是开不到窍的。

黄成龙给了余得水掏钉的工具,一只尺余长的小掏耙、一只竹篼箕。要他第二天一早六点钟在街口会齐,带他去熟悉掏钉的地方。

余得水却睡过头,忙天慌地赶拢还是晚了十大分钟。"只有你才有瞌睡么!"黄成龙见面就骂,"不想找钱哼一声,免得老子等你。"

余得水赶紧认错。

掏钉的地方是工厂外面临江边的斜坡,黄成龙和出渣的辅助工将渣滓从坡上倒下来。这时已见有人在斜坡上忙碌,跟余得水年纪差不多,有一两个大一点。

"你看看人家是怎么在找钱!"黄成龙指着那些人说。随后,又跟余得水讲了车间的出渣时间,强调别错过时机。他还叫余得水背诵一遍他编的掏钉口诀,占据位置,判断准确,眼睛放尖，脚勤手快。他用手臂亲热地拥着余得水，大声喊拢正掏钉的人，说道："喂，这是我小兄弟，哪个要是敢欺负，老子要他的掏耙断、箢箕散架。"

这喊话叫余得水浑身燥热，他扭动了几下，想从臂弯里挣出来，但黄成龙的力气很大。余得水感到了那些像石头一样砸来的目光。尽管如此，他还是觉得黄成龙很了不起，像个有权力的领导。可能那些人也这样认为，要不是黄成龙用小斗车将渣滓推来倾倒，他们能掏到钉吗？收荒客甘愿将钱装进他们的口袋吗？黄成龙的训话，就是命令。在这里，余得水懂得了秩序建立的过程，同时感觉自己也被投入到这种秩序中。

第一次掏得的螺丝钉、螺丝帽，还有一些说不出名字的废金属，从收荒客手里换成一张一元和两张一角的纸币，余得水的心禁不住狂跳。他算了一个账，父亲一挑水五分钱，就是二十四挑；自己的二分钱，就是六十挑。这个账，叫他吃惊不小，到手好大一笔钱。

他去冷酒馆找到黄成龙。黄成龙拉他挨身坐下，将酒杯推过来，说："来，抿一口。"

余得水想起父亲用筷子蘸酒喂他，呛得他咳嗽，父亲却大笑不止，这感觉叫他至今不舒服，就摇头摆手说，不会喝。

黄成龙将酒杯硬塞在他手里说："男人不喝酒，枉来世上走。"

余得水犟不过，浅浅地抿了一口，小心地咽下去，喉咙像被人掐住一样难受。

黄成龙说:"对了,这才像个男人。"

缓过气来的余得水说:"宁愿不当这样的男人。"

黄成龙说:"你傻哟,还说这话,酒多好,等你喜欢上它,就像女人一样,想离都离不开了。"

能找钱了,余得水觉得自己真是个男人了,但他还不想女人,就嘻嘻笑了起来。笑后,他用一种沉稳的目光望着黄成龙,摸出叠得好好的一元二角钱,慢慢展开放桌上,推到黄成龙面前。

"今天卖的?真不少哟。"黄成龙只管喝着酒,半闭着眼说,声音里有种抑制不住的兴奋。

"就是,我爸爸要挑二十四挑水。"余得水说。

黄成龙这才看着钱说:"哟,你晓得钱的金贵了。"

这话叫余得水听来模棱两可,不知是夸他还是说钱。

黄成龙放下酒杯,用食指指甲像挑掉一条虫子那样将两张一角的挑开,然后食指与拇指一合,准确地捏住了下面那张一元的,轻轻一抽,就提在了手上。他仔细地对折好,慢慢放进蓝色劳动布工装左边的口袋,拍了拍,看口袋是否增加了厚度。嘴巴一吧嗒,一点头,像品咂进口的那口酒,又像提示余得水把桌上的钱收好。

余得水出了冷酒馆,捏着钱不敢松手,好像钱有翅膀会飞。尽管钱被黄成龙拿走了大头,但余得水心甘情愿,因为他知道这是在还欠他的。他捏着钱在街上走着,突然觉得不恨父亲了,想起父亲被压成弯弓的背,心里有了酸涩的味道。他又想,如果父亲还在,会不会将钱给他去冷酒馆里喝一杯。

又想到妈妈的苦瓜脸,要是将这钱交她手上,会不会笑起去跟街坊炫耀。可他无论如何都想不出妈妈笑起是个什么样子。余得水捏着钱,眼里流出了泪水。

掏钉的有个叫汪莽子,二十来岁,数他年纪最大,长得虎背熊腰,说起话来双眉倒竖,一双眼睛瞪起像牛眼睛,大家都畏惧他三分。每天掏钉的位置,他先选,每次渣滓倒下,他先掏三耙。

余得水这天终于抢占了个好位置,才过半天,掏得比平时一天还多。他很高兴今天的运气。这时汪莽子走了过来,夺过他手中的筲箕向坡下扔去,又给人使个眼色,有人就过来将余得水一推,余得水像一截树桩向坡下滚去。旁边的人哈哈大笑。余得水滚得晕头晕脑,被硬物硌得身上疼,脸被掏耙划破,血流出来。他坐在坡下向上望去,高高在上的烟囱正升起缕缕青烟,被雾蒙蒙的天空魔术似的变没了。身后的江上传来轮船的汽笛声,轰隆隆地溯江而上。一个辅助工推着小斗车又出现了,其他人跟在汪莽子后面向倒下的渣滓奔去。余得水知道黄成龙今天换班。那人把倒空了的小斗车架在平地上,坐在车把上,曲着右腿将脚蹬在车把上抽烟,看着汪莽子们忙碌,目光又投向下面的余得水。虽说远一点,余得水却明显地感到那目光里的疑问,这人怎么坐在下面不动?

余得水回过神来,捡起掏耙和筲箕,四下散落的废金属顾不得拾,埋头向坡上爬去。他在心里说,不要怕,不能去舔汪莽子的屁股。刚爬拢顶,还没来得及抬头,脑袋仿佛撞上了弹簧,又像树桩一样向坡下滚去。他知道,有人蹬了他,在天旋地转中听见幸灾乐祸的笑声,但这次的笑声哑了许多。脸上的血流进嘴里,他尝到了腥味。他本来晕血,但现在没有晕。他用手背一抹,血抹得整张脸通红,使他有了几分恐怖。他没有哼一声,又往坡顶爬去。坡顶这下格外安静了。他边爬边在心里说,滚多少次爬多少次,一次也不能呻唤,这是为黄成龙在还。这次他是昂起头在爬,尽管这样爬起更费力,但他要看清谁敢再蹬。他爬得很坚强,一副要跟人拼命的样子。爬上坡顶,危险再没有出现,汪莽子他们却给他让开了一条道……

收工回到街上,黄成龙见他脸上有伤口和血渍,问他为啥子。

"嘿嘿,"他一笑,说,"像翻筋斗一样从坡顶滚了下来。"

"真是这样?"黄成龙盯了他半天。

顺城街有群学龄前的小孩,成天像闹林的麻雀在街上飞来飞去,每次让余得水见了都有种说不出的滋味,叫他想到许多。

这天,余得水来到糖果铺,在装糖果的玻璃罐前挑了半天,挑了一种透明的五颜六色的水晶糖。他买了一两,有十二粒,放一粒进嘴,满嘴清凉香甜。他来到街头,不知那群闹林麻雀又飞到哪儿去了,只有一个流鼻涕、脏兮兮的小孩蹲在路边逗蚂蚁。他上去问他们都去了哪里,小孩不理。再问,小孩才懒洋洋地说他们在江边玩沙。余得水要他带路,小孩不去,说他们不愿跟他玩。余得水拿出一粒糖,说带我去,这粒糖给你。小孩点头,接过糖放进嘴里。

小孩们果然在江边玩得正欢。余得水大声对他们说,喂,你们到我跟前来。孩子们挖沙垒碉堡,垒好屙尿冲垮,冲垮又垒,乐此不疲。他们听有人喊,见不认识,又玩自己的。流脓鼻涕的小孩说,你们过来,他有糖。孩子们望一眼,不信。余得水拿着一粒糖扬了扬,糖粒在阳光下珍珠一样放光。孩子们信了,迅速围了上来。

余得水叫他们站成一排,说,问你们的话,你们要老实回答。于是从第一个问起,你有爸爸吗,你有妈妈吗?孩子们一一回答。有爸妈的孩子站一边,死了爸爸或者妈妈的站一边。流脓鼻涕的孩子爸妈都死了,如今寄居在顺城街的亲戚家。余得水问他名字,别的孩子抢先帮他回答,他叫臭虾子。

"不,我不叫臭虾子,我叫张强。"他抹了一把鼻涕,生气地说。

余得水突然想到黄成龙,把张强拉过来,摸摸他的头说:"张强乖。"用臂弯拥着他对孩子们说,"你们跟老子听好,张强是我的小弟弟,不准谁再叫他臭虾子。要是哪个敢欺负他,老子不认人。"

于是,经过一番问答,孩子中有两个死了爸爸或妈妈的,得到了余得水的两粒糖,张强得得最多,四粒。那些有父母的一粒也没有,见有糖的吃得香,伸手向余得水讨要。余得水很高傲,把糖在嘴里嚼得很响,把那些伸在面前黏有泥沙的手推开,冷冰冰地说:"回去叫你们爹娘给。"

这一刻，余得水觉得嘴里的糖真甜。

平时，余得水还会送张强他们一些小玩意儿，例如用铁丝穿起的螺丝帽，一块能吸铁钉的磁铁。孩子们爱跟他玩，一见他就围上来，脆生生地喊余哥哥。余得水每次卖了废金属，就买一两水晶糖，让孩子们站成排，挨个儿回答他的老问题。现在，孩子们的回答都变成了一个样，爸爸妈妈都死了。余得水清楚，孩子们学会了扯谎，但他偏偏就爱这个谎。

这是余得水和孩子们之间的秘密，其中的乐趣只有他们各自清楚。余得水觉得他一家在人世间还得太多了，需得讨要一些回来，才对得起死去的双亲和孤独在世的自己。就在这一刻，他眼前的人世间是公平的。

黄成龙住什么地方，家里有些什么人，他不说，余得水也不打听，每次两人碰头不是在冷酒馆就是在茶馆。余得水背着众人，把钱一分不少地掏出来，整整齐齐地摆在黄成龙面前。黄成龙从来不问又卖了多少钱，也不看，随手而准确地将大数的票子抽走，剩下的零头推回给余得水。余得水将钱装回口袋。做这些，两人从来没有多余的动作，默契简单，嘴上也不会出声。若是在冷酒馆，黄成龙过后会端起酒杯要余得水抿一口，吃一夹菜。若是在茶馆，黄成龙过后会偶尔招呼老板为余得水泡一碗沱茶，但一般是将自己的推过来，叫余得水喝一口。余得水从不说二话，感到非常满足。有哪个像黄成龙这样帮我？不是黄成龙，我有今天吗？为人，要知恩图报。余得水总是这样想。

余得水不是天天都掏得够卖的量，一般是五天，最快也要四天。也有运气砸头的时候，偶尔掏到大家伙，例如半块废铜轴瓦，或者一个废铜轴套，从收荒客手里换到的钱比平时几次卖的都多。不过，这机会都是当夜班的黄成龙创造的，特别叮嘱他避开别的掏钉人，深夜去到渣滓堆上，等某个时刻的小斗车出现。每次这样过后，余得水便会有疑问，但黄成龙的神情不喜欢他的疑问。余得水只得把疑问抛开，免得沤在肚子里发臭。

余得水每天像工人一样去渣滓堆上班，几天换回一次收获，让黄成龙取走整数，自己留下零头，然后把玩着钱为死去的父母惋惜，为自己庆幸，再去糖果铺买一两水晶糖，去跟孩子们分享秘密中的乐趣。

流动的日子，就像天光打在余得水身上留下的影子，平淡无奇地滑过地面。在他眼里，嘉陵江的浑黄才刚刚追上清澈还没流多远，就又被清澈追了上来。想到时间过得飞快，余得水就咕哝。

余得水这天又像往常一样去找黄成龙，冷酒馆和茶馆里都不见。认识的人说，几天都没见他影子。余得水细想，这几天的确也没见他推起小斗车来倒渣滓。

黄成龙因盗窃被抓的消息在顺城街传开。消息哪儿来的，谁也说不大清，真是应了"事无脚会走路"的说法。余得水回家路过街口，一群街坊在热烈议论，不是为黄成龙败坏街道名声气愤，不是指责他犯罪，是个个都在设想，如果设身处地，自己会不会这样。

余得水以前掏到大家伙时的疑问终于得到证实。他想，既然黄成龙是盗窃犯，自己不就是销赃犯吗？街坊们的议论让余得水的脑袋嗡嗡响，像风一样钻出来又溜进去。他见到灰蒙蒙的天，头就晕晕乎乎的，手也冰凉起来。他赶快皱起眉头，咧着嘴，双手捂着肚子，做出身体突然不舒服的样子，去到街边扶住墙壁大口喘气。他背对着街坊，那些话又使他后背感到发凉，仿佛人们在说他是销赃犯。他不敢在街上逗留，拔腿跑回家，把房门关上。他除了后怕，更多的是觉得自己欠黄成龙的更多了，一辈子都还不完了。

夜色慢慢染黑了屋子，他不敢开灯，窝在被子里，又睡不着，总像门外有响动，还有黄成龙那双布满血丝的眼睛在头顶盯着他。这个夜晚特别漫长，时间停在了一个看不见的地方。他从来没有经历过失眠，害他处于不知所措的情况，头脑比任何时候都活泛，一会儿想起这个，一会儿想起那个，都是一些乱七八糟的事，留不下印象，也不会有结果。他一直在重复闭眼、睁眼的动作，搞得双眼干涩发酸。耳朵这时异常灵敏，听见了平时听不到的声音。第二天，他依然是在折磨中度过。第三天晚上，他睡着了……

紧闭的大门突然大开，与阳光一并涌进来的是提起手铐的公安民警，他被民警像抓小鸡一样从床上提起来，冰凉的手铐张开大嘴、露出尖利的牙齿、恶狠狠地一下咬住他的一双手腕，痛得他一声大叫……

他从梦中惊醒。这个梦太直接，赤裸裸将他当犯人铐上。他的衣裳被汗水打湿，再也无法入睡。

白天他不敢出门，把自己关在屋里整整三天，直到风吹草动的情况并没有出现，他的恐惧才一点一点消除。

　　黄成龙被抓走的那段时间，是余得水最为恐惧的日子。他被吓得不敢去掏钉了，他时常跑去江边发呆。那里曾是他一家人赖以生存的地方，也是他父亲死去的伤心地。因此，总觉得那里有许多他遗留的东西，想去捡拾回来，可是该捡拾什么又不大清楚。那里就是一块磁铁，总要吸他过去。他睁着一双迷茫的眼睛坐在那里，望着浩浩的江水从面前流过，一坐就是大半天，有时天黑尽还舍不得离去。

　　这天，余得水就坐在江边，坐在过去和父亲挑水站的石头上。这块石头像大象的鼻子伸进江里吸水。人们叫它象鼻石。他抱着腿，把脑袋夹在中间，坐在象鼻石的顶处，像崖石上望山的猴子。他望的是江水，江水在面前叽里呱啦流过，像在跟他摆龙门阵。他一会儿又望天上的云，看它不断地变幻，变马，变狗，变蛇，变树……仿佛自己也跟着在变。他低下头来，又看水中的波浪，一圈一圈向他围过来，就想自己变成了一条鱼，一条红鳞甲的鱼，在江里游来游去跟父亲说话。他清楚，父亲是欠了债的挑水匠，喝了那么多的酒，打了妈妈，不叫自己去上学，他用命来还了。而自己的日子过得这么艰辛，是不是也在为自己的命还？他又跟妈妈说心里话，求告自己该怎么办。更多时候，他脑袋一片空白，就是发呆。从江滩上过的人，还有在江边洗衣的妇人，看见他这个样子实在有些搞不懂，就想，他嘴巴时不时地一张一合的，半天不动地坐在江边，是不是有神经病，或者是想要干什么。

有时，余得水就在街上走来走去。顺城街依靠着一段风烛残年的老城墙，一些房屋的后墙就是城墙的条石。这是一条小街也是穷街，一支烟点燃还没有吸两口，就可以在这条街上走个来回。余得水又不可能一天都在街上走，就想起跟小伙伴们爬老城墙的事。他们站在城墙垛子上朝下面的屋顶撒尿，冲得一些油毛毡屋顶嘭嘭响，惹得房主怒骂着追上来。现在他又走上城墙垛子，又朝下面屋顶撒尿，以前的油毛毡变成了青瓦，尿顺着瓦沟流下去，雨水一样砸在门前的阶檐石上溅开，半天也不见个房主出来叫骂。以前愉悦的感觉找不回来了，这反倒叫余得水扫兴。

家里很久没有收拾，到处乱糟糟的。余得水开始收拾屋子。和父亲挑水的水桶还放在床下，这些年过去了，安静得让余得水都忘记了它们的存在。妈妈在时，每过一段时间要将大桶取出来用水沤一番，免得干裂散架。余得水将它们取出来，摩挲着光滑的桶沿，心里漫过一阵难言的潮动，那些过往的岁月仿佛又回到眼前。他跟随父亲蹲在象鼻石上，学着父亲双手握住桶柄，双肩有韵律地一摆，担子上的水桶就在江水里荡起来，荡起一阵旋涡，荡起一片水花，一个来回，桶里就盛满了水。这也是后来，只要江边有人，余得水就爱在人前显摆的一手。但这一切都在眼前活生生地消失了，就像无法制止江水从面前流过一样，心里便有了悲凉。水桶现在居然还好好的，打的桐油还未退光。他把它们放在水槽里，打开自来水，水哗哗地冲击木桶，溅起很高的水花。

这时有人上门来，是郭进民，余得水不认识，但知道他是房管所分管顺城街片区的房管员。郭进民三十多岁的样子，颧骨高耸，一双金鱼眼鼓在眉毛下，看起人来眨也不眨。这人一副凶相，余得水小时候在街上碰见也有几分惧怕。郭进民进屋后，一边自我介绍一边在屋里走动。墙上有面窗，西斜的阳光射进来，一下又一下地照在他胸前一枚很大的人头像章上，一团光影就在屋里晃动。余得水的目光总被那团光牵引，想躲都躲不开。

"你就是那个掏钉的余得水？"郭进民说。

余得水听了很不好受，好像掏钉是做贼。余得水现在不是当年的小屁孩了，说道："不掏钉，哪个给老子饭吃？"

"你娃娃口气还不小。"郭进民说着反问，"不过，也没见你不掏钉了就饿死了，是不是？"他看也不看余得水，仿佛余得水值不得他看。他一双金鱼眼却像一把尺子，在丈量屋子。

随后，郭进民又走动起来，那团光又牵引着余得水的目光随着移动，心想，难道他跟我一样无聊，还是无意中闯进来的？

郭进民终于停下来说："晓得你住这房子有多久没缴房租了吗？"

余得水很惊诧地问："住这房子还要缴房租？"

郭进民说："莫非天下有欠债不还的？"

余得水想想，说："是没有。"

郭进民拍了一下余得水的肩头说："对啦，明理就是好同志。"

余得水动了动肩，那一拍让他不舒服，说："这是国家的房子。"他觉得自己又有了道理。

郭进民的金鱼眼盯着余得水,说:"正因为是国家的房子,所以住房要缴租金。"

余得水顺着道理说下去:"我人是国家的人,国家的房子正该住。"

"啥子,你也算是国家的人?"郭进民嘴巴一撇,像鱼吐出一串泡泡,"你说,你对国家作过哪些贡献?"

郭进民这轻轻的一戳,余得水的道理就像纸糊的窗子一下子破了。他愣了半天,说不出话来,最后无可奈何地问:"有多久没有缴了?"

郭进民说:"你父母死后,自己算算。"

余得水一默,有六年,就疑问:"这些年你怎么不来催老子?"

郭进民冒火地说:"哎,嘴巴干净一点,什么老子?"又说,"可怜你孤儿一个,好像是我错了?"

余得水又哑了,心想,这下父母的债落到我身上了。随后喃喃地说:"我……没有钱。"

郭进民理直气壮地说:"缴不起房租就不住。"

余得水问:"那我住哪里?"

郭进民一口接过来:"那是你的事,我不管,你可以去投靠亲戚。"

余得水说:"我没有亲戚,有也不会去投靠。"

"唔,有志气。"郭进民这下把目光落在余得水脸上,见有一团光在余得水脸上晃动,就低头看像章,一笑,用袖子擦,边擦边说,"不过你得搬走,搬到哪里,也不关我的事。很多缴得起房租的还没有房子住。今天是来跟你打声招呼,给你一个星期的时间,下个星期的今天,我来收房子。"

事后,秦老弯听了这件事很焦急,就去找到房管所所长,他们是熟人。所长说:"老弯,咱们不来假的,房租是国家的收入,不是进我的口袋,你说我该怎么办,听你一句话。"秦老弯自知不在理,有话也说不出来,就求所长放宽期限,等找到新住处再搬。所长说:"这人情,我认了。"

秦老弯转过身去找街革委的领导。街革委是街道办当时的称谓。领导说:"街革委管街道不管人住哪里。"

秦老弯说:"你不管,那我也不管,他成了流民,到时坏了街革委的名声,莫怪我这个治安委员没当好哟。"

秦老弯从运输社退休后,业余当了地段的治安委员,每天天擦黑,用白铁皮话筒沿街喊话:"睡觉请关好门窗,注意防火防盗。"一个地段少不得这种热心人,积极性不能挫伤。领导让步了,让余得水住进了街革委进门楼梯下堆杂物的楼梯间,腾空里面,刚够摆一张单人床,条件是成年后必须搬走。

这年,余得水十七岁。

搬家这天的一大早,余得水挑着大、小水桶出了门。街上熟人叫住他:"水娃子,你安起心去把嘉陵江挑干么?"余得水马起脸不看他人,那人得不到回应,就知趣地闭嘴了。

嘉陵江上的雾,升到空中就成团成朵像絮花被风刮得到处飘,飘到哪里就赖在哪里不走,赖在黄葛树的枝丫上,赖在房屋的瓦檐上,赖在行人的衣衫上,赖在余得水肩上的扁担上,赖在水桶的桶沿上。余得水像挑起满当当一桶的棉花来到嘉陵江边,走上象鼻石,放下水桶。他给每只桶里装鹅卵石,每装一块,桶里的棉花就往外溢一点。他脱了鞋袜,将裤脚挽到大腿根,一手提着大桶,一手提着小桶,走进水里,给桶里灌进水,用扁担将水桶向激流处推去,奋力把扁担扔进江中。他站在水里,目送水桶和扁担在雾气中向远处飘去,直到都慢慢沉入江底。

天气已经转凉,江水冻得余得水牙齿打冷战。他上岸后坐在江边,眼巴巴望着茫茫江水,咕咕哝哝跟自己说了一会儿话,然后又对着江面大喊了两声妈妈。

江水一刻不停地从余得水面前流过,映得他脸上波光粼粼,满眼凄凉。

茶友们奔走相告,歇业了很长时间的宏胜茶馆又开业啦。

宏胜茶馆在顺城街去码头的街口,木竹捆绑房用杉木杆子支撑着,一半悬在江边斜坡上,一半坐实在街口的石梯上。宏胜是家老茶馆,兼做老虎灶卖开水的生意。前一段时间,茶馆老板杨天顺因老婆偷人,在跟她闹脱离,就关了茶馆的生意。居民们那时都穷,自己烧水不划算,多年来都是提起温水瓶或白铁桶去宏胜茶馆老虎灶打开水。宏胜茶馆关张后,居民们只得去邻街的老虎灶,要走很远的上坡路。居民们都怪杨老板为个人的事影响了大家的生活。经过街道和法庭的多次调解,杨天顺的老婆几次口头应承改正,但只是口头说得好,依然背着杨天顺照偷不误。杨天顺也下了狠心,坚决打了脱离。

宏胜茶馆重又开业这天,杨天顺却穿起一身新衣,站在茶馆门前街沿上用长竹竿在燃放鞭炮。一些小孩顶着头上的危险,在硝烟里奔忙,捡地上未炸开的鞭炮。杨天顺放完一挂又一挂,炸得天色都在打战,放了不下二十分钟,硝烟遮了半边天。他这是在消老婆多年给他带来的霉气。

开张鸿发这天,杨天顺念及老街坊和老茶友,喝茶一律免费,他笑容满面站在门前,抱拳迎客。

从此,余得水喜欢上了泡茶馆。别的茶友是品茶,茶味含在了三张重起的口里,一杯茶,品半天,茶汤还是酽的。余得水的一杯茶只冲两开,就成了白开水。他父亲余蛮子对喝水有个说法,老子是大桶挑水,大瓢喝水,这才是对水的亲热。余得水从小跟他父亲是一个德行,在外面玩,口渴了,风一样跑回家,抓起水瓢就从缸里舀水喝。茶友们都说,余得水哪是在品茶,简直像是只大牯牛在饮水!余得水不觉得这是嘲讽,还顺着说,闹哄哄的茶馆还讲品茶,不是在糟蹋茶叶么?茶馆只能是摆龙门阵的地方。

茶友喜欢跟余得水坐一桌,图的是他会摆龙门阵。余得水没进过学校,但记性好,能够把听的评书,例如《三国演义》《水浒传》《封神演义》《三侠五义》原原本本生动地复述出来。由于他有这本事,成了茶友中的评书演员。不讲书了,就把在社会上道听途说得来的事情,糅进自己的想象,添油加醋夸张地讲出来,这更能引起茶友们的好奇。茶友们都说,余得水硬是天上知一半，地上全知。

余得水进茶馆，总有茶友招呼他过去坐。只要自己有钱，茶友主动请他这个情，他是不会去欠的。不过要是有人向他散烟，他伸手就接。他对此却有自己的说法，那就是，烟酒不分家。若当时口袋是空的，就另当别论了。茶友们请也好，不请也好，他会找有熟人的一桌坐下，加入摆龙门阵的阵营，讲到口干舌燥时，不管顺手处是谁的茶，端起就喝。然后用手背抹一下嘴巴说："龙门阵，大家摆，茶，大家喝。"望一眼茶友，嘿嘿一笑，又接着停下的地方讲下去。

有时候，老板杨天顺在店堂中央大声喊："余得水，去担一挑煤炭。"

龙门阵不管摆得多欢，余得水便戛然而止，担起箩筐就走。杨天顺一般不会给力钱，让余得水免费喝两天茶。不过，余得水总会想法子，从一挑煤里抠出几斤的钱来。有时存煤快完了，杨天顺要余得水多担几挑，这就会给力钱。这种时候不多，而且给得也不多，仅够吃一两顿面条。挑煤挑得汗流浃背的余得水从不议论，给多少是多少，到手也不数。因为他抠的钱，往往比给的多。

余得水从讨厌喝酒到会喝酒，这个过程有点长，且为啥子，有点说不大清。不过两三年过去，他的酒量始终不见长，只能喝一两，就这点也会晕乎乎的。这大概是他进冷酒馆找黄成龙的回数多了，闻惯了酒气，也可能正是晕乎乎让他好受些，能忘记他不愿记住的事情。总之，余得水的确对酒不排斥了。

余得水的酒量不大,但有瘾,三五天不喝,脑袋会发闷。掏钉得不到保证,有时十天半月生活都无着落,就找老板姜麻哥赊账。赊多了,还不了,便帮姜麻哥做事、跑腿、运送东西来冲账,冲不完的又挂那里。他从不赖账,只要姜麻哥有事,随叫随到。对此,姜麻哥拿他没办法,想恨都恨不起来。因为余得水为他下力实在,还从不讲价钱。其实姜麻哥心中有数,余得水的酒,喝得简单,一两老白干,一盘水煮花生,从来不点荤菜。

当然,如有别的酒友招呼余得水过去一起喝,他手中的筷子,就不光是吃素的了。这也是他三五天想喝一回的原因。因为这种喝,不在乎于酒,是在乎于人了。因此,他喜欢酒友更甚于茶友。用他的话说,一杯酒能见真性情。

每次喝酒,水煮花生端来,余得水都要留一半在一边,喝完后,将留的一半装进口袋。因为街上等他糖吃的小孩已经换了几茬,现在这茬,等的是他的水煮花生。

早过了十八岁的余得水,现在都三十多了,还没有从街革委、现在的街道办搬出来。因为余得水还未待到满十八那天,街革委领导就垮了台,新来的领导抓大事又忙不过来,他捡了便宜,在楼梯间无人过问地住下去直到现在。住这里,他其实也是三天打鱼两天晒网,那间要叫人低头进出的小门也时常关闭着的。即使住,也早出晚归,简直神出鬼没一般。因此,街道办的人几乎都不知道楼梯间住着个叫余得水的人。

改革开放后,余得水又操持了一段掏钉的旧业,在这段不长的时间里,生活却勉强能拖走。紧接着,沿江工厂的渣滓堆都砌起了围墙,站在围墙外能望见渣滓堆顶部,掏钉的人却进不去,想到掏钉的日子将一去不复返,都摇头叹息,提着掏耙,肩上挂着箢箕垂头丧气地离去。

余得水过过一段失魂落魄的日子。那时期,他不愿在本街亮相,连那些等他水煮花生的小孩他也不愿见,他怕他们失望的眼神。

偶尔有运气的时候,余得水在码头或者车站找到搬运行李、上下货的活路,解决三五天的生活。一天他又到菜园坝火车站去碰运气,在候车大厅外游荡了很久,人来人往中他没有找到事做。这天太阳很毒,头上像顶个火炉子,热得身上冒油汗,他也不愿去有遮挡的地方,怕失掉找到活路的机会。终于开来了一辆货车,正好在离他不远处停下,驾驶室跳下个提皮包的人,对着场地上不知是谁喊了声,下货。话音还响在场地上,有几个人像早做好准备等在了这里,忽地从余得水身旁冲过去,吓了他一大跳。他回过神来,跟随着向货车跑去。他主动去打开货车车厢门,见是一车面粉。这时其中的一个人,过来拍了他一下肩,说:"滚一边去,这里是你混的地方?"他正要申说,其余几个围上来,说:"怎样,想给自己惹祸事?"余得水明白了,一个地方有一个地方的规矩,不是谁都能插脚进去的。他只好悻悻地走开,但还不情愿离去,就到一处有遮挡的地方观望。

这时,一个长得五大三粗的人拖起一只拉杆箱,急匆匆来到余得水跟前,说:"兄弟,帮忙看管一下,我去办点事,一会儿回来取。"余得水还没明白个什么,那人将拉杆箱硬塞进他手里,一闪就消失在人群中。进出站的人从余得水面前经过,现在他想走也走不了,扶着拉杆箱傻站在那里。他提了一下拉杆箱,并不沉,想里面应该没装多少东西。再一看,箱面的正中还有一幅贴画,是一朵盛开的牡丹,又觉得这个大男人喜欢花花草草很奇怪。这时,来往的人流突然涌起一阵骚动,一个少女和几个治安执勤人员冲过来。余得水还正处于好奇之中,几人就冲到了他跟前,少女一把将拉杆箱死死拉住,说:"这是我的箱子。"执勤人员扑上来,一个夺箱子,另两个一边一个架住余得水的臂膀往后扭。余得水被吓得目瞪口呆,后扭的臂膀痛得他龇牙咧嘴,禁不住反抗挣扎,嘴里说:"你们干啥子?"一个执勤人员说:"干啥子,你自己明白,走,到派出所去。"

稀里糊涂的余得水进了派出所才知道,他是被人栽了赃。在派出所里录了口供,任他如何解释,没人相信,人赃俱获,叫他百口莫辩。他在留置室里连声不断地喊冤枉。他上午十点过就进到了里面,直到下午下班的时候秦老弯来了。经过调查,余得水的确没有前科,派出所根据口供,通知了余得水所在的街道办。秦老弯见面就骂,平时见你鬼精灵,关键时候还是显傻相。

秦老弯以街道治安委员的身份保释了余得水,但余得水却不愿出派出所,说:"我出去还是清白的人吗?"

对这种犟人,民警都觉得好笑,说:"好像我们欠了你,难道还要我们给你在报纸上平反不成?"

余得水说:"不是认为你们欠我,是我要帮你们指证那小偷的。"

民警望着他笑了,对他说:"谢谢你的好意,经查那疑犯还有前科,是局里追逃的要犯,不要你帮忙,我们也能逮住他,放心,你的清白没有谁拿走。"

重庆的秋天短得要命,先还太阳当顶晒得死人,一眨眼就到了冷飕飕的冬天。这天直到深夜,秦老弯终于在街道办的楼梯间堵住了余得水。秦老弯是七十好几的人了,老伴前年走了,大女和幺儿都已成家,住在本城另个区,周末和节假日回来看一下,给家里带来短暂的热闹,平时就他自己守空屋。

重庆的冬天潮湿阴冷,寒气刺骨。老人等余得水在寒冷中站了个把小时,冷得牙齿打战,在街上来回走,一个来回去楼梯间看一眼,往往返返,搞得腰腿酸痛。这回秦老弯推开楼梯间木门,借着外面的灯光,见余得水蜷缩在狗窝一样的床上,一股难闻的味道冲鼻,他捂住鼻子说:"老子这回算把你逮到了。"

余得水看不清人,问道:"哪个?莫要惊吓人。"

"还会是哪个?你秦叔叔。"秦老弯有些冒火,"狗窝一个,比茅厕还臭,跟我到外面去。"

秦老弯在外面等。一会儿余得水出来,问:"秦叔叔找我有事?"秦老弯不吭声,伛起腰,反背双手朝下街走去。

夜更深了,街灯的光亮,无力穿透阴冷,落在地上冻成冰凉的昏黄。人的脚步声叫一只野狗从昏暗中仓皇窜过,搅得夜色越发冷寂。余得水跟着走了一段路，想上前搭腔寒暄又不知从何开口，就在后面故意咳嗽。秦老弯不理不睬，径直走自己的。到了家门前，秦老弯边开锁边说："进屋，陪老子坐一阵。"

秦老弯的家在下街口，是平街的吊脚楼，出门几步是一坡石梯坎，连着在这儿转大弯的嘉陵江，一棵百年老黄葛树撑起如伞的绿荫遮着老屋。本街的小孩子们爱邀约来这里爬树，摘酸溜溜的黄葛苞吃。余得水跟父亲不止一次来过秦老弯家，也爬过树，也摘过黄葛苞，他不喜欢那种酸涩的味道，图的是爬和摘的过程。他还在酒桌旁守过两位老人的嘴。三十多年后，他再次走进这老屋，摆放在堂屋中央的柏木桌、靠墙的逍遥竹凉椅、五抽柜上的老座钟、旁边的那些杯子和小壶，以前是怎样现今还是怎样，只是经过时间的沧桑有些走样。而秦老弯还是大大咧咧的，但言行中却露出老迈、孤单和落寞。

秦老弯进屋后就支使余得水："你秦叔叔老了，等你半夜受了风寒，去，油酥一盘花生米，我们叔侄两个喝一杯。"他说完，呻吟着躺进逍遥椅里。

余得水从厨房端起油酥花生米出来时，秦老弯已经睡着了。他怕老人着凉，又不忍叫醒，拿过一边的衣服轻轻盖在他身上。退回时，脚下踢着凳子，惊醒了老人。

两人开始喝酒。秦老弯喝得吱吱响，嘴唇一抿，很享受，又丢颗花生米进嘴，感慨地说："要不是看在你父亲的情分上，我才懒得管你。"

余得水陪在一旁，不吭声。

"端起来喝嘛！"秦老弯指了指酒杯说，"分文没有也要到姜麻哥那里赊酒喝，你在我这里还讲啥子客气！"

余得水端起酒杯喝一口，酒是六十度的高粱白干，味道醇厚浓烈、绵长劲大。他咂一下嘴巴说："在秦叔叔这里，才不会讲客气。"

"我说呀，你那狗窝窝该打整一下，人还没进去，就闻到一股屎尿臭。"秦老弯说的是楼梯间。余得水心想，那原本不是人住的地方，再说我早出晚归，一天关着门，有时还十天半月不落窝，二十多年都过来了，才不觉得哩。他喉结动了动，想照这意思说出来，但觉得会伤负老人，就夹起花生米喂嘴巴。

"先打主意叫你搬过来跟我住，幺儿不答应。"秦老弯只顾说自己的，"人老了，说话不管用了，没得法。"他说着摇起头来，一副无奈、心酸的样子。

余得水想，我才不愿搬来跟你住，那不成你儿子了？自己的爹妈没伺候过，未必来伺候你？我才不干呢！他说："谢谢你老人家的好意，我个人邋遢惯了，狗窝舒服。"

"舒服？舒服个屁！"秦老弯咕哝一句，"一住二十多年，街道办的人看得惯，也没个人搞得清你的来历，只是我这里一直鲠起……"秦老弯指指胸口，一下动了情，总觉得对不起余蛮子……他说不下去了，端起酒杯盖了脸。

"哎呀，老人家说这些！来，喝酒喝酒。"余得水也有点心酸酸的。

"你呀你,哪时才能长醒哟,以为老子喊你来只是为喝酒?"秦老弯有些发火了,"前几天,街道办的老主任找到我,只有他晓得你这事的来龙去脉,说解铃还须系铃人,要我跟你打招呼,要将你请出去。我就是那两天给幺儿说,但他不同意。我晓得,他是在打我双脚一伸以后的主意。"

"老辈子,莫管他街道办的事。"余得水说起露出一丝求之不得的笑。

"嘿,不准去耍横哟。"秦老弯知道余得水的鬼名堂多,能干出无事生非的事来,就用狠话说,"是我想法让你住进去的,莫要叫我这张老脸无处搁哈,听见没有?"

余得水眼里的那团邪火硬生生被压了下去,不情愿地应答:"听见啦。"

"要搁进心里,记住!"秦老弯这才放心地又端起酒杯,又说,"幺儿给我拿来一床新棉絮,你抱回去,是狗窝都有一层草,你那个比狗窝还不如。"

"要不得,要不得!"余得水赶紧摇起手说,"那是你幺儿的孝心,该你老人家享受,这个天气正用得着。拿去盖我身上受不了,一身穷骨头要烧得发慌。"

"喊你抱回去就抱回去,又不是喊你抱人,说那么多做啥子!"秦老弯放下酒杯,从柜子顶上取下棉絮放在椅子上,又说,"那里不是长住的地方,得打个主意,我考虑了很久,你也三十好几的人了,单身生活该了了,最好找个有家室的过来人,去过半辈子正儿八经的日子。"

余得水像挨了打似的叫起来:"哎呀,我是个烂人,个人无所谓，不要害那个来跟我的人。"

"所以要学好呀，"秦老弯举起杯跟余得水碰了一下，"昨天晚上，我还梦到你父亲，跟他比赛挑起水爬门前那面坡，你莫说，我年轻些，还输给老哥子五步梯坎。"说到此，他眼里浸出泪水花花，一仰头，喝光了杯里的酒。

余得水陪着干了杯，心里却起了波澜，不是秦老弯提到了他父亲，是那句要他学好的话伤了他的心。他想，是我自己不学好吗？又哪点不学好了，有多坏？这些带着怨气的问号一直在心里撞来撞去，撞得他胸口咚咚响，搞得浑身不自在。随后就喝着闷酒，话都懒得说了，直到抱起棉絮离开。

余得水一天的日子是怎么过过来的，住在街道办的楼梯间里至少不能开火弄吃的吧？如果说在馆子里解决，他又经常身无分文。现在不是当年了，不可能去街上当"抓精儿"，也不会再有街坊对他说，水娃子，来，到我家吃饭去。当然这些只是好奇的街坊的自问，绝不会与别人去探讨，因为都心知肚明，不能自己没事找事。

不过，在宏胜茶馆和冷酒馆，时常可见余得水进出的身影，若是那时与他对走过，肯定能闻到他身上的酒气。但是他比起去冷酒馆，宏胜茶馆还是更多一些。于是人们说，余得水是在喝茶汤过日子。显然这是不可能的，是一句笑话而已。事实是余得水不能经常进餐馆，街边的面摊子还是照顾得起的。至于钱是怎么来的，人们不得而知。有句俗话说得好，人有人路，狗有狗道。

余得水在无所事事、百无聊赖之中，却发现旧货市场竟然是自己的用武之地。

旧货市场是在一片棚户区围着的一条背街上，是一栋废弃的旧厂房，里面的东西无奇不有，大到木制家具，小到一枚邮票，凡是世上有的，在这里几乎都能找到，甚至被认为分文不值的物件，只要跟它贴上个意思，就能在这里赢得人们新的认识，获得新的价值。

余得水在这里是如鱼得水，收放自如。他发现这里是因为家里的东西竟能在这里换成人民币。他最先拿来卖的是妈妈留下的一对银手镯和一对玉石耳环。贩子以最贱的价钱买走了。这些钱，放进他的衣包不到十天，就分文不剩了。然后他又翻箱倒柜，从家里那口放在床下的木箱里翻出个蓝色的麻布袋子，当他提在手里时，感到了一股重量，一摇动，听见里面当当响，打开一看，里面是二十个袁大头。他似乎想起他小的时候的一个晚上，他被一阵清脆的叮当响惊醒，他揉着眼睛爬起来看，见爸爸和妈妈两人头挨头，手里拿着什么在相碰，碰一下叮当响一下，爸爸妈妈就相视一笑。他觉得他们很无聊，就咕哝了一下又躺下了。妈妈回头看到，就用手抚摸了一下他的头，说："你叫啥子叫？这是你爷爷给你留下娶媳妇的袁大头，你听这声音多脆。"妈妈说着，用拇指和食指拈起一枚袁大头，用嘴一吹，送到余得水的耳边让他听，一阵轻微的嗡嗡由远及近地在他耳边响起，又渐渐远去。余得水马上想起他在菜园坝当力夫时，听见的火车呼啸着消失在了远方，就是这样的。

他将袁大头摆放在面前，也像爸爸妈妈那样，一手拿一个，轻轻地一碰，然后放在耳边听响，那叮当的响声最后变成了嗡嗡声在耳边消失。他又学着妈妈在嘴边吹，却没有听见火车呼啸而过的声音。他知道自己没有妈妈那套吹袁大头的本事。他望着摆放整齐的袁大头，想到这既然是留给自己娶媳妇的，那不是正该用吗？于是他将袁大头又装回了麻布袋子，分二十次出手，让他又熬过了一段时间。

一个下力人家，家里那几样东西是经不起他卖的。直到后来，爹妈穿过的衣物也拿来变了现。再后来，家徒四壁，明白再要卖的话只能卖自己了，却又明白自己是卖不到钱的。但他仍旧离不得这里。他时常来这里游荡，盯准可以从中捞取几文的，就凭一张嘴跟卖家游说，再去找买家，从中赚个几块十大块的差价。他把这里当成赌场，尽管潜伏风险，但他从未失过手。

秦老弯送的新棉絮他没有拿回去铺狗窝，而是拿来变成了人民币。棉絮抱来之前，他有过一番思想斗争。他不是怕秦老弯发现他狗窝里没有棉絮。这种事不是头一回。以前有街坊好心送的东西，他前手接过，谢谢声在别人耳边还未消失，他后手就在这里变了现。这次他是怕自己的良心发现。他父亲的朋友，把他当儿子一样对待的一位老人，他却将老人的一片真心的爱当成了狗心肺，这得来的钱，怕用起不安心，遭报应。思想斗争虽然激烈，但没有斗过现实的票子，他还是将棉絮抱来了市场。这次来这里比哪次都叫他感到心虚。他将棉絮放在地上，下面垫张报纸，用谷草绾个圈插上面，然后贼似的埋着头蹲一旁，警觉地扫视过往的人，巴望早点脱手,好像秦老弯随时会出现,指着他破口大骂败家子。他几次想,抱起棉絮离开吧,但市场的嚣声压得他又站不起来。他开始恨自己不争气,就叭叭叭像拍西瓜一样拍打脑袋,路过的和旁边的人见了,都觉得好奇:这人怎么啦,偏头痛犯了?

"打个屎呀!"一个人边说边蹲下来,紧挨他一起。

余得水一看是黄成龙,多年不见,有说不出的高兴,说:"是你!我脑壳发闷,把它打清醒。"又问:"说你在西山坪,出来多久了?"

西山坪是劳改农场,黄成龙在里面三年。黄成龙说:"出来好久了。你还是这副德行没改?"说着用手拨弄草圈。

"嘿嘿。"余得水说,"大哥莫说二哥,也没见你有出息。"

"学会说人话了。"黄成龙顺手在余得水头上一阵乱揉,"来跟我干,怎样?"

"跟你做啥子?"

"当贼。"黄成龙说。

"当真?"余得水惊诧得声音都有些发颤。

"你个眼睛鼓那么大干啥,真喊你去当贼,你娃又没得贼胆。"黄成龙哈哈大笑,递过来一支烟,"放心,叫你跟我去干正事。"

余得水接过烟点燃吸一口,烟雾缭绕在两人面前。他点了头。

黄成龙摸出十块钱,随手丢在棉絮上,把草圈拔起扔一边,用脚碰碰棉絮:"这家什,我要了。"

"黄哥发了！"

"少废话，明天一早来这里找我。"

第二天，余得水跟着黄成龙上了一辆长安小货车，刚坐好，还没问个究竟，黄成龙一松手刹，小货车就向前驶去。余得水回头见车厢里装的是一些毛毯，那床棉絮也在上面。

小货车出了城区向郊区驶去。黄成龙说他搞了一家公司，给一个生产厂代销床上用品，今天去南岸老厂。老厂是一个场镇，离城区二十来公里。"你是说我们去老厂卖这些？"余得水反手指向车厢。

黄成龙说："拢了后，广告横幅在车上挂起，货就堆在车上卖。"

"要我在车上吆喝？"余得水问道。

黄成龙按了一声喇叭，"吆喝轮不上你。"他扭头看他一眼，"给我当媒子。"

"哦，晓得了，就是诓人来买。"余得水说，"我没干过媒子，怎么媒？"

黄成龙又看他一眼，"还说你精明。混在顾客里面装成识货的行家，顺着我的话接过去，然后找好听的话说。"他又说，"不给你工钱，工钱跟效益挂钩，卖一床，你提十块。"

"伙食费呢？"余得水问。

"硬是上辈子欠了你？"黄成龙心痛地说，"我先垫，按三块算，提成里扣。"

车停在场镇街口，黄成龙叫余得水先下，离远点，假装不认识，等生意场面拉开后再过来。

老厂是个老场镇，以前的街道陈旧狭窄，两边的房屋多已破败。现如今，一座新场镇在老镇后面拔地而起。市场在新老场镇的接合部，是在一个用玻璃瓦临时搭建的棚子里。余得水本想进市场去看看，但听见里面人声鼎沸和家禽牲畜的刺耳叫声，就打消了念头。黄成龙将"羊毛毛毯，厂家直销"的横幅挂在车厢两侧，车厢后挡板还贴了"市场促销，原价两百元，现价一百五十元"的广告。黄成龙故意把动静搞得很大，好吸引人上前围观。余得水走近一看，这哪是羊毛毛毯，纯属腈纶货，这东西在别的市场标价五十元还可以讨价，更刺眼的是那床棉絮也标价四十元，心里就骂道：人心不足蛇吞象，真是活抢人。

这天，毛毯卖出四床，棉絮三十元出了手。分账时，黄成龙对余得水的表现不满，说他媒技不精，初级级别，毛毯少卖了，每床提成减为八元。除去预支的饭钱，余得水到手二十九元。

余得水明白，自己不够老辣，没黄成龙那么狠，遇事不能像黄成龙抽走票子那样不慌不忙，那样水到渠成。余得水望尘不及，自叹不如。虽说二十九元到手，但余得水觉得不是个滋味，钱好像是黄成龙喂狗一样丢给他的。他从来对钱不怨恨，这次却恨了，很想将钱像石头一样给黄成龙砸回去。当钱抓在手里，又好像钱烫了他的手，先有的豪气顿时烟消云散。他便怨起自己来，为啥这么傻，跟钱生气？钱没嫌弃我，我为啥要嫌弃它呢？他把揉皱的钱耐心地抚平，然后重新装进口袋，这钱才心安理得属于他了。

多次过后，余得水的媒技大涨，连黄成龙也佩服得要命。现在每次黄成龙卖货时，余得水会像过路人那样自然走近卖场，一副无所谓的姿态，平和地打听毛毯的一些细节，而毛毯真正的缺陷，就在他没完没了的细节打听中淹没。虽然他的声音不高，却刚好压过别人的议论，把场上所有的目光都拉来贴在自己身上。当他感到这一切都夯实后，便显出要买的架势。然后他开始砍价，砍得很认真，分厘必争，当他觉得价位合适，便果断掏钱买下。这一切，他拿捏准确，天衣无缝，旁人根本看不出破绽。

得力于余得水媒技的精湛，毛毯从一天几床到了一天十床，最多卖出十五床。余得水的提成得到全额，而且伙食费除外。

这天去的是兴盛场，一个破烂不堪的小场镇，灰不溜秋地坐落在一片小丘中，一条石子公路穿场而过，不说车过，就是人一多，脚步腾起的灰尘都呛鼻。

余得水望着眼前的情景，担忧地问："鬼都不生蛋的地方，生意好做？"

黄成龙说："地方越穷，人越傻。"

提前下车的余得水，远远听见黄成龙的半导体喇叭在吆喝："真正的羊毛毛毯，不惜血本，厂家直销，机会难得，走过路过，不要错过。"

黄成龙已经将前期准备做得充分，人们很快涌上来，围着小货车张望。时机到了，余得水便挤上前去，跟黄成龙一问一答起来。

"你这是真资格的毛毯吗?"

"厂家直销,还有假吗!"

"敢不敢让我检验一下?"

"你懂行?"

"我在毛纺厂工作过。"

"是专家?"

"专家倒说不上,不过,假的休想从我眼前混过。"

"那好,借你慧眼当众鉴定一下,让大家也买个放心。"

"就不怕我来真的?"

"怕啥怕,真金不怕火炼。"

这一问一答胜过打广告。原本想走的不走了,往里挤,像看演双簧似的。围观的人给余得水让出一条道,他上去从毛毯边沿拔出一撮毛,对着天空一阵细看,似乎感到满意,点点头,然后将毛搓成捻子,从衣兜摸出打火机烧那捻子,一股青烟升起,耸起鼻子闻,闻过,用手指将烧过的捻子捻成灰,又闻。每个动作,韵味十足,有板有眼,真资格行家范儿。嗯,不错,他吹掉指尖上的灰,拍拍手,自言自语地说:"是羊毛,而且是进口的澳洲羊毛。"声音不大,但足够让身边的人听见。他知道,要不了一会儿,他说的就会像风一样吹遍人群。他又说:"这价钱比市价便宜。老板,我要一床。"他从容地摸出钱,一手交钱,一手接货。他抱起毛毯挤出去,消失在人群中。

人们看重的是余得水做的整个过程。他做的手法娴熟,一环扣一环,无懈可击,还会有什么叫人不相信的?黄成龙不失时机地对着半导体喇叭大声说:"大家亲眼见了,刚才经过那位专家当场验证,是真资格的毛毯。厂家直销,不惜血本的毛毯,货不多,要买的抓紧哟。"

为黄成龙做足了媒子功夫,余得水知道这里一直到散场是不会需要他了,抱起毛毯在镇上闲逛起来。他逛了一阵,感到了肚子饿,走进一家面食店。他屁股刚挨板凳,就跟进三个人,一对中年夫妇和一个十多岁的儿子。儿子好像对什么事有些不同意,叽叽咕咕在大人后面阻止。当母亲的在儿子和丈夫之间瞻前顾后。丈夫很坚定,径直走到余得水跟前,嘴里哎了半天,不知如何称呼,最后喊余得水为老师。他说,是这样的……

"爸爸……"这时儿子叫了一声,一跺脚转身离去。

母亲追上去,把他拉住。"幺儿,"她说,"你爸爸找那老师是想给你买一床,那东西暖和。"

"是这样的……"那丈夫对余得水说,"我幺儿考起了中学,去县城住读,要买床盖的,正好听你这位老师说起这毛毯很好。"他眼睛落在凳子上的毛毯上,"那时身上的钱不够,等我把两只猪崽卖了再去,毛毯已经被人买光了。"

"咋个这么啰唆!"妻子抢过话,"老师,你说在那毛毯厂工作过……"

"对对,老师在那厂里工作过。"丈夫又插话。

"老师,你能不能把这床毛毯让给我们?"妻子说,"你厂里有熟人,去开个后门方便。"

"妈,"儿子又来拉她的衣服,"不要买,太贵了。"

母亲说："好东西哪有不贵的！"

"我不要。"儿子说，"这点钱，你还要留起看病。"

"妈这老毛病，无钱就拖。"母亲说，"不比你，盖的都不像个样子，同学会瞧不上你的。"

儿子说："我不怕。"说着，但拉妈妈的手松了，有些赌气地退到一边去。

夫妻俩站在余得水跟前，投去乞求的目光。

"你们的意思，是想买我的这床毛毯？"余得水问。

夫妻俩异口同声地回答，对对对。

余得水摸着毛毯显出有些为难，"哎呀，这有点不好办，这是我给妈祝八十大寿买的，要孝敬老人家，她也是一辈子没盖过这么暖和的毛毯。"

夫妻面面相觑，不知如何是好。

"当然……"余得水边考虑边说，"倒是可以去开个后门……"

夫妻俩一听，感激得给余得水作起揖来，"这就好了，这就好了，这帮了我们的大忙。"

余得水说："去找人开后门我得花费……这样，我把话说在明处，加十块钱。"

夫妻俩又对望一眼，丈夫吞了口口水，说："老师，加五块，怎样？"

"爸，我不要，冷不死我。"儿子过来又拉，父亲显出很大决心，甩开他的手。

余得水没想到自己的媒技有如此大的魔力。他清楚，黄成龙今天带来二十床毛毯,除去假买的一床,十九床已卖光。想到这,心里按捺不住的高兴,又将有一百九十元进口袋。尤其是跟前这一家人,让他更是兴奋得难以自持。他做出割爱的样子说:"好吧,做一回好事,让给你们。"

余得水走出面食馆时打着响亮的饱嗝,想起黄成龙从桌上抽走票子的样子,就想学会并拥有这种不动声色透出的定力。他很得意,自己终于学了一次。又想,是不是还黄成龙太多了,自己该抠一点回来?

在出场镇的公路边,余得水等来了黄成龙的小货车。一见面,黄成龙就发火问:"毛毯呢?一直等你送回来呢,你走哪儿去了?"

假装买走的毛毯是要送回去卖掉的。

余得水一脸痛苦的神情,"黄哥,兄弟今天大意出了错,毛毯被人偷走了。"

所谓皮鞋妹儿,是指擦皮鞋的女人。

皮鞋妹儿成天挎起工具箱、提起凳子串街走巷,一路吆喝擦皮鞋,或者占据人流量大的街边路口,摆一张藤椅,等顾客上座。皮鞋妹儿的这种行径是要担风险的,一旦被城管抓着,轻则遭驱赶,重则没收工具箱。皮鞋妹儿向玉容从未遭遇过这种惨境,因为她从不在街面上给人擦皮鞋,而是将宏胜茶馆和冷酒馆当根据地,杨天顺和姜麻哥一向不为难她。不过,向玉容每天的第一笔生意,就是擦他们两人的皮鞋。因此,不管天晴下雨,杨天顺和姜麻哥的皮鞋都贼亮贼亮的。

向玉容三十出头，眉眼大气，身段很好，脸面显得干干净净，头发在脑后束马尾巴，周身衣服整洁，一看就是个讲体面有收拾的人。她擦鞋时，不时跟客人细声细语说两句，让客人不寂寞。手上的活路从来不马虎，客人给了钱心里也舒服。

在茶友和酒友中却流传着她的身世。她男人在深圳打工，跟老板发生了劳资纠纷，遭老板派人设局，从二十多米高的脚手架上掉下去摔死了，老板串通有关人员将这事定为违规操作事故，并假惺惺地用一万元安葬费抚恤了事。这些事，客人们是怎么晓得的，谁也说不清楚，按理说只会是她自己说的。可是追根溯源，又查不出是谁最先听她讲起又传出来的。不过这不重要，重要的是大家都相信这是实情，因为向玉容不会编起惨故事来糟蹋自己。至于她来自哪里，家里还有些什么人，大家都不感兴趣，也不打听。茶友、酒友都同情她的身世，对她很和气，鞋子脏了要擦，留也要留着照顾她，她一天能在茶馆和酒馆找几十块钱。

这天下午，向玉容从宏胜转场冷酒馆，在半路上遇上有人要擦皮鞋，顺手生意哪有不做的？于是在路边擦将起来。刚给皮鞋上了油，还没有来得及打光，城管来了。来的三个人，有两个叫向玉容快擦完走人，可是其中一个却抓过工具箱砸在地上，一脚狠狠踩上去，工具箱咔嚓破成几大块；又夺她的凳子，她不松手，两人僵持起来。余得水这时正好路过，见这情形便喝道："张二娃，莫要霸道，要文明执法哟。"上前去解开张二娃抓着凳子的手。

余得水呵斥的城管张二娃,他们互相认识。余得水的名声在街上已今非昔比,张二娃不得不让他三分。就厉声呵斥向玉容两句,然后跟着同事走了。

本来,经常来这条街上管事的城管,对生意人不说都认识,起码眼熟,没必要将事做绝。向玉容事后跟余得水讲,前两天,张二娃找她擦皮鞋她收了钱。余得水也是鞋子要留给向玉容擦的那种人。他怪她不懂事,不该收张二娃的钱。向玉容说,给他擦了一年多的鞋子,没收过一分钱,这回是他自己要给,说单位上在清不正之风,要我一定得收下。

"这个两面派!"余得水骂了一声,劝向玉容回去。

当天晚上,余得水去敲开了何大木匠的门,他是何老木匠的儿子,子承父业,帮人搞家装,专门制作柜子、书桌、餐桌、床铺。余得水要他做个擦皮鞋的工具箱。何大木匠说,我是大木匠,不做小木工。余得水说做一回又不丢人。何大木匠说,大小不同,活路做起不顺手。余得水说,小活路当大活路做,不就得了!何大木匠说,有你说的这样轻巧?又问,要去擦皮鞋?余得水说,老子有这个打算。何大木匠说,几十年都晃过去了,现在才坐磨子上想转了。余得水说,主意打了几十年,冷不得,一冷又化了。何大木匠说,化不化关我屁事,随你嘴上说起果子泡,今晚不能做。余得水说,为啥子,莫非信皇历?何大木匠说,今晚跟人约了打麻将,不去三缺一。余得水说,我跟你算了命,今晚打麻将你会输得哭,何不给我做活路,免了输钱的苦恼,而且我给你开双倍工钱,这又哪点划不来?不过,钱现在没有,有了给,老子说话算话。说完,他搬只凳子坐在门中央,挡住出路,一副不做不走人的蛮横样子。何大木匠说,硬是吃屎的把屙屎的鼓住了。何大木匠虽说又骂了两句,只好捆起围腰找材料,又锯又刨地做起来。

第二天,向玉容用塑料袋装着鞋刷鞋油来到宏胜,在门前,余得水叫住她,将一只散发松木清香的工具箱递给她,说:"没有箱子,怎么像擦皮鞋的?"向玉容谢字还没出口,两行泪水簌簌掉下来。

余得水刚进茶馆坐定,杨天顺泡了茶端过来,说:"这碗不收钱,请你。"他见了送工具箱的一幕,有些感动,又顺手在余得水肩上拍一下,要他去一旁说话。

余得水起身跟杨天顺去柜台前。杨天顺的下巴朝向玉容一扬,问:"你好久跟她搞上的?"

余得水收回目光,对杨天顺叫唤一声,说:"你找龙门阵摆哟,莫要坏人家的名声。"

杨天顺不信,"不然你对她恁好?"

"擦十回鞋子五回不收钱,你说该不该帮一回?"他又问杨天顺,"昨天张二娃把她的箱子砸了,这事莫非你不晓得?"

杨天顺说:"当然晓得,事情一过就听说了。"他又骂了句张二娃,说:"既然这样,那跟你说件正事。"他把余得水拉近,偷偷摸摸说得很小声,"见你对她那么好,就想起前段时间有人来找过我,打听她。"

"是哪个?"余得水随便问道。

杨天顺说:"是哪个,不便说。那个也没说个原因,看得出是要帮人打她的主意。"说着，下巴又向向玉容一扬。

"打听他的，关我啥事？莫拿这些来跟我说。"余得水心里还是掠过一丝不快，转身要走。

杨天顺又拉住他，"给你提个醒，要是对她有意思，趁早，过了这村就没得这店。这种事，让不得人哟。"

这时有茶客进门，叫泡茶。杨天顺应声离去，还拍了余得水一下，目光送过来关切。

随后的茶水，在余得水嘴里少了往天的清香和酽稠，觉得寡淡。而且以往喜欢的嘈杂声和闻惯了的气味，都叫他厌烦起来。同桌的茶友还等他的龙门阵下茶，都觉得他突然变哑了，又望他，却找不到答案。茶友们揭开茶碗盖搅动茶叶，端起喝一口，心里都承认，今天这茶喝不出味了。

余得水又去到江边，只有江边能消解他心头的愁和烦。此时，他又像只猴子坐在象鼻石上，双手抱着腿，下巴搁在膝头上，心头又慌又乱。本来都好好的，就是杨天顺的一番话给他心头布起了蜘蛛网，将自己像只虫子一样黏在了上面。身边是一坝一坝的鹅卵石，是千万张面孔，没一张相同的，从不厌弃他，都对他好。从面前流过的江水，响起他百听不厌的说话声，好听的，难听的，他都爱听。他也跟江水说话，高兴的，难受的，江水也爱听。他们都不讨厌对方。

向玉容是去年来这街上擦皮鞋的，最先走进宏胜和冷酒馆的那时，大家都觉得她稀松平常，说起话来，低眉垂眼的，再小声说话也怕得罪人，典型的小地方女人。

那天，本街有个骚老头子，平时对女人动惯了手脚，在宏胜擦完皮鞋给钱时，顺手在向玉容胸脯上抓了一把。向玉容二话不说，抓过桌上的茶碗，将茶水带茶叶向他脸上泼去，钱也丢还了他。骚老头子当众脸面丢尽，好多天不好意思进茶馆，当他再见到向玉容就规矩了。从此，向玉容声名鹊起，本来在人们心目中不怎么样，就变得很怎么样了，并多了一分高贵，都说这女人厉害，了不起。语气中，充满敬佩。

就是在那个时候，向玉容进入了余得水的视线，也可能早在听说她身世时就有了心思。不管是哪个原因，反正他见到向玉容，就像在冬天见到暖阳一样，全身有说不出的暖和，即使在跟人摆龙门阵，眼角的余光都追随着她。一个人独处的时候，向玉容的身影就会从脑壳里跳出来，陪他度过孤寂。他知道这叫胡思乱想、单相思。他像行走在江边，向玉容犹如袭来的水汽叫他无处躲避。其实，余得水不差女人，三十大几的男人哪有没尝过女人滋味的。但那些女人，只能烧旺余得水的邪火，让他更烦躁。只有向玉容，他一想到她，心就特别宁静，连眼前的一切都变干净起来。他晓得，这就是正与邪。他喜欢向玉容给他的正。人就是这样不可理喻，处在晴天想雨天。不过，他对向玉容只是想想，别的不敢奢望。在茶馆酒馆时常打照面，时间一长，互相知道了姓名。有一次，余得水找她擦鞋子，开玩笑说没有钱，欠账哟。向玉容二话不说，扳过他的脚就擦起来。余得水觉得她很义气，叫他感动，从此再擦鞋，有钱给，无钱时说一句。向玉容对他的无钱，一律都笑起说，余得水，给你记起了哟。嘴上她这样说，记了多少，自己是说不清的。余得水对擦鞋欠的一点小钱一向很在意，比欠了姜麻哥的酒账还焦急，只要一有了钱，酒账不忙除，先找向玉容，由她说欠多少，按多的还。因为他明白，向玉容只会说少。

知道向玉容是寡妇，茶友、酒友中少不了有献殷勤的。巴倒烫火锅馆老板李庆寿格外起劲，一双皮鞋一天找她擦两次，还恨不得长出八只脚来，每只都穿皮鞋，只只要她擦。每次给他擦鞋的时候，就邀向玉容去他馆子吃火锅，打包票尽吃，纯粹招待。向玉容都客客气气谢绝了。余得水见她应付自如，为她庆幸，又为她着急，一个没有根基的外来女人，心是悬吊吊的，经不起糖衣炮弹的攻击，更经不起死绞蛮缠，说不定哪天就滚进李庆寿的火锅里。但余得水的干着急管啥用，献殷勤的照献，想拉拢的照拉，他不能像一堵墙挡在向玉容跟前。每在这种时候，余得水就恨自己无能，若是在喝茶喝酒，就用手在桌下狠掐大腿，或者跑进厕所站在茅坑上打自己耳光。

那天晚上，秦老弯提起跟他找个过来人，余得水当时的心咯噔一响，向玉容的身影风筝一样从脑海飘过，那一瞬间有无法止住的愉悦产生。跟那些心怀鬼胎的人相比，他余得水最为正当，起码还是单身。想归想，事实归事实。老话说，三十而立，四十不惑，他余得水近不惑之年，还是烂人一个。烂人，是人们对余得水人生的评价，他时常也用以自嘲。且不说没个工作，脚下连立锥的地方都没有，怎么讨老婆成家，又怎么养家糊口？他对秦老弯说的不要害那个跟我的人，指的就是向玉容。

天已擦黑,云层里透出昏昏的月光,对岸的建筑物灰白模糊,灯光在上面打出无数洞孔,怪怪的,像蹲在天地间的野兽。江水在忽闪忽闪发亮,似乎想向余得水说点什么,又没说出,就各自流走了。水汽里裹着寒冷扑向余得水,他打了个哆嗦。随即他一泡口水吐进江里,一巴掌打在额头上,大声骂道:"余得水,莫想癞蛤蟆吃天鹅肉,自己当自己的烂人。"

街上的路灯亮了,光线映得江滩影影绰绰的。余得水从江边上来,有气无力的,脚步有些飘。刚爬上石梯,一个人从转角处钻出来,拦在路前,脆生生喊他。

"是你,向玉容。"余得水心头一热,又有些惊讶。

"看你坐在江边喝风,一直在等你。"灯光下,向玉容少了平素的腼腆。

"等我?"余得水笑起说,"等我擦皮鞋?"

"擦皮鞋简单,随时都可以,现在不擦,请你吃个饭。"

"那怎么好?"余得水认真起来,"该请吃饭的是我,我还差你擦鞋钱。"

"好点儿钱,不值一提。"向玉容说,"昨天你帮我解了围,要不是你,东西全被没收,说不定人还要吃亏。满街的人围起看稀奇,就你上前……又连夜找人给我做箱子……"她说着,眼中的泪水在灯光下闪耀。

"熟人熟事的,应该的。"余得水嘴上说,心头很受用,又想到请他的是向玉容,这就不仅是香嘴的事了。于是等向玉容再说了个"请"字,便心甘情愿地跟着她走。向玉容领余得水去的另一条街。

余得水很欣赏她做事的精细，宁可站在街边等，也不下江边来会他，宁可多走些路去另一条街，也不在本街请吃。她是避免闲言碎语，这正是余得水求之不得的。他不怕坏自己的名声，反正他烂人一个，再多一两个恶名无所谓，虱多不痒，债多不愁。他担心的是她受冤枉，为他背黑锅。

一路上，余得水跟在她后面。路灯光如水，洗得路面亮光光的。余得水才发现，夜晚竟如此温馨迷人，真愿路再长些，跟在她后面一直走下去。

这是一家卖串串香的馆子，店堂不大，只摆有四张小方桌，生意清淡，没一个顾客，他俩选了临街的桌子落座。向玉容要余得水点菜，说想吃啥点啥，你讲客气也算是我请了。余得水说我懂，不吃是傻子，还问老板有龙虾没有。临到点菜时，却专点便宜的。向玉容抓过菜单说，又不是你请，心痛啥子？她加了几样荤菜，要了两瓶啤酒。

一张小方桌，液化气灶燃起火焰，铁锅里的卤水翻翻涨，煮得菜香四溢。余得水想到和向玉容坐得这么近，还未开始吃，就陶醉了。

向玉容给余得水斟满酒，自己也倒了半杯，举杯跟他碰，说感谢他的帮助，然后一仰头先干了，呛得她眼泪流出来，不停地抹胸口。余得水说，不会喝不要勉强，意思意思就行了。向玉容说，这杯酒无论如何得喝了，不喝没诚意。余得水说，那还有什么是诚意？向玉容笑笑，又给他斟上酒，问他："见你爱跟街上的小孩子玩，有意思吗？"

余得水说:"有意思。"

"真的吗?"向玉容追问一句,又说,"我晓得你们的玩法,我问过他们。"

余得水与孩子们之间的秘密被揭穿,他有些慌张,目光躲闪,连说:"好玩,好玩。"

"不是你说的这回事,我晓得。"向玉容说,"你父母死得早,内心很苦,觉得这世界对你不公平,巴望天下的娃娃都没有父母,这样你才安逸。"

这一直是余得水内心深沉的痛,无论时间过去多久,伤口刚结上疤,他也会自己去揭掉,又让伤口鲜血淋淋,好像唯有如此,才能证明他的苦。

"我清楚,你余得水不是这种狠心的人。"向玉容望着他缓缓地说,"其实你越这样,说明你越是想父母。一个想父母的人怎么会恨别人有父母呢?你这是在跟老天爷赌气。你说,我说得对不对?"

向玉容心里居然装着他,是余得水始料未及的,这叫他感到特别温暖,眼里噙满了泪水。他尽力克制住,不让泪水流出来。他晓得眼泪一流,今晚的这一顿请,味道就变了。

向玉容马上把话岔开:"我有一儿一女,儿七岁女五岁,在老家我妈身边。"她摸出手机打开找出照片,递给余得水,"你看,好乖哟。"

这是相馆照的标准像,儿子长相朝向玉容,女儿可能像爸爸,分坐在一位老妇人左右,脸上都带着不适应镜头的僵硬的笑。余得水看了一阵还给她,说:"兄妹俩长得都乖,儿子特别像你。"

向玉容又盯着手机看了一阵,感叹说:"我时常想,离开他们来这里擦皮鞋到底值不值,这事一直都想,就是想不通呀。"

余得水说:"这大概是你欠了他们,让你的心受苦来还。"

"有时想横了,干脆回去算了,又架不起走的势。"向玉容说罢,带起询问的神情望着余得水。

这不好帮她回答,余得水想。他当然不愿她走,时常能见到她。就是这一闪念,他也怕她看出来了,就端起杯子喝酒。向玉容却一下笑起来,"哎呀呀,不说不说的,引出不愉快的事来。"她举起杯子跟他碰一下,说,"来,我陪你喝一杯。"

两人不再说话,就喝酒,每次浅浅的一口,喝一次碰一次杯。

闷酒喝了一阵,向玉容忽然发问:"你晓得,我现在最想说的是啥子?"

"还会是啥子?后悔,不该请我。"

"不是,才不是这意思。"

"那会是啥子?"

向玉容看他一眼,顿了一下说:"我要说的是,你是个好人。"

余得水咯咯咯地笑起来,"就凭这句话,我该娶你当老婆。"

向玉容低下了头,这次真掉下了泪水。

余得水慌了,赶忙解释:"开玩笑,莫当真,是我在打嘴巴牙祭,过干瘾。"

"你何必作践自己。"向玉容泪眼花花地说。

余得水心里一下乱了,端起的酒都洒了出来,赶快倒进嘴里,然后抹抹嘴角,"说真话,我不够格。"他坦然地说。

"你何必作践自己。"向玉容又说。

好一阵,余得水找不到话接嘴,连灌了满满两杯酒。

"不要喝急了,慢慢来。"向玉容说。

余得水终于缓过气来,问她:"你晓得,现在我最想说的是啥子?"

向玉容抹去泪水,咧嘴一笑,"还会是啥子?后悔来吃这顿饭。"

余得水说:"等我下辈子,吹起唢呐,抬起花轿来娶你。"

此刻,锅里的卤水开得咕噜咕噜响。

顺城街整体拆迁的风吹了很久,居民们各怀的心思都几起几落了,嘉陵江的颜色也变了几次了,还不见一颗雨点落下来。于是居民们说,这里风太大,雨遭吹跑了。当居民们收拾好各自的心思,日子该怎么过还怎么过的时候,拆迁却像偏东雨,说来就来了。据说是一个曾在主城闹市区兴建了一座大型商业广场的房产大亨,出手十多个亿把这块地方全揽了,要建成民国风情的旅游文化街区。宣传、动员刚过,"拆旧家迁新家"的口号犹在耳旁回响,上街那一片的拆迁就开始了。

临时搭建在中街的拆迁办进出的人一天川流不息,吵闹声、哭嚷声在空中像凝结成密不透风的云，终日不散地扣在顺城街上。祖祖辈辈生活在这里，脚下的地皮都踩熟了，现在说迁就迁，感情的根一下子从地下拔出来，能不血水四溅？有的虽说只住二三十平方米，但一家两代甚至三代像罐头一样还是挤下来了，你在这里建楼房，却要他们迁到陌生的地方，这种改变是不是居住条件也该改变？不要说你作了补偿，那点钱在你建的这块地皮上能买回来吗？何况现在是推开窗户看江景，晚上枕着涛声入眠，觉睡得香甜，这些你又怎么补偿？还有新搞了家装的、刚租了门面作了投入的等等问题，简而言之，便宜不能让房商全掳去。

拆迁户暗中串联，为各自的利益结成了联盟，互相鼓劲，不达目的誓不休。其实，拆迁户们还自以为得计，等待着享受胜利的喜悦。哪知开发商却在偷偷掩嘴笑，故技重演。不多久，联盟便在软硬兼施的冲击下分崩离析。昨天还信誓旦旦坚守的，今天拿到自认为满意的补偿，便心虚得低着头，目光不敢张向那些顽抗的人，趁着夜色，悄无声息地搬走了。在那些搬空的屋门上、墙壁上，房商用红漆写个大大的"拆"字，夸张地打上圈，昭示这房屋的死亡。

一天两天，一月两月，半年过去了，原来的坚守户被各个击破，联盟已荡然无存。搬空的房屋像疥疮在这片土地上逐渐扩散，拆迁地显得一片狼藉，垃圾遍地，耗子在大白天向人瞪着发绿的眼睛四下奔突。还有两三家坚守户都知道目前已进入负隅顽抗的可怜地步，望着眼前的惨境，嘴上骂着，但内心却有说不出的悲凉，保不准明天自己也逃不脱当叛徒的命。

黄成龙的四十多点平方米的房子属第一批拆迁对象，别的拆迁户笼络他加入联盟，说人多力量大，拧成一股绳争取更大的胜利。但他从一开始就不信这些话，更不参加联盟，对那些私下的商议活动也躲得远远的。他认定再私密的活动都是见光死。联盟是个名，实际是七爷子八条心，一个比一个心更大，好处还没轮上自己，早已被别人伸手捞走。再说，凡是个组织的，就有线人，今后遇事谁都说不清，特别是他这种有前科的人。于是他单打独斗，凡是拆迁户打堆的地方，他避而远之，凡是提到拆迁的事，他装聋作哑。日常生活中他坚信的"吃屎吃头泡，头泡是热的"的信条，认为在这次行不通。他要像颗钉子一样钉在这里，坚信这回是"酒醉后来人"。拆迁户都说，龟儿子黄成龙，他呀，简直是条独角龙。

拆迁到了关键时刻，黄成龙带起老婆去了乡下的岳父家，他要赌一把。

走之前的一天，黄成龙找到余得水说，岳父中风了，要去伺候，可能要一两个月，或者更久，现在拆迁很乱，你住到我家去，帮我守一下空屋，不收你的房租。又说，如果拆迁办来人，不要理睬，有事等我回来再说。他留下五百元，叫余得水安下心来住。再三叮嘱，一定要坚持到他回来。余得水被从街道办撵出来无家可归，流落街头，天上掉馅饼，正好砸他头上。他跟黄成龙有着特殊关系，黄成龙又是回家尽孝，理应帮一把。于是他拍着胸口说："我在屋在，黄哥，你放心去吧。"

黄成龙一拳打在余得水胸上,"老子要的,就是你这句话。"

从此,余得水住进黄成龙家。黄成龙跟拆迁办唱起了空城计,不再直接打交道,通过手机遥控火候,从余得水嘴里打探事态进展,很有运筹帷幄之中、决胜千里之外的味道。

一块空地上,施工工棚已搭建好,只等一声令下,工人就进驻。黄成龙的房子夹在拆迁房的中间,前后左右的都已人去楼空,只有他的还独丁丁竖立在空旷中。

拆迁办前后有两拨人来过黄成龙家,大门紧闭,敲半天,木门吱嘎打开一条缝,露出余得水的半边脸来,问找哪个。来者说我们是拆迁办的,你是这户的房主吗?余得水说不是,是帮房主守屋子的。拆迁办的又问房主去哪儿了。余得水说出远门了。拆迁办的互相望望,只得说要是房主回来,请带个话,我们来过。

拆迁办又等过几天,仍不见那房主找来。等不起,就再次上门,结果是外甥打灯笼——照旧(舅),才知道这回是真正遇上了对手。别的钉子户是自己钉在那里,还得天天承受拆迁办的捶打,这个钉子户倒好,叫你拆迁办有力也捶打不上。看来,软钉子比硬钉子更难对付。

这天来敲门的是这片区的户籍警小王。小王二十多岁,从警校毕业分来不久,平时不着装时爱背个双肩包,戴洋基队棒球帽,走路一蹦一跳的,很像个大学生。但他一穿上警服,就一脸的严肃。其实他自个儿明白是强装的,不这样,怕自己嫩,压不住邪。今天是领导交办的公事,着警服来敲开门。见门只开一条缝，说："露半边脸，是不想让我进屋吗？"

是警察，比不得拆迁办的，不能怠慢。余得水大打开门让小王进。小王站屋中央环视，把眼睛放余得水身上："我是这段的户籍警，晓得你叫余得水。"他脸上挂起的浅笑，可作早闻大名却原来如此的解读，"我没搞懂，黄成龙怎么把你弄来当挡箭牌？"

"我也晓得你，你是户籍同志。"余得水说，"说我是挡箭牌，这用词不当。"说完，二郎腿一跷，摸出烟点燃抽起来。

小王用手扇开烟雾，呃，有意思。他来了兴趣，在余得水对面坐下来："那你用个准确的词听听。"

"守屋的人。"余得水说。

"就照你说的，我还是没搞懂，守屋的人怎么会是你？"

"很简单，我们是朋友。"

小王一拍大腿，站起来，仿佛终于明白了，说："原来是这样，人以群分，物以类聚。"他点着头又坐下来，"你晓不晓得，你朋友黄成龙一家不搬，影响了整个拆迁工作？"

"我晓得。"余得水说，"不过这道理该跟他讲。"

"既然给他守屋，也该听一下。"

"可以，听了不起作用，搬不搬不是我做主。"

"别人是合法企业，"小王又说起房商来，"拿地、拆迁、补偿都是按程序来的，我们要维护别人的合法权益。"

"要维护哪个的权益是你们的事，搬不搬不关我的事。"余得水咕哝着说。

小王是想把开场弄得调侃轻松一点,让后面的谈话朝好的方向发展,结果事与愿违,进入一个叫他尴尬的境地。他在凳子上动了动,坐得周正一些,说:"那请你转告他,如果因此引起什么不安定的因素,我们就要插手哟。"

"既然这样,何必多此一举,要我中间传话?"

沉默一阵,小王无法接下去,站起身,正正警帽,说:"那好吧,我就说这些。"

晚上,黄成龙来电话问这两天的新动向,余得水说老样子。户籍警小王来找他的事,他没讲。

晚上,变瘦的一弯月亮在云层间浮游,寒风从江面顺着街口吹进来,撞在那些搬空的屋檐下呜呜打着旋儿,就像被人丢弃的小狗儿在哭叫。

秦老弯的家在下街口,哪时拆迁还没个定数。他提起装着一瓶老白干和下酒菜的塑料袋在搬空的房屋前站了好一会儿,仿佛里面有他的熟人,思量着该不该进去坐一坐。他从懂事起,就常听爷爷讲起上街怎样下街怎样的那些老龙门阵,那些龙门阵叫他忘也忘不了,从龙门阵相关发生的时间粗略算来,这条街至少有了好几百年的岁数。脚下的青石板,他记得都换了几茬,直到20世纪60年代末,青石板全部被撬光,浇成了水泥路面。那些撬离的青石板堆在江边生了青苔,后来被人东取一块西拿一块搬个精光。秦老弯的父亲就搬回一块,刻成象棋盘,用红漆描线,放在家门前的街沿边,跟棋友们时常把棋子砸得石棋盘叭叭响。现在,这条街拆断了,好多事也随同断裂，再连接不起来。熟人又一个个从他脑际滑过，余蛮子、李光头和漆金山都是穿开裆裤的朋友，最爱邀约一起下河洗澡，一起爬门前的黄葛树摘黄葛苞。余蛮子不说了，命短，漆金山跟他同年，李光头还小两岁，一个去年一个今年去了阎王殿报到。他就想，他们怎么就不经活哟，住了一辈子的老房子，眼看要起新楼却等不得，难道是他们不愿住吗？难道是死后怕魂找不到回来的路吗？这样想了一阵，秦老弯禁不住心酸起来。

在空房子之间，传来一阵嬉笑声，残破的玻璃窗映出闪烁的火光。这里的废木柴遍地可取，又是流浪汉在烧火取暖。秦老弯以多年的习惯要去打声招呼，注意防火。但想到早不是治安委员了，还要什么威风，又想到今晚要办的事，踌躇一阵，反身离去。

秦老弯敲门敲得手痛，高声喊叫起来："水娃子，装聋么，老子来了还不开门。"

又过了半天，门吱嘎打开，余得水身上裹着被盖，傻兮兮的。

"你也听得惯，想冻死老子。"秦老弯边骂边进了屋。

"秦叔叔来了，哪有不开的？是睡着了。"余得水关门，打开电灯。

秦老弯将东西放桌上，拖过凳子坐下，说："还站起干啥？还不快点去把衣服穿上。"

余得水进里屋穿了衣服，出来说："恁大夜了，天又冷，你老人家还来？"

"晓得吗！阎王爷收命先收瞌睡。"

"说这话！我看秦叔叔精神得很。"

秦老弯说："屁话少说！把酒杯拿来，我两叔侄喝一杯。"他将东西从袋子里取出来。切好的卤猪耳朵，片子切得又薄又均匀，拌了红油辣椒、花椒粉、葱花，屋子里顿时充满诱人的香气。

余得水给秦老弯斟满酒，又给自己斟："老辈子，怕不会平白无故带酒上门吧？"

"算你精明。"秦老弯端起酒杯喝一口，又夹起红油耳片喂进嘴，"两拨人来找过我，一次是前天的街道办，要我来劝你离开，我没答应，又不是小孩，有啥子好劝的，自己做事自己当。昨天是派出所老所长来找我了，说余得水就是你儿子，他听你的。你晓得，我当治安委员他就是户籍警，干啥事我两个都配合得严丝合缝的，这种关系保持了几十年。他几年前就退了，为这事还来找我开口，可见你让他们感到多恼火。你说，我能不卖他面子吗？"

余得水端起酒杯跟秦老弯碰一下，说："秦叔叔是个重情义的人。"

秦老弯说："听说那天户籍小王来过，你一副不理不睬的耍横样子，叫他下不了台。"

"你都听说了？"

"有我不晓得的？"秦老弯顶他一句，又说，"他回去跟领导诉苦，眼泪兮兮的，说遇到你这油盐不进的四季豆。"

"看不惯他那样子，好像户籍警就不得了。"余得水说起还在生气。

"我晓得他，他是气愤你甘愿受黄成龙的支使。"

"是这样吗？"余得水不太相信。

"你还不了解小王，"秦老弯说，"其实他很厚道，待人也热情。有一次我病了，他三更半夜送我去医院，又挂号又垫钱，住院后，三天两头来看我。我不是当你夸他，个人的儿女都没他对我好。"

余得水见秦老弯动了感情，就接过话："可能那天我看走了眼，现在听老辈子一说，当时是不该那样对他。"

"事情已经过去了，就不提了，今后对人和气些。老所长叫我带话，街道办同意你搬回原处去住，如果还有啥子困难提出来，他们一并解决。"秦老弯望着余得水说，"水娃子，见好就收哟，贪心莫起大了。"

江上传来轮船的鸣笛声，低沉而辽远，在两岸间回响。多年没听人这样喊水娃子，余得水心里一阵发烫，眼睛也有些潮湿起来。心想，他们把我想偏了，以为我是想捞好处。"秦叔叔的一片好意，我心领了。"他端起酒杯一口干了，说，"我先答应了黄成龙。"

"我晓得是那黄成龙没安好心，把你当枪使，哪个都看得出来。"秦老弯又补充一句，"你怎么就这么傻哟！"

这话跟小王说的有异曲同工之妙，但当着秦老弯不便反驳。"是的，没想到有这么复杂。"余得水的话音中有些后悔。

"现在就跟我走，到我那里接着喝。"秦老弯说，"这里的事，你不要管，天塌下来有派出所。这话是老所长说的。"

余得水往后一缩,好像躲秦老弯的劝。"不行,秦叔叔。"他有了哀求的意味,"请你老人家体谅我,受人之托,忠人之事。"

"他也这样对你吗?"秦老弯气愤地说。

"管他对我怎样,我得有始有终。"余得水低声说。

"硬是他挨刀,你帮他伸颈子哟。"秦老弯有些不平。

"也只有这样了。"余得水咕哝说。

"你哟你哟,莫非欠了他?"秦老弯气得手抖。

余得水沉默半天,最后低声地说:"是泡屎,我也得吃下去。"

秦老弯说:"跟你父亲一样一根筋哟。"说完一阵摇头。

外面除了风还在吼,其他都显得很安静,让人可见到街上的冷清。又传来一声轮船叫,这次叫声在远处,隐隐约约的。

秦老弯离开大约是在十二点钟,一瓶酒两人喝了一大半。秦老弯喝高了。余得水出门送他,脚下也在飘,说话舌头都转不圆。出门后,余得水还搀扶秦老弯走了一段路,路像变软了,走起深一脚浅一脚的,两人都扭起了秧歌。秦老弯甩掉余得水的手说:"到底是哪个扶哪个哟!"然后连推带搡把余得水骂了回去。

两人喝到这份上,是话投了机。秦老弯后来把该来说的淡忘了,也可能觉得该说的没必要再说下去了,就边喝边讲起本街的一些往事。

两人总是从谈资中寻找代沟的结合点,使谈兴更旺,况且这种寻找，本身就是一种乐趣。例如秦老弯忆起余得水打酒的事，话头子一提，话赶话两人把事情还了原。那年的一天，余蛮子到秦老弯家说事，余得水跟去，碰见两个同学在爬黄葛树，便留在了外面玩。后来余蛮子拿起酒壶来叫他去上街冷酒馆打斤老白干，玩得正高兴的他不愿去，一个同学就朝他眨眼睛，于是三个人一起去。在冷酒馆，酒只打了八两，其余的兑水，抠出的钱买了沙炒胡豆吃。后果是可想而知的。现在秦老弯说起都还笑声不止。又说，要不是我拉开你，那天你父亲会打断你脚杆，撕烂你嘴巴。听了后，余得水说，我至今也不相信，兑的那二两水被你们喝出味来。秦老弯说，这点本事没有，还有资格叫老酒罐。

发现空中出现明火是在下半夜，秦老弯口干，起来喝水，感到窗外夜空中一片红光耀眼，就像对岸炼钢厂正在出钢水，出炉的钢水溅起金红的钢花怒放，将夜空映得黎明一样斑斓。秦老弯喝了水，回想起这台酒喝得叫人舒服，笑咧咧地骂了一句，歪歪倒倒爬上床，一上床，一激灵又坐起来。不对，对岸的炼钢厂早已搬走好几年了，哪还有钢水出炉来？他一下想到了流浪汉取暖的火堆，顿时背脊梁一股冷气呼地冲上头顶，满身涌起鸡皮疙瘩，酒劲全消。

流浪汉烧火的地方离黄成龙家只几间房，那些已搬空的房子，大火一烤，都成了干柴，一沾火星，瞬间就会燃起来。余得水本来就瞌睡大，响雷也打不醒，醉酒后还不睡死过去？秦老弯不敢再想下去，赶紧抓过衣服穿上，手抖得厉害穿反了，重新又穿。穿裤子双脚穿进了一个裤腿。他连骂自己老东西慌啥子。

秦老弯一出门，就闻到了大火燃烧的火星味。街上有不少人在惊慌地跑动，边跑边喊街上拆迁的地方失火了。秦老弯痛心疾首，老东西哟，去说事就说事，喝啥子酒嘛！菩萨，你要保佑水娃子，莫要他睡死了哟。

远远就能听见大火熊熊燃烧的呼呼声，蒸发的难闻的气味四下弥漫。又一幢建筑在燃烧中坍塌了，随着哗啦啦的巨响，腾起的火焰夹裹着爆燃的火星和浓烟直冲云霄，把一弯月亮遮得时隐时现，惨白而暗淡……

半个月后，黄成龙从岳父家回来，在拆迁办领走了补偿，不是他想要的数额，如果扣除火灾所受的损失，还吃亏不小。人算不如天算。他押的这一宝，输了。

站在已成一片废墟的宅基地上，他心里禁不住感到凄凉。他骂了句余得水还是没有给我守住，没有给我守住哟。但又一转念，余得水的命留在了这里，还有啥子值不值呢，他会在这一方土地上继续守候下去的。